AF138943

GALERIE DER
SCHÖPFUNG

Markus Naumann

novum ◢ pro

Dieses Buch ist auch als
e-book
erhältlich.

www.novumverlag.com

Bibliografische Information
der Deutschen Nationalbibliothek:

Die Deutsche Nationalbibliothek
verzeichnet diese Publikation in
der Deutschen Nationalbibliografie.
Detaillierte bibliografische Daten
sind im Internet über
http://www.d-nb.de abrufbar.

© 2016 novum Verlag

ISBN 978-3-95840-216-4
Lektorat: Volker Wieckhorst
Umschlagfoto: Maria Reimann
Umschlaggestaltung, Layout & Satz:
novum Verlag

Gedruckt in der Europäischen Union
auf umweltfreundlichem, chlor- und
säurefrei gebleichtem Papier.

www.novumverlag.com

Zeit ist uns nicht gegeben,
um zu wissen, wie alt wir sind.
Die Vorstellung von Zeit brauchen wir,
damit wir Veränderungen herbeiführen können.
Ohne Zeit könnten wir
Veränderungen nicht verstehen.

ABREISE

„Was hast du denn mit deinen Schuhen gemacht? Die sind ja gar nicht richtig zu. Bist du nicht langsam zu alt dafür, dass ich dich auf deine offenen Schuhe aufmerksam machen muss? Komm, wir müssen uns beeilen, wir sind ziemlich spät dran, und ich will nicht, dass wir diesen Bus verpassen!"

Halina zieht eine schwere Tasche auf Rollen hinter sich her und bemüht sich währenddessen, noch ihren Sohn dazu zu bringen, mit ihr Schritt zu halten. Ein anstrengendes Unterfangen, denn ihr zehnjähriger Sohn Joel scheint nicht richtig verstehen zu wollen, dass die Zeit knapp ist. Beide tragen sie Rucksäcke auf den Schultern, ihr Handgepäck für eine lange Fahrt, falls sie den Bus noch rechtzeitig erreichen.

„Siehst du da drüben den blinkenden Bus? Das ist der, mit dem wir fahren müssen. Lauf doch schon mal vor zu dem Herrn, der vorne an der Tür steht, und sag ihm, dass wir auch noch mit dazugehören! Aber achte auf deine Schnursenkel!"

Joel rennt vor und erreicht kurze Zeit später den Busfahrer. Halina sieht, wie Joel auf sie zeigt, was wohl das Zeichen ist, dass sie es gerade noch so geschafft haben. Halina atmet einmal laut aus, teils, weil sie beruhigt ist, teils, weil das Hinterherziehen des Reisegepäcks sie sehr anstrengt.

Damit ist die Fahrt gerettet. Es handelt sich um ein paar Urlaubstage, die die Mutter der Familie Kopp gern mit ihrem Sohn zu Besuch bei seinen Großeltern verbringen möchte. Es sind die Eltern des Vaters Kopp, der leider nicht dabei sein kann, weil zu viel Schreibkram in viel zu kurzer Zeit vollendet werden muss. Das ist das Schlimmste daran, Rechtsanwalt für eine große Firma in der Stadt zu sein, man verbringt einfach zu wenig Zeit mit der Familie. Und wenn, dann stellt man genau die falschen Fragen, weil man zu viel verpasst hat. Entweder sind es Fragen, dessen Antwort der Vater eigentlich kennen sollte, oder es sind Fragen auf Dinge, die der Sohn schon tausende Male erzählen musste. Oder es sind Fragen, die dem Alter des Sohnes nicht gerecht werden.

Mittlerweile ist die Mutter auch beim Busfahrer angekommen, zeigt die Fahrscheine, ihren Ausweis und wird gleich darauf auf einer Liste abgehakt und hineingebeten. Der Busfahrer verstaut die schwere Reisetasche unten im Stauraum des Busses und versichert sich, dass alles richtig geschlossen ist. Währenddessen sucht Halina nach Sitzplätzen.

„Da, möchtest du am Fenster sitzen? Vielleicht wird dir weniger übel, wenn du aus dem Fenster gucken kannst."

Joel setzt sich direkt ans Fenster und seine Mutter nimmt neben ihm Platz. Beide platzieren sie ihr Handgepäck unter ihren Beinen und machen es sich für die Reise bequem. Halina fährt sich mit ihren Händen einmal durchs Gesicht und entlässt einen Seufzer, der die Sorgen aus ihrem vollen Kopf verbannen soll. Jetzt sind sie weg, als würde sie sie an diesen Ort festgebunden haben. Doch gewiss würde der Stress geduldig darauf warten, dass Halina zurückkehrt und sie hier wieder willkommen heißen.

Sie ist immer sehr gut mit ihren Schwiegereltern ausgekommen, sehr aufgeschlossene und nette Menschen und trotz ihres Alters niemals langweilig. Der Besuch verspricht die notwendige Entspannung, die Halina gerade so sehr gebrauchen kann. Abstand von den lauten und nervenden Grundschulkindern, für die sie Lehrerin ist.

Jetzt wendet sie sich wieder an ihren Sohn: „Und, freust du dich schon auf deine Großeltern? Freust du dich auf den Strand und das Meer?"

Von Joel kommt nur ein schwaches Nicken, als er weiter aus dem Fenster sieht. Irgendetwas hat seine Aufmerksamkeit vollständig auf sich gezogen, was Halina das Zeichen gibt, dass sie sich weiter zurücklehnen und kurz die Augen schließen kann. Der Busfahrer betritt jetzt auch den Bus und nimmt auf seinem Fahrersessel Platz. Per Knopfdruck verschließt er alle Türen, und die Fahrgäste legen ihre Gurte an.

Doch in dem Moment, als Halina gerade ein bisschen Ruhe findet, tippt Joel sie von der Seite an und spricht ganz aufgeregt.

„Da steht ein Mann vor meinem Fenster und beobachtet mich die ganze Zeit!"

Halina öffnet leicht genervt ihre Augen und sieht zum Fenster heraus. „Wo denn?" Und tatsächlich, da steht er, ein Mann in grauem Mantel mit einem Hut auf dem Kopf.

Das, was von seinem Kopf zu sehen ist, lässt vermuten, dass er eine Glatze trägt oder nur sehr wenige Haare hat. Seine Augen sind die ganze Zeit auf ihren Sohn fokussiert. Aber als er Halina auch bemerkt, sieht er sie beide an. Er sieht sie einfach ganz eindeutig an und mustert sie genau. Sein Blick scheint nie von ihnen abzuweichen.

„Hey, lassen Sie uns in Ruhe!", sagt Halina, wohl wissend, dass ihre Worte vermutlich nicht durch die Scheibe hindurch zu hören sind.

Sie nimmt ihren Sohn in den Arm und dreht ihn vom Fenster weg. Sie selbst behält den fremden Mann aber weiter im Auge.

Zu Joel sagt sie: „Schon gut. Das ist bestimmt nur irgendein verwirrter Reisender. Wahrscheinlich sucht er jemanden."

Dann klopft sie gegen die Scheibe und macht eine Geste in Richtung des Fremden, die ihm anzeigt, dass er verschwinden soll. Der Busfahrer beginnt eine allgemeine Durchsage. Es geht um die Begrüßung der Fahrgäste, Benutzung der Toilette, die voraussichtliche Dauer der Fahrt und hin und wieder ein paar scherzende Worte zur Auflockerung.

„Jeden Augenblick fahren wir los, dann ist er weg", fügt sie hinzu.

Der Mann starrt sie weiter gnadenlos an. Und wenn er bislang dabei keine Miene verzogen hat, so formt sich jetzt langsam ein Grinsen in seinem Gesicht. Und das Grinsen gilt eindeutig Halina und ihrem Sohn.

„Was zum Teufel hat der für ein Problem, ist der pervers oder was?", sagt sie zu sich. Kein anderer scheint den Fremden zu bemerken, entweder interessiert es niemanden, oder sie haben alle schon die Augen geschlossen, weil sie die Fahrt schlafend verbringen wollen.

Jetzt ertönen die Motorengeräusche. Gleich geht es los, dann hat dieser Spuk hier ein Ende. Sie hat ihren Sohn immer noch im Arm, um zu verhindern, dass dieser Kerl ihn noch einmal so ansehen kann. Sie agiert wie eine Löwenmutter, die ihr Junges um jeden Preis vor den zahlreichen unvorhersehbaren Gefahren der Natur schützen will. Und sie macht auch den Eindruck dazu imstande zu sein. Weiterhin erforscht sie seinen Blick genau und hält ihm Stand, ohne sich davon einschüchtern zu lassen.

Doch was war das? Haben sich seine Augen gerade bewegt? Schon wieder. Der Fremde richtet seine Augen immer kurz in Richtung des Busfahrers, um in seine Richtung zu weisen. Seine Pupillen zeigen immer nur kurz dorthin und kehren gleich wieder zu ihr zurück. Was soll das bedeuten?

Halina klopft erneut gegen die Scheibe und sieht den Mann fragend an. Doch der bleibt starr in seiner Pose und hält an seinen Augenbewegungen fest, die eine mechanische Gleichmäßigkeit zu haben scheinen, wie eine Uhr oder ein Metronom. Hin und her. Hin und her.

Der Busfahrer beendet seine Durchsage mit: „Das war es von meiner Seite, ich wünsche allen Fahrgästen eine angenehme Reise."

In dem Augenblick, wo der Satz beendet ist, hört der Kerl plötzlich mit seinen Augenbewegungen auf und sieht nur noch zu ihr. Sein Grinsen wird mit einem Mal größer. Und blitzartig durchfährt sie die Gänsehaut ihres Lebens und ihr Herz schlägt auf einmal doppelt so schnell. Sie weiß, was das zu bedeuten hat. Und gerade in dem Moment, wo sie den Mund aufmacht und sich und ihren Sohn aufrichten will, betätigt der Busfahrer das Gaspedal und verursacht damit den Knall und das Feuer, das allen Fahrgästen den Tod verspricht.

Tanzende Figuren

„Meine Damen und Herren, ich heiße Sie recht herzlich Willkommen an diesem wundervollen Abend. Ich begrüße auch unsere Zuschauer, die von zu Hause aus zusehen. Wir haben wie immer etwas ganz Besonderes für Sie!"

Der Moderator, gekleidet in ein violett-golden gestreiftes Jackett, steigt aus einer Tür und tritt die Stufen hinab auf die Bühne. Es ist die Sorte Moderator, die mit theatralisch-überspitzter Stimme und ausfallenden Gesten auftritt. Er ist sehr kräftig gebaut, hat keine Haare auf dem Kopf und erinnert irgendwie an einen Mönch. Eine sehr bizarre Erscheinung.

„Heute Abend schauen wir auf zwei Menschen, die auf der Suche nach der Liebe ihres Lebens sind. Und lassen Sie mich Ihnen noch Folgendes verraten: Sie sind auf ganz spezielle Weise eng verbunden." Und mit diesen Worten formt sich bei ihm ein dickes Grinsegesicht.

Jetzt weiß ich, woran er mich noch erinnert: an einen Clown. Er sieht wirklich aus wie ein moderner Clown, zuständig für die Belustigung der zeitgenössischen Gesellschaft. Aber etwas stimmt hier trotzdem nicht, etwas, dass die ganze Sache noch viel absonderlicher erscheinen lässt. Über seinen beiden Augen befindet sich in der Mitte eine auffällige Falte, umgeben von weiteren kleineren Falten. Eine Spalte, die sich vor sich selbst versteckt, als würde man vehement seine Lippen aufeinanderpressen oder mit aller Kraft ein Auge zukneifen. Es könnte auch zugenäht oder zusammengetackert worden sein, sieht irgendwie schmerzhaft aus. Zusammen mit seinen beiden Augen formt es ein nach oben gerichtetes Dreieck. Hatte er einmal drei Augen?

Mit offener Hand deutet er auf ein sich öffnendes Tor im Hintergrund, durch das die beiden Teilnehmer auf einer Plattform zur Bühne gefahren werden.

„Aber sehen Sie selbst: das wohl spannendste Blind-Date-Erlebnis aller Zeiten!"

Die beiden Teilnehmer sitzen auf Stühlen Rücken an Rücken. Das Wortspiel des Moderators hat deshalb für Beifall gesorgt, weil sie beide tatsächlich blind und verbunden sind, und zwar durch ein dickes Tuch an ihren Augen und Seile, die um ihre beiden Körper geschnallt sind. In was für einen schlechten Scherz bin ich denn hier herein geraten? Ich sehe, dass einer der beiden Teilnehmer ich selbst bin. Ich sehe mich selbst. Von dem armen, unschuldigen Mädchen, das direkt hinter mir sitzt, weiß ich nichts, außer dass es ihre Entscheidung vermutlich genauso bereut wie ich meine.

Die Lichter an unseren Stühlen gehen abwechselnd nacheinander an und wieder aus, sodass immer ein Stuhl leuchtet, während der andere dunkel bleibt. Jedes Aufleuchten wird von einem elektrisch erzeugten Ton begleitet, und die Töne werden jedes Mal höher, um die Spannung zu erhöhen. Schließlich bleibt das Licht irgendwann bei mir stehen und ich leuchte. Der Moderator ist wieder dran: „Ah! Wunderbar, die Entscheidung steht also fest: Der Junge darf anfangen."

Ein Beifall tobt durch das Studio. Die Zuschauer sind wie in einer Symbiose mit dem Moderator, sie zehren von ihm.

„Junge, erzähl ihr und uns von dir. Möglicherweise könntest du der Partner ihrer Träume sein." Er hält mir das Mikrofon hin. Jetzt bin ich an der Reihe.

„Also, mein Name ist Krispin. Aber ich bevorzuge Kris, so nennen mich auch alle. Zu meinem Aussehen: ich habe braunes, lockiges Haar und grüne Augen. Ich bin eins achtzig groß, bin 25 und … ich habe Visionen."

Der Moderator zieht das Mikrofon zu sich, um hineinzulachen. Und mit ihm beginnt auch das Publikum in Gelächter auszubrechen. Daraufhin hält er mir wieder das Mikrofon hin. Durch die Nase lasse ich etwas heraus, das wohl eine Mischung aus Lachen und Ausatmen ist. Ich spiele mit.

„Ja ehrlich, ich meine es ernst. Ich habe Visionen. Ich habe Albträume, finde so gut wie keinen ruhigen Schlaf. Ich hasse die Belanglosigkeit des Alltags, ich bin oft verwirrt, und manchmal glaube ich, dass die ganze Welt nur aus Spielfiguren besteht und ich der einzige menschliche Spieler bin. Außerdem esse ich keine Gurken."

Wieder Gelächter. Das Publikum fühlt sich amüsiert und unterhalten, gut für sie. „In den guten Träumen wird dieser grauen Welt ein bisschen Sinn verliehen. Die sind zwar selten, aber diese Vorstellungen machen mir dann sogar Spaß."

Der Moderator sagt: „Oh, wir haben es also mit einem erwachsenen Kind zu tun. Ich bin gespannt, was unsere weibliche Teilnehmerin dazu zu sagen hat."

Ich öffne wieder die Augen und bringe damit diesen grässlichen Moderator und sein grauenhaftes Publikum zum Schweigen. Und dass, obwohl auch mich sehr interessiert hätte, was das Mädchen dazu gesagt hätte. Aber sie hätte wohl nur den Text gesprochen, den ich ihr in meiner Vorstellung zu Verfügung gestellt hätte, oder?

„Auf Wiedersehen!", sagt eine weibliche Stimme irgendwo hinter mir. Das wäre also die Antwort? Hat ihr denn nichts an mir gefallen? Sitze ich vielleicht wirklich Rücken an Rücken an ein fremdes Mädchen gebunden? Ich drehe mich um. Und tatsächlich sitzt dort ein Mädchen, aber es verabschiedet sich nicht von mir, sondern von seinem Gesprächspartner, der jetzt aus dem Bus aussteigt, und den es im selben Moment noch durch einen MP3-Player ersetzt. Ich drehe mich wieder zurück.

Tagträume können einen wirklich aus der Realität holen. Ich reibe mir noch einmal meine Augen und reiße sie wieder auf. Jetzt bin ich wieder in der echten Welt und nur noch eine Bushaltestelle von meinem Zielort entfernt, die in weniger als drei Minuten erreicht ist. Der Bus hält am Rande des Stadtparks und ich steige aus.

Nachdem ich die nächste Häuserecke passiert habe, sehe ich unfreiwillig einen merkwürdigen Typen, der mich irgendwie an den Moderator von eben erinnert, aus einer öffentlichen Toilette kommen. Er hat ein schmerzverzerrtes Gesicht, als würde er sich vor sich selbst ekeln. Aber wenn er sich bereits vor sich selbst ekelt, wie sehr muss sich dann der Nächste, der da rein will, vor dem ekeln, was der da drinnen fabriziert hat? Und wie sehr muss sich das, was er fabriziert hat, vor ihm geekelt haben, dass es unbedingt aus ihm heraus wollte? Na ja, das ist zumindest für mich im Augenblick irrelevant. Ich gehe weiter Richtung Marktplatz.

Hier wartet Erik schon auf mich. Man könnte sagen, Erik ist mein bester Kumpel, obwohl wir uns noch gar nicht so lange kennen. Genau gesagt kennen wir uns erst seit zweieinhalb Jahren, aber wir verbringen viel Zeit miteinander. Es ist so ein Ding, wo sich die Freundeskreise im Verborgenen überschneiden, und zwar durch eine Person, die niemand kennt oder die jeder längst vergessen hat, ohne es zu merken. Und ehe man sich versieht, sitzt man des Öfteren in großer Runde am Tisch und leert Gläser, bis es einem nicht mehr gut geht. Erik ist in gewisser Hinsicht das Gegenteil von mir. Er hat schwarzes, kurzes Haar, ist größer als ich und wirkt irgendwie stabiler. Er ist konzentriert und klar bei Verstand, obwohl er immer die verrücktesten Theorien aufstellt. Und jedes Mal aufs Neue rätsele ich darüber, wie ernst er diese meint, denn häufig wanken sie am Rande jeglicher Absurdität.

Wir laufen auf der von einer kleinen Menschenmasse gepflasterten Straße. Der Weg führt uns immer tiefer in die Stadt hinein. Es ist eine mittelgroße Stadt. Nicht so klein, dass hier nichts los wäre, aber es auch nicht so viel los, dass man noch nie auf den Gedanken gekommen wäre, sie irgendwann zu verlassen. Heute findet hier ein Fest statt. Es ist eine Art Erntefest, aber immer mit der unterschwelligen Botschaft: Esst mehr Obst und Gemüse! Hört auf, die Tiere zu schlachten und ihr mit Stresshormonen übersätes Fleisch zu verspeisen! Wir sind aber nicht hier, um billig Gemüse einzukaufen. Wir sind hier, weil es Freitag ist und uns nichts Besseres einfällt.

Die alljährlichen Markt- und Straßenfeste. Eine beherzte Stimmung liegt in der Luft, und alle scheinen ihren Stress auf der Arbeit und daheim gelassen zu haben, um woanders neuen zu produzieren. Überall rechts und links die überdachten Stände. Überall diese Menschen, die einem ständig etwas aufquatschen wollen, für irgendeine gute Sache werbend. Überall die Standmieter, Obst und Gemüse verkaufend.

Aber nicht, dass es nicht auch einen Stand geben würde, an dem wir halt machen würden: „Obstwein und verschiedene Obstschnäpse." Das ist doch schon eher unser Ding. Hier stehen wir also jetzt, an diesem Tisch, und trinken einen Wein, der sowohl an Erdbeere als auch ein wenig an Himbeere erinnert, aber ebenso eine leichte Spur Zitrone durchschmecken lässt. Als ob jemand einfach irgendwelche beliebigen Früchte miteinander vermengt und einen Wein daraus gemacht hätte.

„Hey, sieh mal!", kichert Erik. „Da drüben steht eine übergroße Tomate! Hahaha."

Und da steht sie wirklich. Eine Tomate. Irgendwer steht dort auf der anderen Seite der Straße in einem viel zu großen Tomatenkostüm, um auf den Verkauf leckerer Obst- und Gemüsesorten aufmerksam zu machen. Jetzt dreht sie sich zu uns, mit einem breiten, gestellten Grinsen, während man sich nur allzu gut vorstellen kann, welchen Gesichtsausdruck im selben Moment die Person darunter wohl haben muss. Nicht einmal der anspruchsloseste und am leichtesten zu überzeugende Zuschauer da draußen hätte einem Schauspieler dieses falsche Grinsen abgekauft. Das erinnert mich an etwas. *Die Menschen, Bürger, Kunden, Wähler, Zuschauer und Leser unterschätzen systematisch ihre eigene Rolle. Man kann nur etwas Beeindruckendes machen, wenn sich auch genug Leute davon beeindrucken lassen.*

Die Worte hat Erik mir einmal gepredigt, an einem dieser langen Abende am Tisch. Und er hat recht. Ohne das Einverständnis der Mehrheit, und wenn es nur ein passives ist, geht gar nichts. Jede Theateraufführung funktioniert nur, wenn der Zuschauer den Schauspielern seine Vorstellungskraft leiht und sich von der Geschichte entführen lässt.

Dann sehen wir zwei halbstarke Jugendliche in Richtung der Tomate gehen, mit demselben Ausdruck in ihren Gesichtern wie dem, den man der Tomate wohl aufgemalt hatte. Nur hinter ihrem Grinsen steckt eine völlig andere Absicht.

Sobald sie vor ihr stehen, zwickt einer von ihnen heftig in die Seite ihres Kostüms, während der andere ein paar Birnen aus der Kiste daneben greift. Beide rennen sie sofort los, und die Tomate, die beinahe umgefallen wäre, rennt ihnen hinterher, als sie den Diebstahl bemerkt. Was für ein Anblick, eine fette, grinsende Tomate verfolgt zwei Jugendliche. Dann verschwinden sie irgendwo hinter einer Ecke aus unserem Sichtfeld. Ein sehr belustigendes Schauspiel.

Ich wende mich nun wieder Erik zu: „Kennst du das, wenn man das Gefühl hat, als würden alle einen verarschen, als wären alle nur gute Schauspieler und du eine Art Versuchsaffe? Stell dir doch mal vor, alle gaukeln sie die nur etwas vor. Oh Mann, das würde so vieles erklären. Manchmal warte ich wirklich nur noch darauf, dass sich jeder Teilnehmer dieser riesigen Vorstellung der Reihe nach mit wirklichem Namen vorstellt und dankend verbeugt, wie am Ende einer Aufführung oder beim Abspann nach einem Film."

Mit scharfem Blick schaue ich Erik an, um genau seine Reaktion aufzunehmen. Möglicherweise gesteht er mir ja jetzt, dass alles nur Teil einer riesigen Verschwörung ist und ich mich nicht länger damit auseinandersetzen muss, was mit dieser Welt nicht stimmt. Vielleicht hat dieser ganze Zirkus ja endlich ein Ende.

„Und dann denke ich wieder, dass ich das nie herausfinden würde, wenn sie gut aufeinander abgestimmt wären. Also alles Gedankenverschwendung. Das Einzige, was ich dabei immer noch im Hinterkopf behalte, ist das Wissen darüber, dass ich dieses Versteckspiel wenigstens in Betracht gezogen habe. Wenn ich also doch letzten Endes recht behalten sollte und sie sich irgendwann dazu bekennen sollten, dann könnten sie sich nicht mehr einbilden, sie hätten mich damit völlig überrascht."

„Also ich habe nichts mit einer solchen Verschwörung zu tun, das kann ich dir versichern. Das würde dir wahrscheinlich jeder, der sich gegen dich verschworen hat, auch sagen, aber mir kannst du's glauben. Wenn, dann verarschen sie uns beide und wir werden nie dahinterkommen. Für die Ewigkeit verarscht, aber wenigstens nicht allein."

„Wenn einer hört, was wir hier so reden, der muss uns für krank halten."

„Na ja, nach deiner Theorie wären wir doch die einzig Gesunden."

„Mann, du musst aber auch immer auf alles noch eine schlagfertige Antwort geben, oder? Du kannst es nicht einmal aushalten, einfach etwas stehen zu lassen, ohne dich dabei zu profilieren."

Zuerst senkt er seinen Kopf, aber dann sieht er mich schweigend an, ohne auch nur ein Wort zu sagen. Und allmählich gehen seine Gesichtszüge in ein hämisches Lächeln über. Und dann wird es auch mir klar. Es ist einfach nicht zu fassen! Sogar jetzt behält er seine Schlagfertigkeit, nämlich indem er den Mund hält.

Einen weiteren Becher Wein später gehen wir weiter in Richtung des Flusses, der durch unsere Stadt fließt. Kurze Zeit später gelangen wir an das ruhige Gewässer, und hinter uns steht ein penetrant hoch und breit gebautes Hotel in einem sehr merkwürdigen Stil. Alles daran ist komisch geformt und bunt bemalt, mit Farben aus einer anderen Welt. Die oberen Etagen ragen über den Fluss hinweg, während die unteren Etagen weiter hinten gelegen sind. Es scheint, als ob das Gebäude einen Oberkörper besitzt, der sich nach vorne lehnt, um nach etwas zu greifen, was der Unterkörper gar nicht braucht.

Als wir einen entspannten Platz gefunden haben und uns hinsetzen, sagt Erik sofort: „Ich hatte auf den Straßen hierher eben so viel Blicksex, dass ich erst einmal eine rauchen muss." Also zieht er etwas hervor, das sich als Joint entpuppt, und steckt es sich an.

Erik sagt: „Das mit nächster Woche steht noch, ja? Da ist der Tag der offenen Tür am Institut für Philosophie, und du wolltest mitkommen, weißt du noch?"

„Ja", sage ich.

„Also?"

„Also was?"

„Also kommst du mit? Sag mal, was ist denn mit dir los?"

Beim Blick auf den Fluss war ich wieder einmal völlig in Gedanken versunken und habe ihm nicht zugehört. Aber ich kann nie genau sagen, was ich eigentlich gedacht habe, es passiert einfach.

„Ach so, klar bin ich dabei. Kann ich mir allerdings immer noch schwierig vorstellen", sage ich. „Du als Philosoph und Entdecker des Sinnes des Lebens."

„Aber ich entdecke doch nicht den Sinn des Lebens. Das haben irgendwelche anderen klugen Leute schon gemacht, und ich lerne von ihnen."

Alles klar, ich selber habe also noch keine Ahnung, was ich mit meinem Leben anfangen soll, aber ich geh erst mal mit zu irgend so einer Veranstaltung von Philosophen. Mal ehrlich, ich habe keine Pläne, obwohl ich mir immer so einen Kopf mache. Ich bin am Arsch. Oh man, wenn ich nicht bald mal eine zündende Idee für meinen Lebensentwurf habe, bin ich voll am Arsch.

„Du bist im Arsch", sagt Erik. „Wenn du das hier rauchst, bist du völlig im Arsch." Mit diesen Worten entlässt er den restlichen Rauch aus seiner Lunge und reicht mir den Stängel.

„Das bringt dich mal ein bisschen runter", fügt er hinzu.

„Ich rauche kein Gras, und du solltest auch mal langsam damit aufhören. Immerhin studierst du ja bald."

„Man, die rauchen da alle, das sind Philosophiestudenten. Denkst du, die Geheimnisse der Welt offenbaren sich einem, wenn man nüchtern ist? Komm schon! Du gehörst wohl auch zu den Leuten, die glauben, Rotkäppchen bringt ihrer Großmutter einen Korb voll Wein und Kuchen, oder? Mann, diese ganzen Märchen sind eine Lüge, die haben sich den Scheiß von morgens bis abends hinter gepfiffen."

Ich nehme auch einen Zug, einen zweiten, einen dritten – und gebe ihn wieder zurück. Aber merken tue ich davon nicht viel.

Etwas später sitzen wir mit dem Gesicht zu diesem scheußlich aussehenden Gebäude. Unten in der Lounge scheint irgendeine Feier stattzufinden. Elektronische Musik, laute Beats, viele Farben und betrunkene Menschen, viel zu gut gekleidet für diesen Anlass. Ehrlich gesagt sind derartige Feierlichkeiten für mich nur sehr schwer zu ertragen. Aber glücklicherweise wurde ich dazu nicht eingeladen. Und ich will diese Stimme in meinem Kopf ausschalten, die die ganze Zeit über so laut ist, dass ich mit meiner echten Stimme gar nicht mehr weiß, was ich sagen soll. Jetzt bin ich hier, nur hier.

Und dann fällt mir etwas Merkwürdiges auf. Im Erdgeschoss, gleich rechts neben der Lounge mit der Party, geht das Licht an. Es ist nicht nur irgendein Licht, es ist verschiedenfarbig. Durch das große Fenster sehe ich, dass ein Beamer all diese Farben links an die leere Wand projiziert. Tanzende Figuren von Licht bewegen sich auf der Leinwand, während langsam schreitend mehrere Personen den Raum betreten. Und wie sie angezogen sind, feiner als fein.

Diese Männer, die sich jetzt setzen, sehen verdammt reich und mächtig aus, und so ernst. Es ist, als ob sie die Oper betreten hätten, eine sehr bedrückende Vorführung. Der Projektor wirft die Lichter an die Wand. Der Rest des Raumes ist vollkommen dunkel. Kein Geräusch dringt aus diesem Raum zu uns. Vielleicht ist es auch vollkommen still da drinnen, so sieht es jedenfalls aus. Aber mit der Musik von nebenan, aus der Lounge, ergibt das Schauspiel eine noch merkwürdigere Situation. Alle starren nur wie gebannt auf die Wand. Verschiedene Muster ergeben sich durch das Licht. Sehr kunstvolle und aufwendige Formen, die unterschiedlichsten Farben schnell und unerwartet einander abwechselnd. Ihre ruckelnden Bewegungen, betont von den abgehackten Beats aus dem anderen Raum. Vermutlich irgendeine Form von abstrakter Kunst. Mit kritischem Blick schauen die Gäste aufmerksam zu, als ob sie anschließend dafür eine Bewertung abgeben müssten. Sie wirken so nachdenklich und gebannt. Wie hypnotisiert.

Und wir beide sind ebenfalls wie in einen Bann versetzt. Diese Leute dort, was sind das für welche? Menschen aus einer anderen Zeit? Aliens? Unter den Gästen, oder was auch immer die sind, ist einer dabei, der hervorsticht. Er hat einen Zylinder auf dem Kopf, einen großen schwarzen Zylinder. Eigentlich merkwürdig, dass niemand etwas sagt, denn mit seinem Haupt müsste er allen anderen die Sicht versperren. Und was dem Ganzen noch die Krone aufsetzt: Er dreht langsam seinen Kopf und starrt zu mir herüber. Als er in unsere Richtung guckt, bekomme ich eine Gänsehaut. Etwas furchterregend sieht der schon aus. Ich weiß nicht, ob es die Farben sind, aber sein Gesicht wirkt irgendwie leer. Jetzt nimmt er seinen Zylinder ab und verneigt ihn in meine Richtung, als ob er mich damit begrüßen will. Wer ist denn dieser Kerl – und was will der von mir?

„Was sind das denn für kranke Typen?", sage ich. Daraufhin neigt der Mann seinen Kopf wieder zur Leinwand.

„Wieso?", entgegnet Erik. „Lass die doch auch mal ihren Spaß haben. In dieser freien Welt darf jeder seine Fantasien ausleben, oder nicht?"

Dann scheint die ganze Sache also nur mir komisch vorzukommen, oder vielleicht liegt das auch an dem Gras. Meinetwegen sollen die doch alle machen, was sie wollen. Aber es ist etwas daran, dass mir trotzdem keine Ruhe lässt. Die Tatsache, dass dieser dunkel schimmernde Mann einer Figur ähnelt, die ich fast regelmäßig in meinen Träumen sehe, erschreckt mich irgendwie. Nur hatte diese Figur nie einen Zylinder – und sie hatte sich mir noch nie in der Wirklichkeit offenbart. Vielleicht wollte er sich mit dem Zylinder zuerst vor mir verstecken, um sich dann mit einem Gruß vor mir zu entpuppen. Was sollte dieser Gruß? Schauderhaft. Mich beschleicht der schreckliche Gedanke, dass er damit den Beginn von etwas einleiten wollte, was sich immer mehr in meinem Erleben bemerkbar macht. Das wahnsinnige Gefühl, nicht mehr unterscheiden zu können, was real ist und was fantasiert. Womöglich ist die Trennung zwischen Vorstellung und Wirklichkeit die eigentliche Illusion. Aber eins weiß ich mit Sicherheit: Die Grenzen werden durchlässiger.

SIND SIE HERR KOPP?

Es ist später Abend. In einem wohlhabenden Haus in einer Siedlung am Rande einer anderen Stadt hört man ein Geräusch. Es klingt wie ein Warnsignal in einem U-Boot, welches einem mitteilen will, dass das Radar andere Schiffe in der Umgebung geortet hat. Zwei oder drei Töne wechseln schnell einander ab. In diesem Haus ist es das Telefon. Aber niemand scheint da zu sein, um den Anruf entgegenzunehmen. Das Telefon ruft nach Aufmerksamkeit, es klingelt einsam in den Flur hinein.

Doch dann hört man die Tür fallen und jemand kommt herein. Dieser jemand macht aber keine Anstalten, sich zu beeilen, um das Telefon zu erreichen. Stattdessen legt er in Ruhe seinen Mantel und die Schlüssel ab und betätigt dann die Lautsprechfunktion des Haustelefons. Aber mehr als ein unmotiviertes „Ja" bringt er erst mal nicht heraus. Die Stimme am Hörer sagt: „Herr Kopp?"

„Ja." – Gleicher Tonfall.

„Ich bin Doktor Friedmann vom St. Vincent Krankenhaus. Wir haben den ganzen Tag über versucht, Sie zu erreichen. Leider müssen wir Ihnen mitteilen, dass es einen Unfall gegeben hat. Der Reisebus, in den Ihre Frau und Ihr Sohn heute Morgen eingestiegen sind, ist aus noch unbekannten Gründen in Flammen aufgegangen."

Kopps Stimme schwenkt von Gleichgültigkeit in panische Besorgnis um. „Moment mal, was sagen Sie da? Wieso in Flammen? Was ist passiert?"

„Wir wissen nicht, wie es genau passiert ist. Viele Fahrgäste haben es leider nicht überlebt. Und ich bitte Sie, umgehend hierher ins Krankenhaus zu kommen!"

„Haben mein Sohn und meine Frau …?"

„Ich würde Sie wirklich bitten, so schnell wie möglich hierher zu kommen! Dann können wir über alles reden."

„Bin gleich da."

Und plötzlich läuft alles langsamer ab und die Umgebung verschwimmt. Kopp spürt, wie sein Herz immer schneller schlägt und sein ganzer Körper plötzlich so warm wird. Er fängt überall gleichzeitig zu schwitzen an, und der Schock verpasst ihm eine Gänsehaut. Kurz noch steht er starr und gelähmt im Flur, sein Blick an die Wand gefesselt.

Sobald er sich wieder einigermaßen unter Kontrolle hat, steigt er direkt in seinen Wagen und begibt sich auf die Straße. Eine kurze Autofahrt später steht er in der Notaufnahme des St. Vincent Krankenhauses. Eine Schwester spricht ihn von der Seite an, als er nach seiner Familie sucht.

„Sind Sie Herr Kopp?"

Er dreht sich zu ihr. „Ja."

„Gehen Sie bitte in das Zimmer 009. Da hinten auf der linken Seite."

Daraufhin eilt er weiter den Gang entlang und hält auf der linken Seite Ausschau nach den Zimmernummern. 013 … 012 … 011 … 010 … 009, da ist es.

Das Zimmer ist abgedunkelt, nur eine kleine Lampe leuchtet neben dem Bett. Alles scheint irgendwie sehr ruhig und leer. Viel zu ruhig für das, was passiert ist. Doktor Friedmann steht mitten im Raum und wirkt etwas erleichtert, während er Kopp bemerkt.

„Sie müssen Herr Kopp sein. Gut, dass Sie es so schnell geschafft haben."

Kopp tritt näher an das Bett heran und sieht seinen Sohn dort liegen, an eine Maschine angeschlossen.

„In diesem Zimmer haben wir Ihren Sohn Joel untergebracht. Er leidet an schweren inneren Verletzungen und liegt jetzt im Koma. Wir tun, was uns möglich ist, um ihn wieder da rauszuholen. Aber das wird seine Zeit dauern."

„Wie lange?"

„Das können wir Ihnen beim besten Willen nicht sagen. Wir können Ihnen nicht einmal sagen, wie die Chancen stehen, dass er wieder erwachen wird. Dafür ist es zu früh. Sobald wir was wissen, werden Sie unmittelbar darüber informiert."

Kopp hockt sich neben das Bett, sieht Joel an und nimmt seine Hand. Die Ungewissheit ist das Schlimmste daran, weil man nicht sicher sein kann, ob man sich ein Fünkchen Hoffnung erlauben darf. Aber das ist noch nicht alles, es bleibt ja noch eine andere Frage.

„Und wo ist meine Frau?"

Ein schweres Atmen dringt von Seiten des Doktors an ihn heran. Also noch einmal. „Wo ist sie? Im Zimmer nebenan?"

„Herr Kopp …"

„Nein, nicht Herr Kopp! Ich habe sie nach *Frau* Kopp gefragt!"

„Sie hat die Explosion leider nicht überlebt." Daraufhin sackt Kopp am Rande des Bettes zusammen und lehnt sich mit dem Rücken gegen das Bett, um nicht auf dem Boden liegen zu müssen. Sofort laufen ihm die ersten Tränen das Gesicht herunter.

In fassungslosem Leid versunken, spricht er ins Leere. „Was? Meine Frau ist tot?"

Der Doktor kommt zu ihm und berührt ihn an der Schulter. „Sie haben mein aufrichtiges Beileid. Es war ein schwerer Unfall. Bevor ihr Körper den Geist aufgegeben hat, war sie auch zunächst in einem komatösen Zustand, als sie hierher gebracht wurde. Ihr Bewusstsein ist also vor dem Brand geflüchtet, weshalb ich denke, dass sie keine Qualen leiden musste."

Nach kurzem Schweigen redet der Doktor weiter: „Ich werde Sie beide jetzt allein lassen. Sie haben morgen einen Termin bei dem zuständigen Polizeibeamten. Er interviewt alle Beteiligten. Machen Sie es gut, Herr Kopp!"

Kopp bleibt noch immer fassungslos. Er weiß nicht, was er sagen oder denken soll. Alles daran überfordert ihn. Seine Frau Halina ist für immer weg, sein Sohn ist bewusstlos, und es bleibt abzuwarten, ob er überhaupt irgendwann richtig weiterleben wird. Das alles passiert so plötzlich. Eben noch wünschte er beiden eine wundervolle Urlaubswoche und küsste seine Halina zum Abschied, bevor er zur Arbeit fuhr. Aus dem Auto hatte er winkend zum Ausdruck gebracht, dass er sie beide nur widerwillig gehen ließ. Halina hätte diese Freizeit so dringend gebraucht. Und dann sind sie beide auf einmal weg oder nur noch körperlich anwesend.

In seinem Kopf hallen jene Worte wider, die der Doktor zu ihm gesagt hat: „*Es war ein Unfall.*" Ein Unfall. Wie kann so etwas passieren? Und obwohl er sich dessen bewusst ist, dass die Antwort auf diese Frage weder seine Frau zurückholt noch seinen Sohn erwachen lässt, führt sie ihn zu einer grauenvollen Überzeugung: Es handelt sich um Mord, einen Terroranschlag oder etwas Ähnliches.

Nach einigen Minuten richtet er sich mühsam vom Boden auf, entweder, weil er irgendwann eingesehen hat, dass er anfangen muss, die Geschehnisse zu akzeptieren, oder weil er es einfach nicht länger ausgehalten hat, dort herumzukauern. Er tritt ans Fenster heran und sieht nach draußen. Dort ist es dunkel und still, Vollmond.

Piep, piep. Piep, piep.

Dieses Geräusch ist ihm vorher gar nicht aufgefallen. Es ist die Maschine, die Joel versorgt und die ihm das Leben retten könnte. Ihr rhythmisches Piepen verbindet sich mit der Ruhe, die in diesem Zimmer herrscht und die auch draußen zu herrschen scheint. Nichts bewegt sich da draußen, es ist alles so ruhig und leer. In diesem Moment melden sich die nächsten Fragen zu Wort: Was ist, wenn Joel zwar überlebt, aber für immer im Koma gefangen bleiben wird? Was ist, wenn er nie wieder wird gehen oder sprechen können? Das Piepen ist jetzt nur noch ein leises Seufzen irgendwo im Hintergrund. Ein letzter und schwacher Hoffnungsschimmer.

UNHEIL-BAR

Den ganzen Tag fühle ich mich wie erschlagen – ob es nun an dem Zeug liegt, was wir gestern geraucht haben oder ob es nur der schlechte Schlaf war. Es ist fast schmerzhaft, nicht richtig geschlafen zu haben, fühlt sich an wie eine Metallstange, die man mir von der Seite durch den Kopf gebohrt hat und die mich den ganzen Tag daran erinnert, wie dringend ich guten Schlaf brauche. Wie nervig.

Am Abend schleppe ich mich durch meine unaufgeräumte Wohnung bis in die Küche, vielleicht ist es sogar mehr ein Taumeln als ein Schleppen. Aber als ich vor dem Kühlschrank stehe, ist mein Kopf wie ausgeschaltet. Blackout. Ich weiß, dass ich irgendetwas wollte, aber es entzieht sich mir ganz plötzlich. Erst die Tatsache, dass ich an die Kühlschranktür starre, bringt mich wieder zurück auf den Plan. Ich öffne sie und erfreue mich an der belebenden Kälte, die mir entgegenkommt. Ich entnehme ein paar Utensilien und schließe sie wieder. Aus einem anderen Schrank hol ich das Brot dazu und setze mich mit meiner Ausrüstung an den Tisch.

Meine Atmung ist schnell und angestrengt. Entweder ist mein Körper wirklich überfordert oder er will mich wachhalten. Einen kurzen Moment bastele ich an der Brotverpackung herum, um die Plastikklemme, die das Brot luftdicht verschließt, zu entfernen. Das Ganze hat lächerlich lange gedauert, und wenn ich gerade mehr Kraft hätte, würde ich sogar über mich selbst lachen. Ich nehme zwei Scheiben Brot heraus und lege sie auf ein Brett ...

Eine große Fläche von nichts umgeben. Voll mit Getreidepflanzen, die in der Melodie schwingen, die der Wind vorgibt. Erntekörbe bis zum Rand gefüllt mit Korn. Eine Mühle rackert am Fluss. Ich kann ihn plätschern hören. Dann eine Gemeinschaft von Hühnern, Eier legend, mit dem Ausdruck von Rebellion im Gesicht. Mehl und Gewürzmischungen, Wasser und eine heiße Flamme. Überdimensional große metallene Rührtöpfe verarbeiten den Teig.

Wie automatisch schieben sich diese Bilder vor mein Auge, wie in einer Diashow, eins nach dem anderen. Mit dem Unterschied, dass ich fühlen kann, was auf diesen Bildern passiert. Ich mache mir ein Geflügel-Tomaten-Sandwich, ziehe meine Straßenschuhe an und werfe eine Jacke über. Das Sandwich in der einen, den Schlüssel in der anderen Hand, verlasse ich meine Wohnung und einige Treppenstufen und einen Biss ins Brot später auch die Wohnhaustür. Draußen herrscht eine unruhige Atmosphäre. Es hat leicht zu regnen angefangen.

Man kann den Wind dabei beobachten, wie er einzelne Regentropfen durch die Gegend wirbelt. Jetzt fällt mir auf, wie ungewöhnlich stark der Wind heute ist. Es ist schon gewaltig, wie er sich jedes Mal aufbaut und allmählich zu einem wuchtigen, langsamen Peitschenhieb gegen die Häuserwände ausholt. Aber dort hängt er fest, das hört man. Er scheint auch alle Leute von den Straßen vertrieben zu haben, was mir auch erst jetzt klar wird. Hier ist niemand. Wo sind die alle? Ich warte an einer Kreuzung darauf, dass die Ampel auf Grün umschaltet. Dabei beiße ich noch zweimal in mein Sandwich, als es in meinem Kopf wieder zu blitzen anfängt …

Das rote Ampelmännchen steht starr und rührt sich nicht. Da kommen drei grüne Ampelmännchen zu ihm. Das eine zieht ihm am Arm, das zweite zieht an seinem Bein. Beide wollen ihn aus seiner Starre holen und in Bewegung versetzen. Das dritte Ampelmännchen jedoch bemerkt, dass sich das Wesen des fremdartigen Ampelmännchens vor allem durch seine rote Farbe auszeichnet, nicht durch seine Starre. Deshalb kommt es mit einem in grüner Farbe getunkten Pinsel daher, in der Hoffnung, es würde ihn zu einem der ihrigen machen. Doch was sie alle drei nicht verstehen, ist die Tatsache, dass das rote Ampelmännchen dadurch seinen Informationsgehalt verlieren würde, den Grund für seine Existenz. Und

damit würden aber auch die grünen Männchen ihren Sinn verlieren. Und
so würden sie nie wieder jemanden warnen. Alle Menschen würden ein-
fach weitergehen und niemals stehen bleiben. Aber das gehört nicht zum
Wissensschatz eines Ampelmännchens, das kann es nicht.

Sobald die Ampel auf Grün schaltet, komm ich automatisch zu mir und will gerade loslaufen, als ich merke, dass ein Bus noch an mir vorbei will, also lasse ich ihn. Das Fahrzeug biegt schnell um die Ecke, wodurch es mir nur einen kurzen Blick auf die Passagiere erlaubt. Und was ich dort sehe, ist wieder einmal typisch. Ein wunderschönes Mädchen mit einer viel zu starken Ausstrahlung, als dass man ihr standhalten könnte. Sie sieht mich im Vorbeifahren auch an. Und plötzlich durchfährt mich ein Kitzelgefühl, als ob man von irgendwo her runterfällt. Aber dieses Mädchen anzusehen fühlt sich gar nicht gut an. Es fühlt sich eher an wie ein Vorwurf: Warum rennst du nicht dem Bus hinterher und steigst an der nächsten Haltestelle mit ein? Warum sprichst du nicht mit mir? Der Bus zieht vorüber, die Straßen sind wieder leer, und ich gehe weiter.

Idiotischerweise fühlt es sich fast wie ein Abschied an. Ein Abschied von dem Mädchen, das ich nie kennenlernen würde. Wieso schießen mir nur solch seltsame Gedanken durch den Kopf? Sie war doch nur irgendeine Fremde. Aber darum geht es nicht. Die Empfindung bleibt trotzdem so stark. Ich habe mich schon oft gefragt, was mit mir nicht stimmt. Aber wer tut das nicht? Vielleicht wäre es besser, wenn ich nicht in jeden Bus schaue, der vorbeifährt.

Ich reiße mich zusammen und schiebe diese komischen Ideen beiseite. Heute will ich einfach ein bisschen Spaß haben in gemütlicher Runde. Das wird mir doch wohl vergönnt sein. Jetzt ist eine Einstellung gefragt, in der ich mich locker fühle und alle inneren Dialoge auf später vertage. Wie eine Maske setze ich eine andere Denkweise auf. Damit fühl ich mich wohler, und der Abend kann beginnen. Ich darf nur nicht zurückfallen.

Dort ist es. In blauer Schrift kündigt sie sich an: „Unheil-Bar." Das treibt die Leute an die Theke. Man braucht nicht mehr als ein schlechtes Wortspiel und alkoholische Getränke. Ich betrete das Lokal und setze mich zu Erik und den anderen. Er ist gerade mitten im Gespräch, weshalb es erst mal nur für eine kurze begrüßende Geste reicht. Wir sind doch eine größere Runde, als ich dachte.

Mir gegenüber sitzt eine Blondine, daneben ein ziemlich nach Freak aussehender Kerl (er hat eine ziemlich dicke Brille und ist die ganze Zeit nur am Grinsen) und links neben mir Erik, der immer noch in ein lautstarkes, aber lustig anmutendes Gespräch vertieft ist. Er erzählt gerade einen langen Witz, den ich von ihm schon zig Mal gehört habe.

Von gegenüber höre ich: „Hallo, mein Name ist Elli." Oh Mann, jetzt weiß ich ja gar nichts mehr. Heißt die jetzt Elisabeth oder Elfriede oder einfach nur Elli? Und wer verdammt noch mal ist der Typ neben ihr, der mich die ganze Zeit nur mit seinem Pferdegesicht angrinst? Der stellt sich nicht vor. Egal. Es fängt wie immer an mit Small Talk: Was machst du so? Was hörst du so für Mucke? Scheißwetter. Das Ganze etwas ironisch, weil man ja weiß, dass es nur sinnloses Gequatsche ist. Ich erzähle ihr, dass ich selbst Musik mache, und sie tut so, als wäre das extrem beeindruckend. Sollte es gar nicht sein.

Sie sagt: „Oahh. Ich wollte schon immer Klavier spielen lernen. Meine Eltern haben eins zu Hause im Wohnzimmer stehen. Aber es steht nur stumm in der Ecke, weil niemand spielen kann." Endlich hat sie das Gespräch übernommen. Ich bin gerade überhaupt nicht gewillt, viel zu reden.

Sie redet und redet. Wir sind nach der Musik schon bei drei anderen Themen gewesen, glaube ich zumindest. Langsam, aber sicher werde ich nervös. Nicht wegen ihr, nicht direkt wegen unseres Gesprächs. Es ist nur diese allgemeine Belanglosigkeit, die ich nicht verstehen kann und die mich innerlich unruhig macht. Meine linke Hand wandert in meine Hosentasche, und lautlos klimpere ich mit dem Schlüssel darin rum, weil ich es sonst nicht aushalte.

Sie redet und redet. Ich nicke immer nur und denke mir: Wie kann man so begeistert über etwas so Belangloses reden? Ich versuche ihr ja zu folgen und zuzuhören, denn sie ist ja keineswegs uninteressant. Aber ich kann mich nicht mehr konzentrieren. Ich bin in meiner eigenen Welt. Und das Geklimper in meiner Tasche wird intensiver. Ich werde fast schon ein wenig aggressiv. Aber gegenüber wem? Gegenüber ihr sicherlich nicht. Gegenüber mir selbst? Oder ist es, weil der Typ da neben ihr mich immer noch mit seiner breiten Pferdeschnauze anglotzt? Was hat es denn mit dem auf sich?

Sie redet und ich kann nicht mehr. Ich fange an zu schwitzen. Jetzt bloß aufpassen, dass mir die Maske nicht vom Gesicht gleitet. Und genau in dem Augenblick hört sie plötzlich auf zu reden. Fühlt sich so an, als ob sie mitten im Satz aufgehört hätte, aber das kann ich gar nicht wissen, weil ich ihr nicht mehr zugehört habe. Jedenfalls schweigt sie. Sie bewegt nur noch ihren Kopf im Rhythmus der Hintergrundmusik und guckt mir die ganze Zeit tief in die Augen. So eindeutig und doch so schwierig. Mein Kopf brummt. Wie kann Kommunikation nur so kompliziert sein?

Als ich mich umsehe, bemerke ich, dass es den anderen überhaupt nicht schwerfällt. Nicht einmal im Geringsten. Sie reden ununterbrochen miteinander, völlig flüssig, aber völlig vorhersehbar. Es scheint, als hätten sie das gesamte Gespräch alle miteinander vorher geübt, sich Notizzettel bereit gelegt, damit niemand seinen Einsatz verpasst – an genau der Stelle, an der alle es von ihm erwarten. Jeder erfüllt genau seine Rolle, klischeehafter geht es kaum. Ich stelle mir vor, wie sich an den Rücken aller Beteiligten ein Rädchen befindet, so eins, das Spielfiguren hinten haben. Und wenn man hinten dreht und danach wieder loslässt, bewegen sich die Figuren von allein vorwärts. Genau das muss hier passiert sein, mit all diesen Leuten. Es wirkt alles so aufgezogen. Jemand muss doch ganz kräftig an den Rädern aller gedreht haben. Die ganze Szene spielt sich von allein ab, so fehlerfrei, so perfekt. Ich wünschte, mich hätte am heutigen Abend jemand aufgezogen, dann würde alles von allein passieren. Ich verlier mich völlig in meinen Gedanken, meine Hand umklammert jetzt noch fester den Wohnungsschlüssel in meiner Hosentasche.

Ich sehe es vor mir. Jeder hier hat seinen Platz, jeder ist genau in seiner Rolle. Und ich bin bloß das, was noch übrig bleibt. Ich nehme immer die Rolle ein, die noch nicht besetzt ist. Also, was ist mir heute zugedacht? Aber ich sollte wieder zu mir kommen, damit ich hier nicht völlig abdrifte.

Und dann die Rettung.

„Hey, was meinst du, kippen wir uns einen in die Kehle?", bricht Erik die Stille.

Ich habe bis jetzt nur ein Bier getrunken, also sage ich: „Und ob!"

Und es sollte nicht der letzte Schnaps gewesen sein. Ich unterhalte mich mit Erik über den üblichen Kram, während er sich eine Kippe nach der anderen anzündet. Er ist ein ziemlich starker Raucher. Dieses routinemäßige Gespräch fühlt sich so einfach und sicher an. Jetzt bin ich wieder weniger angespannt und erleichtert. Jetzt wird die Maske um mein Gesicht wieder fester.

Die Blondine von gegenüber, Elena oder Elli oder wie sie heißt, scheint ein bisschen enttäuscht zu sein, dass niemand mit ihr redet, weil ich mich mehr an Erik gewandt habe. Aber sobald wir alle ein volles Schnapsglas vor uns haben und wir alle gemeinsam zum Trunk ansetzen, könnte man mit viel Fantasie fast ein wenig Freude in ihrem Gesicht erkennen. Nicht etwa wegen des Alkohols, nein, wegen der gemeinsamen Aktion des Anstoßens und der lautstarken Vorfreude darüber in der gesamten Runde. Also trinken wir alle. Und der komische Typ neben ihr schnauft wie ein Pferd, nachdem er das Glas absetzt. Er schaut uns alle wieder mit seinem breiten Grinsen an, die Lippen ein wenig gespitzt und den Kopf leicht nach vorn gelehnt. Wie ein glückliches Pferd eben. Schön für ihn.

Passend dazu erzählt Elli gleich darauf davon, dass sie mal bei einem Reitturnier den zweiten Platz belegt hat. Voller Stolz erzählt sie mir die ganze Geschichte – und wie sehr sie Pferde liebt. Ich muss mich echt anstrengen, nicht nach links zu dem komischen Grinser zu schauen und ihr weiter aufmerksam zuzuhören.

Sie sagt: „Dafür habe ich sogar eine silberne Medaille bekommen. Hängt zu Hause über meinem Bett …"

Erik mischt sich wieder ganz plötzlich ins Gespräch ein: „Ich habe mal bei der Erotikmesse einen Porno gefangen. Das Filmchen flog zwischen die Menge, und als ich es aufheben wollte, musste ich mir einen erbitterten Kampf mit jemandem liefern, der es scheinbar ziemlich nötig hatte. Aber ich habe gewonnen. Liegt zu Hause unter meinem Bett."

Eine halbe Stunde später hat sich die Runde weitestgehend aufgelöst. Und Elli ist weg, sie hat natürlich ihren Pferdefreund mitgenommen. Ich sitze zu zweit mit Erik auf einem Ecksofa, jeder auf einer anderen Seite der Ecke. Und wie so oft schon werden gegen Ende des Abends die Gespräche interessanter oder jedenfalls geistreicher. Auch wenn es nicht immer gleich den Anschein hat.

Erik sagt: „Neulich war ich nach einem durchzechten Abend nachts auf dem Nachhauseweg und gehe durch die Innenstadt. Und wenn es eins gab, was ich noch mehr wollte, als schnell ins Bett zu kommen, dann war es ein Zuckergebäck. Irgendwas Kleines, Süßes, das den Körper besänftigt und ihn dafür entschädigt, was man ihm den ganzen Abend alles so angetan hat."

Ich sehe ihn nicht allzu erwartungsvoll an.

„Und dann geschah etwas, was ich nicht für möglich gehalten hatte, aber es geschah. In der Innenstadt war schon der erste Bäcker dabei, alles für den Tag vorzubereiten, um gleich den Laden zu öffnen. Und über die Straße hinweg ruft mir einer der Verkäufer entgegen: ‚Hey, da drüben, hast du Hunger?' Und ich sage: ‚Ja, na klar habe ich Hunger, habt ihr schon was für mich?' Und nicht nur, dass sie etwas für mich hatten, sie hatten eine ganze Palette Donuts für mich, die irgendwie missraten waren, sodass man sie nicht zum Verkauf anbieten wollte. Sie waren aber gerade frisch zubereitet worden. Also bekam ich von denen 12 Donuts geschenkt. Unglaublich, oder?"

Ich sehe ihn noch immer nicht allzu beeindruckt an. Mein Kopf kippt ein wenig zur Seite und mein Gesicht formt einen kritischen Ausdruck, so, als würde ich den Unterhaltungsgrad seiner Geschichte beurteilen.

Er erwidert: „Komm schon, das war eindeutig Schicksal!"

„Schicksal? Seit wann glaubst du an Schicksal?", frage ich ihn erstaunt.

„Na ja, ich glaube ja nicht nur an Schicksal. Genauer genommen bin ich Kompatibilist."

Daraufhin lehnt er sich langsam nach hinten, verschränkt die Arme und sieht mich gespannt an. Vermutlich kann er kaum erwarten, dass ich nachfrage, was ein Kompatibilist sein soll?

Und dann, als er merkt, dass ich mit keiner Ader gewillt bin nachzufragen und sich darüber ärgert, dass ich das mit Absicht mache, fängt er an: „Das bedeutet, ich glaube, dass alles irgendwie vorherbestimmt ist, aber jeder Mensch gleichzeitig eine Handlungsfreiheit hat. Ich denke, es ist beides miteinander vereinbar."

„Aha", ist alles, was ich dazu herausbringen kann.

Erik bemüht sich, Augenkontakt mit der Bedienung herzustellen. Und es gelingt ihm tatsächlich. Indem er sein leeres Bierglas erhebt und auch auf meines zeigt, das ebenfalls leer ist, macht er ihm begreiflich, was er will. Und in null Komma nichts haben wir beide wieder etwas zu trinken. Und wir nehmen einen kräftigen Schluck, wobei Erik immer einen größeren Schluck nimmt als ich.

Er stellt das Glas wieder ab, atmet laut aus und sagt: „Na ja, aber weißt du, was mich wirklich beschäftigt?" Er sieht mich direkt an. Diesmal hat er aus irgendeinem Grund meine ganze Aufmerksamkeit. Ich bin wirklich neugierig, was er jetzt sagt, denn etwas Banales wird es sicher nicht sein.

„Mich beschäftigt folgende Frage: Was ist eigentlich mit dir los?"

Moment, was meint er denn jetzt damit, was soll denn mit mir los sein? Ich habe doch gar nichts gesagt.

Und er erwidert meinen inneren Monolog: „Irgendetwas muss doch sein, du hast kaum etwas gesagt. Du sagst irgendwie ohnehin sehr wenig in letzter Zeit. Wobei, wenn ich so darüber nachdenke, sagst du generell nicht viel."

Dann beugt er sich ein Stück näher an mich heran. „Man, du bist viel zu oft am Zuhören!"

Aber jetzt sage ich etwas: „Na ja, das kann ich eben ziemlich gut. Wieso muss ich denn auch etwas sagen, wenn ich gar nichts sagen will? Man muss doch auch nicht immer herumplappern. Wenn ich etwas sage, dann gibt es oft auch einen Grund dafür. Und wenn nicht, dann genieße ich es, nichts sagen zu müssen und einfach zuzuhören."

„Ja, schon. Aber …" Und Erik beugt sich wieder nach hinten und lehnt sich an. Er schlägt sein rechtes Bein über das Linke. „Aber manchmal, und sei mir nicht böse, dass ich dir das jetzt sage, manchmal läufst du herum wie ein halber Schluck koffeinfreier Kaffee, den man irgendwo stehen gelassen hat, weil man ihn nicht geschafft hat auszutrinken. Und jetzt ist er kalt."

Von mir bekommt er dafür erst mal keine Antwort. Jetzt zieht sich sein Gesicht zu einem kritischen Ausdruck zusammen, ungefähr so wie meins vorher bei seiner Zuckergebäckgeschichte.

Er spricht weiter: „Ich sehe bei dir keinen Stolz. Und dabei gibt es so viele Gründe für Stolz. Mann, du bist hier bei uns unter den lebenden Menschen, du hast es tatsächlich als erstes Spermium in die Eizelle deiner Mutter geschafft. Wenn das kein Grund ist, um stolz zu …"

„Nein, das geht eindeutig zu weit", unterbreche ich ihn mit einem Schnaufen, das der Absurdität seiner Worte gerecht wird. „Was redest du da eigentlich? Weißt du, wie du auf mich manchmal wirkst? Paranoid."

Erik nimmt wieder einen kräftigen Schluck aus seinem Glas und wischt sich den Schaum vom Mund. Er entlässt ein genussvolles Stöhnen.

Ich erkläre: „Du kommst immer auf so merkwürdige Gedanken, und du teilst sie auch noch den anderen mit. Also auf mich wirkst du paranoid."

Erik greift an den Henkel seines Bierglases, ohne das Glas zu erheben. Und er sagt: „Ok, es mag sein, dass ich manchmal unkonventionelle Sachen sage, ja. Aber daraus ergibt sich doch die quälende Frage: was wäre, wenn die Paranoiden recht haben? Und wer den Paranoiden recht gibt, würde wahrscheinlich selber als Paranoider gelten, womit also nie jemand Normales den Paranoiden recht geben könnte und sie nie jemals recht haben könnten. Alles bleibt beim Alten und die Wahrheit verborgen in den Köpfen der Menschen, die für sie empfänglich sind."

Alles klar, eindeutig paranoid. Aber wenigstens geht es nicht mehr um mich.

Dem Geist auf der Spur

… Piep, piep … Piep, piep …

Herr Kopp ist wie in Trance und das rhythmische Piepen der Schlag eines Pendels, das ihn hypnotisiert hat. Wieder steht er am Fenster im Krankenzimmer und sieht nach draußen. Seine Frau verloren, sein eigener Sohn liegt im Sterben – und es gibt nichts, was er tun kann. Gar nichts. Er ist voll und ganz machtlos. Das konnte aber auch keiner vorhersehen, niemand konnte es verhindern. Beide waren sie wohl zur falschen Zeit im falschen Bus. Die Machtlosigkeit treibt ihn noch in den Wahnsinn. Dieses nagende Gefühl. Warum passiert das alles? Keine Antwort. Und auf einmal kehrt sich die Fassungslosigkeit und der ganze Schmerz nach innen und richtet sich auf ihn. Der Verlust seiner geliebten Familie holt ein Gefühl der Leere in ihm hoch.

Jetzt ist er auf unbestimmte Zeit krankgeschrieben, verurteilt dazu, von dem fernzubleiben, was die Hälfte seines Lebensinhaltes ausgemacht hatte, während die andere Hälfte tot ist oder im Sterben liegt. Eine beklemmende Angst davor hallt irgendwo von tief drinnen wider. Und es ist nicht wirklich Schuld, die er fühlt, aber er fühlt sich auf eine Art verantwortlich. Doch dieses Gefühl ist ihm nicht unbekannt. Er hatte sich oft schon mit dieser Leere auseinandergesetzt, ohne aber je dabei auf eine befriedigende Lösung gekommen zu sein.

Wir verschwenden unsere Liebe an fiktive Figuren einer Fernsehsendung, während echte Menschen da draußen unsere Liebe ersehnen. Wir verschwenden unsere Verantwortung an Routine und Teufelskreise. Jeder Tag ist derselbe. Man tut halt das, was man tut oder etwas anderes. Das ist so, und das muss so sein. Trauer und Aggressivität vermischen sich jetzt. Es ist immer dieselbe Tagesstruktur. Wir gehen zur Arbeit, um das Spiel weiter am Laufen zu halten. Unser Spiel und das Spiel der anderen. Wir setzen Kinder in die Welt, damit diese das Spiel weiterführen können. Aber wird jemals jemand dieses Spiel gewinnen? Und was wäre, wenn wir gar nicht spielen wollen? Wenn man hungrig ist, dann isst man halt, bis man satt ist. Und dann? Noch mehr, um die Leere zu stopfen? Und alles lässt sich ganz einfach mit rationalem Verstand erklären.

Warum aber sind wir dann nicht vollends damit zufrieden? Warum beschleicht uns das Gefühl, dass irgendetwas nicht stimmt, irgendetwas fehlt? Ein Hunger, der sich nicht stillen lässt. Wenn wir durstig sind, dann füllen wir uns ein Glas Wasser. Wenn wir müde sind, dann gehen wir zu Bett. Es gibt auf alles eine Antwort, aber es sind falsche Erklärungen. Was machen wir also gegen dieses Gefühl? Es zittert in uns. Es lässt uns skeptisch werden gegenüber der Welt, gegenüber den anderen, gegenüber uns selbst. Dieser unbefriedigte Drang nach mehr, nach etwas anderem. Jene falschen Erklärungen würden diesen Wahnsinn wahrscheinlich als eine Krankheit einstufen. Aber dann sind wir alle krank.

Das leere Gefühl von Banalität, die Suche nach Erfüllung, sollten wir diese Fragen wirklich dem rationalen Verstand überlassen? Können wir ihm so sehr vertrauen? Aber auch für diese Zweifel kennt der moderne Zeitgeist gewisse Maßnahmen. Es gibt für alles eine Maßnahme. Die innere Sehnsucht wird förmlich zugeschüttet mit einer erschlagenden Menge davon. Aber sie reichen nicht tief genug, sie stillen den Hunger nicht vollständig. Sie treffen knapp vorbei. Also brauchen wir mehr davon. Mehr. Wenn wir nur genug von dem haben, was fast befriedigt, können wir uns selbst immerhin eine ganze Befriedigung vortäuschen.

Und da wird der Hunger dann zu einem Verlangen, zu einer Sucht. Sexsucht, Alkoholsucht, Nikotinsucht. Haben wir nicht mehr Menschen mit komischen Süchten denn je? Es gibt für alles eine Sucht. Menschen mit perversen Fantasien haben eine Schmerzsucht, eine Sucht danach, verletzt oder enttäuscht zu werden. Wahrscheinlich ist auch dies für jene rationale Erklärungen völlig normal, völlig menschlich.

Es ist, als ob in Kopps Innerem seit jeher eine brüchige, alte Tür im Wind klappert und die jüngsten Ereignisse sie gnadenlos aufgestoßen haben. Nun braust der Wind ihm direkt ins Gesicht. Alle diese Gedanken kreisen gerade in ihm, als das Piepen, das ihn ins Träumen versetzte, ihn langsam wieder zurückzuholen versucht.

Da ist etwas in uns verborgen, das raus will. Was es genau ist, ist nicht wichtig. In welche Kategorie es einzuordnen ist, völlig bedeutungslos. Wir wissen nur eines, nämlich, dass es da ist. Und das reicht für diesen Augenblick. Es ist wie eine Erkenntnis, die wir schon tausende Male durchgemacht haben. Nur haben wir sie immer mit einer falschen Antwort unterdrückt. Die Maßnahmen reichten nie aus. Sie trafen immer nur knapp vorbei. Nun beschleicht uns die plötzliche Einsicht, welch ein Narr wir die ganze Zeit gewesen sind.

Worauf hat Kopp nur sein halbes Leben lang gewartet, wofür seine Zeit vergeudet? Vielleicht darauf, dass irgendwann einmal eine Antwort ins Schwarze trifft? Das ist es. Er weiß noch nicht genau, was es ist und kann es nicht in Worte fassen. Aber wozu die Worte, wozu das Verständnis, wenn man weiß, dass man richtig liegt. Diese Wahrheit pulsiert durch seinen ganzen Körper. Er fasst den Entschluss. Nie wieder will er sich mit einer Antwort zufriedengeben, die nur an der Oberfläche kratzt, um von dem abzulenken, was dahinter ist. Nie wieder will er seine Sehnsucht nach mehr mit trügerischen Lockungen beiseiteschieben. Von jetzt an entscheidet er selbst über die richtigen Maßnahmen, die er tief in sich schon immer gekannt hat. Sie waren bloß von Lügen verdeckt. Er ist es seinem Sohn schuldig, und er ist es sich und seiner vergeudeten Lebenszeit schuldig. Schuldig, zu handeln.

Kopp wischt sich eine Träne aus dem Gesicht und blickt zu seinem seit zwei Tagen regungslosen Sohn herüber. Joel liegt in einem künstlichen Koma. Sein Zustand hat sich nicht verbessert. Und er weiß, dass er etwas tun muss. Etwas, das der zerstörerischen Kraft dieses heftigen Unfalls entgegenwirkt. Jene falschen Erklärungen würden diese Idee wahrscheinlich als Rachsucht bezeichnen. Es ist aber so viel mehr als bloß Rache. Kopp weiß, dass er erforschen muss, wer für all das verantwortlich ist. Einen

Moment lang schließt er seine Augen, um wieder in die Gegenwart zurückzukehren. Er schließt die Augen, um aufzuwachen. Als er sie wieder öffnet, blickt eine entfesselte Seele durch diese runden Tore. Dieser Fall hat nun seine vollständige Aufmerksamkeit, ihn auf seine Weise zu lösen die oberste Priorität.

Eine neue Aura umgibt ihn. Güte ist nicht gerade ihr bestechendstes Merkmal – und in falschen Augenblicken Gnade walten zu lassen, ein Fehler, der ihr nicht passieren wird. Und obwohl er diese Energie so noch nie gespürt hat, ist sie ihm nicht fremd. Sie durchströmt ihn, und er lässt sie. Jetzt gelten nur noch seine Maßnahmen. Und die erste wird sich ihm in kurzer Zeit offenbaren, dessen ist er sicher. Aber zunächst gilt es, einen Pflichttermin wahrzunehmen.

Kurze Zeit später befindet er sich im Polizeirevier. Kopp soll dort zum Vorfall befragt werden. Die meiste Zeit versucht der Beamte, ihm den Tathergang getreu den bisherigen Erkenntnissen der Ermittlungen darzulegen.

„Was soll das heißen, Sie wissen es nicht? Es kann doch nicht einfach ein Bus von ganz allein in die Luft fliegen", klagt Kopp, und er bringt der Polizei das gesunde Misstrauen entgegen, das wohl immer der Polizei entgegengebracht wird. Einer muss den Hass und die Schuldvorwürfe der Betroffenen aushalten.

„Hören Sie, Herr Kopp. Bei der Bergung dessen, was von dem Wrack noch übrig ist, konnte keine Ursache festgestellt werden", antwortet der Beamte. „Natürlich aber muss es eine geben, darüber sind wir uns ebenfalls im Klaren. Aber momentan haben wir keine weiteren Hinweise. Wir können nur vermuten, dass es sich um einen mutmaßlichen Angriff gehandelt haben kann, weil vieles darauf hindeutet, aber wir haben weder einen Zünder noch eine Bombe oder Ähnliches entdeckt. Wir sind auch noch am Anfang unserer Ermittlungen, also müssen Sie uns einfach etwas mehr Zeit geben."

Kopp sagt nichts.

„Zu diesem Zweck muss ich natürlich von Ihnen erfahren, ob Sie sich denn jemanden vorstellen können, der Ihnen auf so boshafte Weise schaden würde?"

Kopps innere Anspannung manifestiert sich darin, dass er auf seinen eigenen Zähnen herumkaut, sein Blick gesenkt auf den Tisch. Er scheint auf einmal wieder völlig abwesend zu sein.

„Irgendwelche Leute aus Ihrem Bekanntenkreis, die Ihnen feindlich gesinnt sind, oder gab es sogar schon mal eine Drohung?"

Kopp spricht genervt: „Nein, nichts von alledem. Ich kann mir niemanden vorstellen, der uns so etwas antun würde. Kann ich jetzt gehen? Ich brauche ein bisschen Zeit für mich."

„In Ordnung, Herr Kopp. Dann belassen wir es dabei. Sie werden von uns hören in Bezug auf die aktuelle Lage der Ermittlungen." Der Beamte schreibt etwas.

Nach kurzem Schweigen erhebt sich Kopp aus dem Stuhl und dreht sich in Richtung Tür. Der Beamte unterbricht ruckartig seine Notizen und blickt zu Kopp auf, um darauf mit einem Stöhnen noch eine Sache hinzuzufügen: „Wissen Sie, eigentlich darf ich das nicht machen, aber ich habe das Gefühl, dass es Ihnen hilft."

Nun wendet Kopp sich wieder mit fragendem Gesicht dem Beamten zu.

„Ein Zeuge, dessen Glaubhaftigkeit erst noch beurteilt werden muss, will einen Mann gesehen haben, der ziemlich dicht an dem Bus stand, kurz bevor das Feuer losging. Er soll direkt in eines der Fenster hineingestarrt haben, als würde er jemanden ansehen. Und als es drinnen zu brennen anfing und sich das Feuer in einer Sekunde im ganzen Innenraum ausbreitete, ist dieser Mann, ohne eine Miene zu verziehen, im Park verschwunden."

„Wer ist dieser Zeuge?", fragt Kopp überrascht.

„Sein Name ist Pierre Gelore, ein junger Mann. Kennen Sie den?"

„Nein."

„Wir sind uns sicher, dass er mit der Sache nichts zu tun hat. Aber eines werde ich Ihnen noch sagen, und das nicht nur, weil Sie mir leid tun."

Jetzt macht Kopp einen schon viel aufmerksameren Eindruck. Dies zeigt sich vor allem in seinen geweiteten Augen. Die ganze restliche Gesichtsmuskulatur hängt immer noch schlaff. Zwei Dinge, die irgendwie rein optisch nicht zusammepassen.

Nach kurzem Zögern sagt er: „Pierre Gelore ist überzeugt, dass der verdächtige Mann zuvor von einer Wohnung direkt gegenüber kam, aus einer dunkelgrauen Tür. Und damit wir uns nicht missverstehen, natürlich sind wir dieser Spur schon nachgegangen. Doch leider ohne Erfolg. In dieser Wohnung konnten wir niemanden antreffen, und wir sind nicht berechtigt, dort einzudringen. Die Kollegen gehen inzwischen davon aus, dass dort auch nichts Hilfreiches zu finden ist. Nur deshalb kann ich Ihnen das sagen, weil die Polizei dort nicht mehr dran hängt, mir diese Sache aber immer noch komisch vorkommt."

„Ich danke Ihnen." Wieder zur Tür gewandt, nimmt Kopp die Klinke in die Hand.

„Hey!", ruft der Beamte plötzlich in lautem Tonfall. Er erhofft sich davon, ihn wachzurütteln, um ihm die Wichtigkeit der folgenden Aussage näherzubringen. Und tatsächlich, Kopp scheint irgendwie wacher, leicht erschrocken, aber wacher.

„Machen Sie da draußen keine Dummheiten. Und melden Sie sich umgehend bei mir persönlich, sobald Sie auf etwas stoßen oder Ihnen etwas sehr verdächtig vorkommt." Der ernste Blick des Beamten trifft auf Kopp wie der eines Vaters, der seinen Sohn ermahnt, endlich auf ihn zu hören.

Kopp nickt, ohne sich noch einmal zu dem Beamten umzudrehen.

„Machen Sie es gut, Herr Kopp."

Genau auf eine solche Gelegenheit hatte er doch gewartet. Seine Freude über diesen Hinweis behält er jedoch für sich. Das ist es, ein kleines Haus mit einer grauen Tür gegenüber des Busbahnhofes. Das ist sein Ziel, und etwas später macht er sich ohne zu Zögern direkt dahin auf.

Sobald er am späten Abend im Schutz der Dunkelheit vor dieser Tür steht, weiß er, dass es der Anfang von etwas ist. Die Aussage des Polizeibeamten hallt in seinem Kopf wider: „Sobald Sie auf etwas stoßen." *Etwas*. Irgend*etwas* muss hier sein. Hiermit wird es beginnen.

Auf dem Klingelschild steht mit einem Kugelschreiber geschrieben: *Smirrel*. Es handelt sich um ein sehr kleines Häuschen in einer ziemlich ruhigen Wohngegend. Alle Zimmer im Haus haben mindestens ein Fenster nach draußen. Nirgendwo brennt Licht. Wahrscheinlich ist niemand zu Hause. Kein Beweis, aber ein Indiz. Er muss es einfach versuchen und das Risiko eingehen. An der rechten Seite des Hauses ist ein Fenster im Erdgeschoss, das in den Flur führt. Nicht besonders dicke Scheiben.

Kopp nimmt einen kleinen Hammer aus seinem Rucksack und schlägt mit einem gezielten kräftigen Hieb die Scheibe ein. Glück gehabt. Das Fenster bricht sofort, und das noch nicht einmal besonders laut. Er sieht sich um. Auf der Straße ist niemand, und drinnen scheint sich auch nichts zu rühren. Was für eine menschenleere Gegend. Das Einzige, was hier pausenlos Lebendigkeit vortäuscht, ist die beleuchtete Bushaltestelle gegenüber.

Blitzschnell schlüpft sein Arm durch die zerbrochene Öffnung des Fensters und öffnet es von innen mit dem Hebel. Sobald er hindurchgeklettert ist, hockt er auch schon im Flur. Seine schwarze Jacke mit der Kapuze und die dunkle Hose lassen ihn mit der umliegenden Dunkelheit verschmelzen. Er ist so gut wie unsichtbar. Keiner scheint etwas bemerkt zu haben, also schleicht er weiter den Flur entlang und die Treppe hinauf. Er lauscht an den Türen. Keine Geräusche, gar nichts. Scheinbar ist wirklich niemand da.

Vorsichtig öffnet er eine Tür. Badezimmer, uninteressant – schnell wieder zu. Weiter geht die Suche, nicht nach Beweisen, aber zumindest nach Indizien. Das Treppengeländer geht im oberen Flur weiter, wobei es als Absicherung vor dem Fall auf die Treppe dient. Lautlos bewegt er sich weiter daran entlang, bis es ihn zur nächsten Tür bringt.

Hinter dieser Tür findet er sich in einem kleinen Büro wieder. Alles still und dunkel. Niemand ist hier. Auf dem Schreibtisch steht ein Laptop, er schaltet ihn ein. Alle paar Sekunden sieht er sich um und hört die Umgebung ab. Sobald der PC hochgefahren ist, stöbert Kopp in den fremden Daten herum, auf der Suche nach etwas Verdächtigem. Eigene Dateien, Bilder, Dokumente. Irgendwo muss es doch *etwas* geben, was Aufschluss darüber gibt, wer der Fremde hier ist oder wo er arbeitet.

Immer wieder beschleichen ihn kurz die Zweifel darüber, was er hier eigentlich versucht. Hat das denn einen Sinn? Und was, wenn nichts zu finden ist? Aber blitzschnell wandeln sich Zweifel wieder in Wut, in einen inneren Energiesturm, in Flammen der Entschlossenheit.

Halt, da ist doch was! Es sticht ihm plötzlich direkt ins Auge. Die Dateien sind in einem Ordner abgespeichert, der einfacherweise „wichtige Nachrichten" heißt. Hier sind mehrere E-Mails hinterlegt. Mal sehen, was dieser Smirrel so zu bieten hat. Also. Es geht um irgendeinen Dieb, der aufgefunden werden muss. Es geht um irgendein Gebäude. Von einer Art Werkstatt oder Fabrik ist die Rede. In der Betreffzeile steht: *Galerie der Schöpfung* mit einem lächelnden Smiley dahinter. Aber laut Nachrichtenverkehr handelt es sich tatsächlich nur um ein großes Bürogebäude oder so was. Der zweite Konversationspartner heißt scheinbar Fledd mit Nachnamen. Weiterhin geht es um ein neues Projekt, da noch wirkungsvoller denn je sein soll.

Wirkungsvoller? Was soll das denn heißen? Hier ist doch etwas faul. Kopp sucht hier nach Hinweisen auf einen geplanten Anschlag. Und natürlich ist er sich der Tatsache bewusst, dass hier nichts Konkretes zu finden sein wird, das diesen Herrn Smirrel, der hier wohnt, für schuldig erklären lässt. Aber er muss etwas damit zu tun haben. Der geistige Radar, der sich angeschaltet hat, als Kopp seinen Entschluss fasste, trieb ihn unmittelbar hierher. Und dieser Radar fängt jetzt zu piepen an. Ist Kopp möglicherweise hier in eine viel größere Sache hereingeraten?

Er speichert die Nachrichten und einige weitere Dokumente, Bilder und Videos auf seinem USB-Stick, schaltet wieder alles aus und versucht, das Haus so zu verlassen, wie er es aufgefunden hatte. Na ja, bis auf das kaputte Fenster hat er keine Spuren hinterlassen. Jetzt hat er wieder eine neue Adresse. Die Adresse des Bürogebäudes. Es könnte sich dabei natürlich um ein stinknormales Bürogebäude handeln. Doch Kopp wagt es nicht mehr, nur noch blind seinem Verstand zu vertrauen. Er folgt jetzt etwas anderem. Ist es Instinkt? Bauchgefühl? Intuition? Völlig egal. Aber sein Gespür für die Wahrheit sagt ihm, dass er richtig liegt. Kein Beweis, aber ein Indiz.

Also steht es fest, er wird sich diesen Ort einmal näher anschauen. Schnellen, aber umsichtigen Schrittes bewegt er sich nach Hause.

Auf seiner Wohnzimmercouch sitzend, überträgt er hastig die Dateien auf seinen Laptop und schaut sich weiter in den Daten um. Man könnte Kopp für paranoid halten, dafür, dass er in eine fremde Wohnung eingebrochen ist, nur, um etwas zu beweisen, was sich am Ende der polizeilichen Ermittlungen nur als ein Unfall herausstellen könnte. Und selbst wenn es ein gezielter Angriff gewesen ist, dann dürfte er sich so gut wie nicht beweisen lassen.

Trotzdem folgt Kopp einer Aussage, die er nur aus zweiter Hand gehört hat. Man könnte ihn für paranoid halten. Oder aber man gesteht sich ein, dass der rationale Verstand nicht die ganze Wahrheit kennt, sondern dass er nur ein Werkzeug ist, das mit Lügen verstopft werden kann, das wie ein Körperteil benutzt werden kann, neugierig nach zu vielen Dingen und leicht abzulenken. Da ist noch viel mehr. Und wenn man, wie Kopp, die folgende Nachricht vor sich geöffnet hätte, dann wüsste man, was das Ausschlagen des geistigen Radars zu bedeuten hatte.

Sehr geehrter Doktor Fledd,
aus den neuesten Versuchen hat sich ergeben, dass es weitaus effizientere Möglichkeiten gibt, in das vorzudringen, an das wir heran wollen. Ich habe neue Methoden ausprobiert, in denen ich versucht habe, ihren Willen mit meinem zu verschmelzen. Es bringt nichts, sie zu zwingen, das wissen wir ja bereits. Es hat sich als wirksam erwiesen, sie dazu zu bringen, das zu wollen, was wir wollen. Dabei dürfen sie natürlich nicht mitbekommen, dass ihr Wille manipuliert wurde. Um das für Sie zunächst anschaulicher zu machen, habe ich im Anhang einige Videos zu den Versuchsanordnungen beigefügt. Diese können wir gerne nächsten Mittwoch gemeinsam besprechen.
Mit freundlichen Grüßen,
Philippe Smirrel

Das erfrorene Gesicht

Ich träume:

*Es ist bitterkalt, eisiger Winter. Ich laufe über eine Art Weihnachts-
markt, der nicht gerade von Besuchern überfüllt ist. Hier ist kaum jemand.
Auf jeder Seite sind völlig verschiedene Stände, die genau das Gleiche
anbieten. Ich begnüge mich mit einem heißen Zitronentee mit Schuss.
Genau das Richtige, um dieser Eiseskälte zu trotzen. Während ich, die
wärmende Brühe schlürfend, über den Markt spaziere, bemerke ich eine
Gruppe Jugendlicher. Oder sind es noch Kinder? Irgendwie schwierig
einzuschätzen, vielleicht sind sie ungefähr 8 bis 12 Jahre alt, vielleicht
liege ich aber auch völlig daneben. Eine weihnachtliche Musik begleitet
die Atmosphäre, typische Glockenschläge sorgen für den Rhythmus.*

*Sie sind zu dritt und reden über das bevorstehende Weihnachtsfest,
das sie in ihren Familien feiern würden. Warm eingepackt mit Wollmütze und Schal stehen die drei da und diskutieren über die Geschenke,
die sie für ihre Eltern gekauft haben. Der rechte, mit einer roten Winter-
jacke bekleidet, erzählt davon, dass er für seine Eltern einen Wellness-
Tag organisiert hat, inklusive Saunazutritt, Therme, Whirlpool und
Massage. Der Junge in der Mitte hat eine gelbe Jacke an, er ist der
Größte unter ihnen. Dieser hat für seine Eltern Eintrittskarten besorgt
für das großartigste Theaterstück, das zurzeit präsentiert wird. Darauf
werden sie sich freuen, meint er. Der Dritte, in grüner Jacke, steht links
neben den anderen beiden.*

*Als sie ihn fragen, was er denn hat, um seinen Eltern ein unvergess-
liches Weihnachten zu bescheren, antwortet er: „Nichts."*

*Dieses Wort klingt mit seiner Stimme gesprochen leider nicht so selbst-
bewusst und überzeugt, wie man sich es vielleicht gewünscht hätte. Nein,
er klingt eher bedrückt, neidisch, bemitleidenswert. „Ich habe gar nichts
für sie gekauft. Wie auch? Das ganze Geld, das ich gespart habe, reicht*

nie und nimmer aus, um etwas so Großes zu kaufen. Ich werde wahrscheinlich ein paar Naschereien holen."

Die anderen beiden Jungen erscheinen in ihrem Tonfall auch nicht annähernd so mitfühlend, wie man sich das vielleicht gewünscht hätte. Sie lachen über ihn, verspotten ihn.

„Du wirst also nichts für deine Eltern haben, was das Weihnachtsfest überdauern wird. Nichts, worauf sie sich auch danach noch freuen können, sodass ihnen der Abend immer in Erinnerung bleiben wird. Nein, diesen Abend werden sie schnell wieder vergessen haben."

Ich kann kaum glauben, was da vor meinen Augen geschieht. Wie kann man denn einen kleinen Jungen so fertig machen? Aber was er dann sagt, stimmt mich wieder glücklicher.

Der kleine Junge antwortet aus einer plötzlich wiedergefundenen inneren Überzeugung. Seine Stimme vermischt Wut mit Zuversicht.

„Ich werde Naschereien besorgen. Ich werde mit meiner Mutter zusammen Weihnachtsplätzchen backen und mit ihr gemeinsam den Baum schmücken. Ich werde meinem Vater dabei helfen, die Weihnachtsbeleuchtung draußen aufzuhängen. Ich werde für weihnachtliche Musik sorgen, für Geschichten und lustige Gedichte, die wir vorlesen können. Ich werde einfach dafür sorgen, dass dieser Abend sehr unvergesslich bleiben wird. Viel eher als euer wird er es sein, denn eure Eltern denken an die Geschenke, die in der Zukunft liegen. Ich werde mit meinen Eltern die ganze Zeit in der Gegenwart verbringen. Und glaubt mir, sie werden sich freuen. Es wird so verschissen gemütlich sein, dass es fast schon wieder schwer auszuhalten ist. Aber auch damit werden wir zurechtkommen, ein heiliger Abend eben!"

Wow, das kommt unerwartet. Ich bin ziemlich beeindruckt von diesem kleinen Jungen. Aber irgendwie schweift mein Interesse gegen meinen Willen ab. Da ist etwas, dass mich von diesem Markt wieder wegzieht, ohne dass ich mich selbst dabei bewege. Eine Stimme, die mich zu sich ruft. Wie durch magnetische Kräfte treibt es mich auf eine riesige Eisfläche hinter dem Markt.

Ich weiß nicht, was das hier ist. War das mal ein See? Als ich mich umdrehe und zurückblicke, ist der Markt weg und die Kinder auch, alle weg. Auch die Weihnachtsmusik ist verstummt. Ich bin allein hier auf einer unendlichen Fläche aus Eis. Kein Baum, kein nichts, nur Eis, *soweit das Auge reicht. Am Horizont verschmilzt das gefrorene Wasser mit dem Himmel.*

Doch plötzlich höre ich wieder diese Stimme. Wem gehört diese Stimme, die mir so vertraut vorkommt? Halt. Ich blicke nach unten zu meinen Füßen. Und da war sie, die Quelle der Stimme: meine Schwester. Meine Güte, sie ist unter dem Eis gefangen! Ich gehe auf die Knie und sehe sie an. Das kann nicht echt sein, niemals! Sie schwimmt unter dem Eis.

Mit aller Kraft hämmert sie von unten gegen die Eisdecke und bewegt ihren Mund dabei. Doch es ist nur ein leises Klopfen auf dieses viel zu gewaltige Eis, und es sind nur unklare Laute, die zu mir durchdringen. Ihre Versuche sind zwecklos. Das ist ein Albtraum, das muss einer sein! Wie ist sie da runtergekommen? Und was soll ich jetzt tun? Ich beginne auch zu hämmern, mit aller Kraft, heftiger und heftiger, während wir uns gegenseitig in unsere schreienden Gesichter schauen. Ich trample und springe auf dem Eis herum, doch auch das ändert gar nichts. Und niemand ist hier weit und breit. Keine Hilfe, keine Rettung.

Ich lege mich wieder auf das Eis, um sie anzusehen, weiter auf das einschlagend, was uns trennt. Während ich ihr ins Gesicht schaue, merke ich, wie ihre Schläge langsam an Kraft verlieren, ihr Überlebenswille lässt allmählich nach. Und mit offenem Mund verblasst sie unter mir, als sie aufhört, sich zu bewegen. Sie schwebt unter dem mächtigen Eis, das ich mit meiner Faust blutrot gefärbt habe. Dieses Bild werde ich wohl nie vergessen, wie sie reglos unter mir im Wasser liegt, mit offenen Augen und einer Grimasse, als wäre sie mitten im Satz unterbrochen worden. Während des Überlebenskampfes mitten in einer Bewegung eingefroren. Befangen in einem Heulkrampf liege ich dort mit meinem Gesicht seitlich an das Eis geschmiegt, als würde ich sie ein letztes Mal umarmen.

Du hast eine Stunde

Ein lustiges Schauspiel: Von links hört man eine zwitschernde Singmelodie. Es ist nur eine kurze Sequenz von Tönen, aber es klingt stolz. Von rechts dringt eine andere Melodie durch. Bei genauerem Hinhören macht sich bemerkbar, dass es eigentlich keine andere Melodie sein sollte, sondern eine Imitation der Stimme von links. Aber der Vogel auf der rechten Seite schafft es weder im Rhythmus noch in der Harmonie, den anderen Vogel zu kopieren. Ich kann keinen der beiden Vögel sehen, ich weiß nur, dass sie links und rechts von mir irgendwo auf den Bäumen lungern. Ich höre ihnen einfach weiter zu.

Jetzt wieder: von links die wohlklingende Stimme und von rechts die misslungene andere. Ein jämmerlicher Versuch war das eben. Es scheint so, als würde der Vogel von rechts langsam den Mut verlieren. Seine Versuche, den anderen nachzumachen oder gar zu übertreffen, sind grauenhaft. Der erste Spatz gibt den Ton an, voller Anmut und Dominanz. Im Vergleich dazu gibt der zweite nur Ansammlungen von unpassenden Geräuschen von sich. Irgendwie wirkt es, als ob die erste Tonfolge nur erklingt, damit der andere sein Instrument stimmen kann, und er stimmt immer tiefer, immer dissonanter, immer falscher. Irgendwann gibt der zweite Vogel nur noch einen einzelnen Ton von sich, der gar nichts mehr mit Schönheit oder Anmut zu tun hat. Es war bloß das Signal, dass er aufgegeben hat.

Der Park ist heute ziemlich voll. Voll von Müttern, die ihr kleines Baby im Wagen durch die Gegend fahren. Voll von Vätern, die mit ihrem Sohn auf Entdeckungstour gehen. Voll von Joggern, die nichts ihrer körperlichen Fitness vorziehen und alten Menschen, die nur spazieren gehen, um sich die Zeit zu vertreiben. Wie passe ich da rein? Moment mal. Dort sehe ich noch jemanden, der nicht hier hereinpasst.

Auf der anderen Seite des Stadtparks sehe ich eine Dame sitzen. Sie muss so um die sechzig sein. Aber ihr Erscheinungsbild ist es, das überhaupt nicht hierher passt. Der große, bunte Hut mit dem knallroten Schleifenband betont ihre knallrot gestrichenen Lippen, die sich gut von ihrer generell blassen Haut abheben. Das seidene Kleid ist so hellweiß, dass man dafür eigentlich eine neue Farbbezeichnung einführen müsste. Sie sieht aus wie der bleiche Tod oder zumindest wie ein Gespenst.

Sie hat ein altes, braunes Lederbuch auf ihrem Schoß aufgeschlagen, das ist alles, worauf sie im Moment ihre Aufmerksamkeit richtet. Ein schwarzer Stofffaden liegt zwischen den aufgeschlagenen Seiten. Ihr Blick ist völlig ins Buch vertieft, ihre Lippen bewegen sich dabei. Bis jetzt.

Genau in diesem Augenblick hebt sich der breite Hut und ihr starrer Blick haftet nun an mir. Zwischen uns laufen die verschiedensten Menschen in alle möglichen Richtungen. Völlig egal. Ihre Augen hören nicht auf, mich zu mustern. Nach einiger Zeit kann ich ihrem Blick einfach nicht mehr standhalten.

Ich versuche wieder, den Vögeln zuzuhören. Der erste Vogel singt immer noch. Wohlklingend mit fester und entschlossener Stimme. Die andere Seite bleibt stumm. Nur in meinen Gedanken höre ich von rechts ein leises Summen, als würde der Vogel sagen wollen: „Hör doch endlich auf, du hast doch gewonnen. Lass ab von mir!" Doch der Vogel singt weiter. Jetzt singt er sogar noch lauter und kraftvoller als vorher. Plötzlich ist dieser harmonische Park nicht mehr so angenehm, plötzlich fühle ich mich hier auf meiner Bank nicht mehr so wohl.

Mein Blick fällt wieder auf die Dame. So weit entfernt sitzt sie gar nicht, denn der Park ist auch nicht besonders groß. Aber trotzdem kommt es mir vor, als säße sie jetzt ein Stück näher an mir. Als würde die Bank plötzlich etwas dichter an meiner stehen. Alles Einbildung, denke ich. Aber ihr starrer Blick, das ist keine Einbildung. Sie hat ihre Augen immer noch nicht von mir gelassen. Was will die Alte von mir? Wer ist sie?

Ich kämpfe weiter gegen ihren Blick an, um zu testen, ob das ganze vielleicht ein Scherz sein soll. Aber nein. Kein Lächeln, nicht einmal das kleinste Schmunzeln. Sie scheint gar keine Mundwinkel zu haben, die man bewegen könnte. Null Ausdruck ist in ihren Augen. Stattdessen steht ihr die pure Neugier ins Gesicht geschrieben. Langsam wird es echt unheimlich mit ihr. Ich versuche, mich nicht davon beeindrucken zu lassen, wohl wissend, dass ich es nicht mehr lange aushalten werde.

Und dann passiert es endlich. Sie gibt auf. Aber auch nur, um einen Stift aus ihrer Tasche zu holen. Nein, ich habe mich geirrt, es sind zwei. Zwei Stifte hat sie in der Hand, einen roten und einen grünen. Blitzschnell befreit sie den roten, feinen Stift von seiner Kappe und setzt auf der rechten Seite in ihrem Buch an. Sie schreibt etwas. Irgendwie scheint sie jetzt nicht mehr so ruhig zu sein. Ihre Handbewegungen wirken hastig, als ob sie es eilig hätte, ihre Gedanken aufzuschreiben, bevor sie sie wieder vergisst.

Immer wieder sieht sie zwischendurch in meine Richtung, als ob ich ein Naturmotiv wäre, ein Modell, das ihr als Vorlage für ihre Notizen dient. Sie schreibt so schnell, dass es aussieht, als ob sie einfach nur auf das Blatt kritzeln würde. Aber daran glaube ich nicht, bei ihrer Entschlossenheit. Sie ist so entschlossen, wie der Vogel entschlossen ist, den anderen immer weiter niederzumachen.

Als sie fertig ist, legt sie den roten Stift beiseite und schraubt ganz langsam den grünen Stift auf. Dabei sieht sie zu mir herüber mit einem Blick, als ob sie von mir enttäuscht wäre. Aber weswegen? Habe ich nicht lange genug ihr Spielchen mitgespielt? Oder bilde ich mir bloß ein, dass es hier um mich geht?

Sie schraubt immer noch, viel zu langsam schraubt sie, wobei sie ein kleines Mundwinkelzucken von sich sehen lässt. Ha! Sie ist doch nur ein Mensch. Vielleicht sieht sie einfach aus Spaß immer mal zu mir. Oder vielleicht ist die Alte auch einfach krank im Gehirn. Jetzt setzt sie auf der linken Seite in ihrem Buch an und schreibt etwas. Aber nur ein Wort oder sogar noch weniger. Als ob sie bloß ein einziges Zeichen machen würde, ein Kreuz oder Strich oder so etwas.

Bevor sie wieder zu mir gucken kann, habe ich mich bereits von meiner Bank erhoben und laufe weiter durch den Park. Ist mir doch egal, wer die ist oder was die da in ihr komisches ledernes Buch malt.

Ich schlängele mich vorbei an Fahrradfahrern, vorbei an Ehepaaren, vorbei an Baumspezialisten, welche eine ganze Stunde damit verbringen können, über einen einzigen Baum zu sprechen, oder eine halbe Stunde, bloß, um ein kleines, nicht besonders gepflegtes Blumenbeet anzusehen. An Jugendlichen, die Bier trinkend auf Bänken sitzen, und das am helllichten Tage, gehe ich vorbei.

Es tut gut, dem neugierigen Blick dieser Alten entkommen zu sein, es tut gut, anonym durch den Park zu spazieren. So habe ich Zeit zum Nachdenken. Seit dem Abend in der Unheil-Bar sind zwei Tage vergangen. Und es fühlt sich an, als wären sie an mir vorbeigezogen. Ich kann spontan nicht einmal genau sagen, was ich an diesen beiden Tagen eigentlich unternommen habe. Was Bedeutendes kann es ja dann nicht gewesen sein.

Ich suche nichts so sehr wie einen Sinn in meinem Leben, ein Ziel, auf dass es sich zuzusteuern lohnt. Aber ich fühle mich so leer und irgendwie abgelenkt. Wenn ich nicht aufpasse, zieht noch das ganze Leben an mir vorbei.

Bisher habe ich immer von dem Geld meiner Eltern und den Erträgen mehrerer kleiner Nebenjobs gelebt. Erik fängt im Oktober mit seinem Philosophiestudium an. Wir haben Sommer. Warum habe ich nicht solche Pläne? Ich wüsste nicht einmal, was ich studieren soll. Und dann ist da noch das andere Problem. Das Problem, einen Platz in dieser Welt zu finden.

Mit 25 Jahren denke ich noch über meine Identität nach. Vielleicht ist das gar nicht so spät, aber ich habe nicht einmal das Gefühl, wirklich weit damit gekommen zu sein. Meine Visionen und Gedanken machen mich kraftlos und rauben mir jegliche Konzentration, weshalb ich immer in diese zwanghaften inneren Diskussionsgespräche verfalle.

Und ich nehme immer die Rolle in einer Gruppe ein, die gerade übrig bleibt. Ist es nicht so? Wo bleibt meine Eigeninitiative für einen Rollenentwurf? Ich atme tief die süße Parkluft ein, um die Gedanken zu entschleunigen. Vielleicht wird es immer so sein, dass manche Vögel einfach nicht mit der Singstimme der anderen mithalten können und sich ihnen unterordnen müssen.

Als ich mich wieder etwas beruhigt habe, fokussiere ich mich auf meine Umgebung und schaue der Natur zu. Da bemerke ich auf einmal eine irrwitzige Szene: Ein kleines Mädchen fährt vor mir mit dem Fahrrad. Es hat einen lila Schutzhelm auf, wo an der Seite noch ihre blonden Haare hervorgucken, und trägt ein rotes Kleid mit weißen Punkten. Sie versucht an einem langsam gehenden alten Mann vorbeizukommen.

Doch dieser ist ihr unabsichtlich immer genau im Weg, sobald sie zum Überholen ansetzt. Und er scheint die Fahrradklingel des Mädchens zu überhören, was vermutlich seinem Alter geschuldet ist. Diese ganze Szene würde eine gute Karikatur für den generellen Konflikt der Generationen abgeben, denke ich mir. Die Schlagzeile würde lauten: „Die Alten versperren der Jugend den Weg in die Zukunft!"

Mit einem kleinen Schmunzeln spaziere ich auf den Rand des Stadtparks zu. Ein kurzer Blick nach hinten gibt mir die Gewissheit, dass die alte gespenstische Dame mir nicht gefolgt ist. Als ich wieder nach vorne blicke, hat sich die Szene geändert, denn das kleine Mädchen auf dem Fahrrad hat es doch tatsächlich geschafft, den Mann zu überholen. Jetzt habe ich nur leider verpasst, wie.

Das Ende des Parks wird vom Beginn einer Straße abgelöst. Der Park ist von Straßen umzäunt. Ich gehe immer weiter am Straßenrand entlang, nicht wissend, wohin oder warum. Das lässt zwar viele Freiheiten offen, aber ist nicht gerade sonderlich motivierend. Ziellos schleppe ich mich also voran.

Plötzlich höre ich ein lautes Motorengeräusch. Ein gelber, kleiner Hippie-Bus ist um die Ecke gezischt und hat hier neben mir gehalten. Automatisch bleibe ich stehen. Eine angenehm entspannte Country-Folk-Musik dringt zu mir durch. Es hätte wirklich nur noch ein Peace-Symbol an der Seite gefehlt. Vor mir öffnet sich plötzlich die Schiebetür des Fahrzeugs mit einem Ruck.

Eine Stimme aus dem Bus sagt: „Herzlichen Glückwunsch, du wurdest soeben ausgewählt." Die Stimme gehört einer jungen

Frau, die ich nur zur Hälfte sehen kann, denn der Rest von ihr bleibt verborgen von der Dunkelheit des Innenraums.

Sie sagt: „Du hast jetzt die Wahl. Dieses Auto wird in einer Stunde losfahren. Wohin es fahren wird, werde ich dir nicht sagen. Aber ich sage dir, dass es großartig sein wird da, wo es hingeht. Es ist das glatte Gegenteil zu dem, was dir der traurige Alltag hier in der Stadt bietet. Wenn du also Lust auf ein kleines Abenteuer hast, alles hier vergessen willst und bereit bist, deinen Blick auf die Dinge zu verändern, dann bist du uns herzlich willkommen. Du bist uns willkommen, schnurstracks deine alte Perspektive zu verlassen und das Unerwartete zu erleben, das Gefühl von wahrhaftiger Freiheit zu erlangen. Es liegt an dir, ob du drinnen sitzt, wenn dieses Fahrzeug losfährt. Tut mir leid, mehr will und kann ich dir nicht sagen. Wir werden hier warten, entweder auf deine Rückkehr oder auf deine falsche Entscheidung. Du hast eine Stunde!"

Als die Stimme zu reden aufhört, schwingt die Schiebetür direkt vor meiner Nase zu. Der kleine gelbe Bus fährt ein kleines Stück weiter, wendet und bleibt am Rande des Bürgersteiges wieder stehen. Einen Moment noch sehe ich hin, ob die jetzt wirklich einfach nur da stehen bleiben. Aber da rührt sich tatsächlich nichts.

Ich laufe weiter und versuche, diese merkwürdige Situation zu vergessen. Schon der zweite humorlose Scherz, der mir heute begegnet. Langsam verliere ich wirklich das Vertrauen in jedwede Normalität. Was wollen denn die Hippies jetzt von mir? Erwarten die etwa wirklich, dass ich jetzt in meine Wohnung renne, um meine wichtigsten Sachen einzupacken? Erwarten die etwa, dass ich die wichtigsten Leute anrufe und mich bei ihnen für eine unbekannte Zeit verabschiede? Glauben die etwa, dass ich all das hier auf der Stelle aufgebe und mich Hals über Kopf in eine Reise ins Ungewisse stürze, mit unbekannten Fremden, nur weil die gesagt haben, es würde mich verändern und befreien?

Ich schüttele den Kopf und unterdrücke ein kleines Lachen. Ein Mundwinkelzucken ist das Ergebnis des Unterdrückens. Es war das Mundwinkelzucken der alten Dame mit dem Buch, als sie den grünen Stift aufschraubte. Die wollen mich befreien? Wie wollen die das machen? Und wovon? Mir geht es doch gut. Und dann spüre ich es. Nein, ich glaube das nicht! Ich bin selber überrascht von mir, aber mein Herz fängt plötzlich wie wild zu schlagen an. Und meine Beine bewegen sich immer schneller vorwärts, immer schneller tragen sie meinen Körper. Aus dem Gehen wird ein Rennen, wird ein Sprinten, wird ein Rasen. Ein zweites Mal muss ich fast anfangen zu lachen, aber diesmal aus einem anderen Grund. Während mein Kopf kaum verstehen kann, was ich da eigentlich mache oder wo das hinführen soll, scheint mein Körper ganz genau zu wissen, wohin er will. Und dieses Ziel verfolgt er auch mit voller Kraft: in Richtung meiner Wohnung.

Nur eine Softdrinkfirma

Die Scheibenwischer quietschen in Kopps Sichtfeld hin und her, teilen den kleinen Wasserfall, den der Regen auf der Windschutzscheibe entstehen lässt, genau in der Mitte und schieben beide Teile beiseite. Immer zwischen ihren schnellen Bewegungen kann er ruckartig etwas erkennen. Erinnert ein bisschen an eine Diashow. Noch dazu ist es dunkel. Sehr schlechte Bedingungen, um Schilder und Hausnummern zu lesen.

Sein Blick fällt auf eine Einfahrt in eine große Parknische. Die Laternen rechts und links vom Eingang des Gebäudes lassen eine große hölzerne Tür mit goldenem Griff erkennen. Dem Anschein nach ähnelt es einem wertvollen Privatanwesen eines berühmten, wichtigen Menschen. Und um alle Klischees zu erfüllen, steht vor der großen Tür auf der Erhebung hinter sechs Treppenstufen ein Mann und raucht. Das ist der Wachhund. Er ist groß und kräftig und hat eine Wollmütze auf. Wahrscheinlich will er seine Glatze verstecken, das würde das Klischee zumindest noch stärker ausfüllen. Durch eine kleine Überdachung ist er vor dem Regen geschützt.

Kopp biegt in die Nische ein und hält dort an der Rasenfläche, welche die Ein- und Ausfahrt des Gebäudes von der Hauptstraße trennt. Er sieht rüber zur Tür, wo der Wachmann steht, und sieht das erstaunliche Bauwerk, dessen Fassade sich durch zwei Scheinwerfer beinahe in goldenem Licht präsentiert. Das ist die Adresse von dem ominösen Gebäude, das in der E-Mail als *Galerie der Schöpfung* bezeichnet wurde, der E-Mail, die auf dem Rechner in Smirrels Wohnung zu finden war.

Kopp steigt aus und spannt einen hellblauen Regenschirm auf. Über das Auto hinweg schaut er auf die Front und den Eingang. Wenn man da herein will, führt kein Weg daran vorbei, sich mit dem Wachmann auseinanderzusetzen. Dieser wirft ihm schon einen misstrauischen, bösen Blick zu. Doch Kopp weicht ihm aus.

Er steigt wieder ein. So tuend, als hätte er sich verfahren, zieht er eine Stadtkarte hervor, zeigt auf irgendeinen beliebigen Punkt und setzt eine enttäuschte Mine auf, wobei er genau den richtigen Ausdruck von „ach ja, hier bin ich ja völlig falsch" vermittelt. Jetzt startet er den Motor des Wagens wieder und verlässt die Nische, kurz bevor der Wachmann zu einem Schritt ansetzen wollte.

Ein paar Straßen weiter findet Kopp einen Parkplatz und stellt dort seinen Wagen ab, ein schwarzes, unauffälliges Auto. Dann zieht er seine braunen Lederhandschuhe straff über die Hände, greift nach seinem Regenschirm und steigt wieder aus.

Mit der Kapuze seines Mantels über dem Kopf geht er wieder in Richtung des Gebäudes. Der Regen hat inzwischen etwas nachgelassen, weshalb er den Regenschirm nicht aufgespannt hat. Er weiß nicht woher, aber er weiß, dass mit diesem Gebäude etwas nicht stimmt und dass er herausfinden muss, was es ist. Die Explosion hatte in Kopp etwas ausgelöst, hat ihn auf eine Lücke ganz tief innen drinnen aufmerksam gemacht. Und diese Lücke will jetzt gefüllt werden.

Bei der Einfahrt wieder angekommen, geht er geradewegs auf den Mann zu, der vor der Tür steht und schon die nächste Zigarette raucht.

„Entschuldigen Sie, ich bin auf der Suche nach einem Hotel oder einer Pension, ich bin Tourist und brauche dringend einen Schlafplatz für heute Nacht. Und dieses Haus hier sieht für mich ganz danach aus, als hätte es noch ein Zimmer zur Verfügung."

Der Wachmann sagt: „Nein, das hier ist kein Hotel. Suchen Sie in der Innenstadt nach einem!" Obwohl seine kurzen Worte es nicht vermuten lassen, klingt seine Stimme dabei unerwartet freundlich. Eine derartige Freundlichkeit hätte man ihm auch dem äußeren Erscheinungsbild nach gar nicht zugetraut.

Kopp begegnet ihm mit derselben Freundlichkeit, mit der unschuldig-naiven Höflichkeit eines Touristen: „Oh, entschuldigen

Sie bitte, dann bin ich hier wohl völlig falsch. Und welche Funktion hat dieses Gebäude hier?"

Der Wachmann antwortet: „Es ist der Hauptsitz eines Softdrinkherstellers. Voll von langweiligen Büros, die die Herstellung, das Abfüllen und den Verkauf unserer Getränke koordinieren."

Die Tür hat einen großen vergitterten Fensterrahmen auf Kopfhöhe, der einen kurzen Blick nach innen erlaubt. Und tatsächlich, dort sind mehrere Werbeplakate in dem Vorraum an den Wänden angebracht. Werbeplakate einer Firma, die Brause verkauft. Außerdem ist im Vorraum eine Art Rezeption oder Empfang, mit einer jungen Dame hinter dem Tresen, die ein sehr nettes Gesicht zeigt. Scheint alles relativ normal zu sein, bisher. Allerdings, warum bewacht ein kräftiger Kerl wie der eine Softdrinkfirma?

„Vielen Dank für Ihre Auskunft, ich wünsche Ihnen noch einen schönen Abend", sagt Kopp. Mit diesen Worten verabschiedet er sich, spannt wieder seinen hellblauen Regenschirm auf, den er in der Hand hält, dreht dem Mann den Rücken zu und schreitet die Treppen hinunter. 1, 2, 3, 4, …

„Moment mal", erklingt es plötzlich hinter seinem Rücken. Kopp geht weiter, weiter um die Ecke, bis er aus der Sichtweite des Fensterrahmens ist.

„Sie sind es!", ruft der Mann ihm hinterher und folgt ihm nun mit schnellem Schritt. „Ich habe Sie doch gerade eben schon einmal gesehen. Ja, genau, Sie waren vor einer Viertelstunde schon hier. Dort drüben haben Sie gehalten. Und jetzt erst habe ich Sie an Ihrem blauen Regenschirm wiedererkannt. Sie hatten sich angeblich verfahren, oder?" Jetzt klingt er nicht mehr so freundlich.

Kopp, der nun aus Sichtweite der Tür ist, dreht sich noch einmal um: „Ja, richtig. Ich habe nur irgendwo da hinten meinen Wagen abgestellt. Ich dachte wirklich, dass das hier ein Hotel ist. Also, entschuldigen Sie die Störung." Indem er noch einmal seine Hand erhebt, macht er eine verabschiedende Geste. Er wendet sich wieder ab und geht langsam weiter, heraus aus dem Lichtschein der Laternen an der Treppe.

„Ich muss Sie leider bitten, mit mir zu kommen!"

Was? Warum? Ein Indiz für ein merkwürdiges Versteckspiel hinter den Kulissen? Irgendetwas läuft hier! Doch Kopp geht zunächst weiter, als hätte er es überhört, um es aus ihm herauszukitzeln, um das Indiz zu einem Beweis zu machen, um das zu rechtfertigen, was hier gleich passieren wird. Ein provokativer Köder.

„Hey! Stehenbleiben! Ich habe die Anweisung, Leute wie Sie zu melden. Sie müssen mit mir kommen!" Seine Stimme wird lauter und kommt schnell näher.

Als der Wachmann Kopps Schulter mit der Hand berührt, dreht dieser sich schlagartig um, wobei jene Hand erschrocken zur Seite weicht. Doch der Wachmann setzt mit seinem rechten Arm zu einem erneuten Griff an. Kopp schlägt mit aller Kraft gegen die Außenseite des greifenden Armes, wodurch dieser ihn verfehlt. Fast zeitgleich verschwindet Kopp plötzlich hinter dem Angreifer, zieht seinen Schirm zusammen und gibt ihm damit einen kräftigen Hieb auf den Hinterkopf. Den kurzen Schockzustand seines Opfers nutzt er aus, um einen weiteren Hieb auf die Vorderseite des Halses zu landen. Vor Schwindel und Atemnot geht der Wachmann auf die Knie. Ohne ein Zögern folgt darauf ein Tritt mit voller Kraft gegen die Seite des Kopfes. Ohnmacht.

Mühselig ist es, den Wachmann ins Gebüsch links neben den Treppenstufen zu ziehen. Dennoch schafft er es, ihn unbemerkt im Gestrüpp zu entsorgen. Zu sehr sind die Autos auf der Straße in ihr Gewusel vertieft, zu sehr verschleiert die Dunkelheit das Ereignis, zu schwach ist die Zivilcourage. Jetzt muss er sich schnell bewegen, bevor die nett ausschauende junge Dame hinter dem Tresen noch etwas bemerkt, bevor sie sich Sorgen macht, dass ihr Wachhund entlaufen sein und ihm etwas zugestoßen sein könnte.

Rechts neben dem Treppenaufgang hat Kopp ein Tor entdeckt. Auf den ersten Blick wirkt es wie ein stinknormales Gartentor, verbeult, verrostet. Dort leuchtet kein Licht. Die Nacht bietet den besten Schutz. Mit einem Satz klettert er unbemerkt und fast lautlos über das Tor und setzt auf der anderen Seite in einer noch tieferen Dunkelheit wieder auf.

Ein kleiner Trampelpfad aus zertretenem Gras führt ihn immer weiter an der Häuserwand entlang. Rechts neben ihm ist ein großer Zaun, gekrönt mit Stacheldraht. Nach ungefähr zwanzig Metern macht der Zaun eine Biegung nach links und zwingt ihn, der Biegung zu folgen. Bevor er das tut, entsorgt er den blauen Regenschirm mit einem weiten Wurf über den Zaun und alles, was dahinter ist, hinweg. Kurz darauf befindet sich Kopp im Hof hinter dem Gebäude. Hier ist ein kleinerer Parkplatz mit vier schlafenden Autos. Auf dem Boden haben sich schon mehrere Pfützen gebildet, und der Rasen ist pitschnass. Ein Schritt auf dem Rasen, und man würde wohl ganz Mutter Natur auswringen.

Vom Hof aus gibt es einen Hintereingang zum Haus. Eine weitere Treppe mit einem kleinen Geländer führt 8 Stufen nach unten zu einer Tür. Doch die Tür ist verschlossen. Viel zu einfach wäre es gewesen.

Aber eine verriegelte Tür soll Kopp nicht aufhalten, mit seinem Vorhaben fortzufahren. Klick, klick, klack. Und der Dietrich räumt auch dieses Hindernis aus dem Weg. Er ist gut vorbereitet, vollends entschlossen und gefasst, auch wenn er nicht weiß, worauf. Aber er kann fühlen, dass sich hier ein schmutziges Geheimnis verbirgt. Die Tür öffnet sich. Dahinter erreicht die Düsternis noch einmal eine ganz neue Dimension. Mit einem Schritt betritt Kopp den Keller des Gebäudes. Als er drinnen ist, macht er die Tür hinter sich zu und tastet aus Gewohnheit nach einem Lichtschalter. Halt! Licht ist keine gute Idee. Alles was Aufmerksamkeit erregt, ist schlecht. Aber um hier voranzukommen ist es einfach zu dunkel. Auch darauf ist Kopp vorbereitet. Er hat eine kleine Leuchte dabei, kaum größer als ein Laserpointer, aber sie macht ausreichend viel Licht. Dieses Licht weist ihm den Weg tiefer in das Kellersystem hinein, tiefer hinein in das Unbekannte.

Das scheint hier eine Art Lagerraum zu sein. Ein Slalom aus langweiligen Schränken und Krimskrams, Kartons und Kisten erstreckt sich durch den Raum. Bis jetzt ist es immer noch möglich, dass es sich hier tatsächlich nur um eine Getränkefirma handelt.

Endlich findet er auf der linken Seite eine Treppe, die nach oben führt, während auf der rechten Seite eine weitere Treppe nach unten führt. Er nimmt den Treppenaufgang zu seiner Linken, schaltet seine Wegleuchte aus und verstaut sie, weil das Licht hier mit jedem Schritt ohnehin zunimmt. Hinter der letzten Stufe befindet sich eine Tür. Jetzt muss er wieder auf Höhe des Erdgeschosses sein und hinter der Tür vermutlich ein Flur. Diese Tür ist zu seinem Glück nicht verschlossen. Er öffnet sie vorsichtig und lautlos um einen Spalt und lässt sein Auge nach draußen spähen.

Dort scheint auf den ersten Blick nichts los zu sein. Moment. Vorsicht! Jetzt kommt jemand vorbei, eine Melodie pfeifend. Aber dieser jemand scheint den offenen Türspalt nicht zu beachten. Die Tür ist ja auch nur um Haaresbreite offen, kaum zu unterscheiden von einer geschlossenen. Wie geht man jetzt am besten vor? Kopp beschließt, sich möglichst wenig in seinem Verhalten von den „Mitarbeitern" hier abzuheben.

Unauffällig und in normalem Tempo öffnet er die Tür und macht sie hinter sich wieder zu, während er die gleiche Melodie über seine Lippen pfeifen lässt, die er gerade eben schon einmal gehört hat. Gott sei Dank! Der Flur ist leer. Er nimmt den Gang nach links, denn rechts müsste es wieder in Richtung der Rezeption gehen, und dort wimmelt es vermutlich von „Mitarbeitern". Nach links reicht der Gang nicht allzu weit. Auf beiden Seiten sind Türen, Schilder und eine Vielzahl von Werbeplakaten. Plakate mit Personen am Strand, Personen in den Bergen, Menschengruppen in der Stadt oder in einem Fußballstadion. Die Werbung stellt die verschiedensten Situationen dar. Und nur eine Sache bleibt immer konstant: das Getränk.

Nach einigen wenigen Schritten ist er erneut in einem Treppenhaus angekommen. Diesmal geht es allerdings nur nach oben, und genau dort will er auch hin. Achtsam schweift sein Blick umher, um seine Umgebung nach potenziellen Schwierigkeiten zu scannen, während er weiter voranschreitet.

Das Gebäude hat drei Etagen. In der zweiten steigt Kopp aus dem Treppenhaus aus und betritt den Flur. Dieser hier ist völlig anders als der im Erdgeschoss. Es sind keine Türen oder Werbeplakate an den Seiten zu finden. Alles wirkt so glatt und leer, dass sich der Boden trotz der Schuhe irgendwie kalt anfühlt. Ein gnadenloses Weiß hat die Vorherrschaft über die Farbgebung errungen.

Nach nur wenigen Metern nimmt der Flur eine Kurve nach rechts. Moment mal. Was ist das? Plötzlich hört man ein gedämpftes Stöhnen, als wenn jemandem der Mund zugehalten wird, der gerade versucht, laut zu schreien. Ein Hilferuf? Oder drehen die hier gerade einen Werbespot für die leckere Brause, die sie verkaufen? Langsam schleicht Kopp weiter den Korridor entlang, immer dicht an der Wand, um möglichst nicht gesehen zu werden.

Plötzlich erklingt eine Stimme: „Bringt ihn hier her, in den Raum gegenüber!"

Jetzt kann er sie sehen. Zwei kräftige Männer tragen einen weniger kräftigen in den Raum gegenüber, aus dem die Stimme kommt. Der Mann kann keinen Ton herausbringen, weil ihm der Mund zugeklebt ist. Sofort, als Kopp sie sieht, geht er in geduckte Position und weicht einen Schritt zurück. Auf einmal knallt die Tür zu. Die sind jetzt alle in einem Raum. Von drinnen hört man nichts, scheint schalldicht zu sein. Was haben die mit ihm vor?

Kopp *muss* es wissen, denn deshalb ist er ja hierhergekommen. Er muss wissen, was da drinnen vor sich geht. Aber wie? Schließlich kann er ja nicht einfach hereinplatzen und fragen. Links neben der Tür, hinter der sich das Schauspiel zuträgt, ist noch eine. Kurz horcht er, ob jemand in dem Raum sein könnte. Aber nichts ist zu hören.

Wieder öffnet er die Tür nur um einen kleinen Spalt, ausreichend groß, um hineinzuspähen, aber nicht so groß, dass es besonders auffällt. Auf dem breiten Drehstuhl sitzt jemand. Scheint ein unbedeutender Mitläufer zu sein. Kopp hockt jetzt hinter ihm und holt zu einem kräftigen Schlag aus. Mit einer blitzschnellen, ruckartigen Bewegung trifft er ihn präzise am Hinterkopf. Sofort sackt der Typ auf seinem Stuhl zusammen, ohnmächtig oder Schlimmeres.

Vor Kopps Augen breitet sich ein riesiges technisches Pult aus, darüber eine große Glaswand, eine Einwegscheibe. Von hier aus kann man in das Nachbarzimmer schauen, während die einen nicht sehen können. Wahrscheinlich ist diese ganze Apparatur zu einem Verhör gedacht. Und was er jetzt mit ansieht, wird seinen Verdacht nur bestätigen. Das Opfer, das sie aus dem Raum gegenüber getragen hatten, sitzt auf einem Stuhl, gefesselt. Derjenige, der den Befehl dazu gegeben hat, steht direkt vor ihm und sieht ihm ins Gesicht. Er sagt: „Natürlich wissen Sie nicht, warum Sie hier sind, wie könnten Sie es auch? Niemand kann das wissen. Darum will ich Ihnen das hier so leicht wie möglich machen. Mein Name ist Philipp Smirrel."

Verdammt noch mal, das ist der Kerl, in dessen Wohnung Kopp eingebrochen ist und dessen Daten er gestohlen hat! Er hat einen weißen Wollpullover an, er hat nicht mehr allzu viele Harre auf dem Kopf, obwohl er noch gar nicht so alt wirkt, und er hat einen gut gepflegten, kurzen Bart, der nahezu in seinem ganzen Gesicht zu finden ist. Er trägt eine Brille.

„Na gut, dann will ich mal das Rätsel lösen, Ihre größte Frage beantworten. Sie sind das Opfer von etwas Großem. Sie waren nur ein Spielball zwischen zwei Mächten. Darum werden Sie es wahrscheinlich niemals verstehen."

Smirrel schaut den gefesselten Mann an, als ob er vergessen hätte, dass dieser nichts sagen kann, weil das Klebeband es verhindert.

„Ihr Auftrag war es, Informationen zu beschaffen und sie der Gegenseite zu überreichen. Und, das muss ich ganz offen zugestehen, Sie waren fast erfolgreich."

Als er das sagt, hält er eine Videokamera demonstrativ nach oben. Scheint so, als hätte das Opfer Fotos und Videos machen wollen, vom Gebäude, den Personen oder dem, was hier abläuft. Kopp hat also etwas mit dem Opfer gemeinsam, was dazu führt, dass er sich irgendwie mit ihm identifizieren kann. Sie hätten genauso gut ihn fassen können. Dann würde er jetzt auf diesem Stuhl sitzen. Und so ähnlich fühlt es sich auch gerade für Kopp an.

„Aber dann – meine Männer haben Sie ausfindig gemacht – konnten wir Sie einfangen, bevor Sie überbringen konnten, was Sie überbringen wollten. Was auch immer Sie sich davon versprachen."

Der gefesselte Mann rührt sich nicht, er weiß, dass es zwecklos wäre. Smirrel redet weiter in seinem Monolog. Er spricht seine Sätze langsam und bedacht. Seine Ansprache wirkt arrogant und herablassend, er spricht mit ihm wie mit einem Kind, das man bemitleiden müsste.

„Da Sie nichts über den derzeitigen Aufenthaltsort meiner Gegenseite wissen, brauch ich es auch nicht aus Ihnen herauszuprügeln. Den würden sie Ihnen niemals verraten, ich weiß das. Wahrscheinlich hattet ihr bloß irgendeinen Treffpunkt irgendwo ausgemacht. Wie traurig, dass Sie nicht erschienen sind."

Smirrel macht spöttisch eine traurige Grimasse. Was für ein Psychopath.

„Ich will Ihnen etwas zeigen. Die Stöpsel an Ihrem Kopf sind mit Kabeln und Drähten verbunden, eine ziemlich komplizierte Sache. Jedenfalls kann ich damit jedes Verarbeitungszentrum in Ihrem Gehirn stimulieren. Und, wie Sie sich bestimmt schon denken können, interessiere ich mich besonders für das Zentrum in Ihrem Gehirn, das Schmerzen verarbeitet. Keine Sorge, ich will Sie nicht wirklich foltern, so etwas finde ich ekelerregend. Ich möchte Ihnen nur etwas zeigen."

Er gibt die Anweisung, den Schalter umzulegen, der mit dem Stimulieren beginnt. Und plötzlich zittert der Gefesselte am ganzen Körper, versucht zu schreien, versucht sich von den Fesseln zu lösen. Er dreht den Kopf immer hin und her. Ein schlimmer Anblick. Doch dann gönnen sie ihm eine Pause.

„Ach, da fällt mir ein, eine Frage habe ich natürlich noch an Sie, eine rein hypothetische. Ich hatte sie fast vergessen, weil noch nie jemand sie beantwortet hat. Falls Sie ein Gesicht gesehen haben oder eine Stimme gehört haben, falls Sie etwas darüber wissen, was genau die für Informationen von mir wollten, dann würden Sie mir das doch unverzüglich mitteilen, oder? Wenn Sie etwas zu sagen haben, nicken Sie mit dem Kopf." Der gefesselte Mann, immer noch erschöpft von dem Schock eben, macht keine Anzeichen, etwas sagen zu wollen oder zu können. Und erneut wird der Schalter umgelegt, diesmal um einige Zeit länger.

„Gut, an dieser Stelle möchte ich gern wieder auflösen. Also, wir haben nicht wirklich Ihr Gehirn stimuliert, nein, alles was Sie abbekommen haben, waren ein paar leichte Elektroschocks. Aber alles, was ich Ihnen gesagt habe, ist wahr geworden, in Ihrem Kopf. Für Sie war es vollkommen real, der Schmerz fühlte sich vollkommen echt an, nicht wahr? Wie interessant. So ist es immer mit euch. Und wenn ich euch sage, meine ich die schwachen Menschen da draußen, mit denen es genauso läuft. Ihr nehmt es hin, ihr nehmt den Schmerz freiwillig an, weil man es euch sagt. Habt ihr euch niemals darüber gewundert? Ist es euch niemals merkwürdig vorgekommen, all das hier?"

Smirrel macht eine Geste in die Leere. Jetzt wird er lauter und wütender und spricht mit deutlich mehr Nachdruck. Er beugt sich herunter, um dem Gefesselten auf Augenhöhe tief in die Augen schauen zu können, als würde er den Blick eines Außerirdischen erforschen, dessen Denk- und Verhaltensweisen ihm einfach unbegreiflich sind.

„Ganz ehrlich, irgendwie widert mich das an. Eure allgemeine Belanglosigkeit. Ich meine, wie naiv kann man denn sein? Dabei wisst ihr es doch eigentlich. Ihr wisst es alles. In den Zeitungen, Büchern und Nachrichten wird doch über den neuesten Stand der Technik informiert und über Visionen der Zukunft. Eure Schulen, Universitäten und Zeitschriften informieren euch doch, was die Wissenschaft zu tun imstande ist. Und ihr erlaubt euch keine Schlussfolgerungen."

Smirrel erhebt sich wieder und geht im Raum umher. Sein Ton wird jetzt noch schärfer.

„Ist es nicht völlig logisch, dass jemand auf die Idee kommt, die neuesten Entwicklungen und Tendenzen zu nutzen, um ihre Macht zu missbrauchen? Ist das nicht eindeutig, dass dies auch getan wird, und zwar nicht wegen Geld, nein, einfach nur wegen der Macht? Einfach nur wegen des Hebels, mit dem man alles steuern kann. Ihr seid, was wir wollen, das ihr seid! Wir machen euch zu dem. Wir sind eure *Schöpfer*."

Bei der Aussprache dieses Wortes kostet er jeden einzelnen Laut aus.

„Wenn ich will, dann mache ich aus jedem von euch ein kleines, asexuelles Monster oder ich mache Menschen aus euch, die meinen, sie müssten sich jeden Tag überessen, weil das doch die Belohnung für einen schweren Arbeitstag ist. Eure Naivität macht euch so lenkbar. Aber dann denke ich wieder an meinen Erfolg und daran, dass ich anders bin. Ich denke daran, dass ihr doch nur Tiere seid, die ihre Seele vergessen haben. Darauf reduziert ihr euch gern, habe ich recht? Dann habt ihr es nicht anders verdient. Ich kann Ihnen das alles sagen, weil Sie mit der Information sowieso nichts anfangen können, denn leider werden Sie nie wieder etwas Normales denken. Weil ich das nicht will."

Smirrel hat sich wieder etwas beruhigt und macht jetzt eine abfällige Handbewegung.

„Bringt ihn runter in die Forschungsabteilung. Zeigt ihm die beiden neuen Videos, ich muss wissen, wie wirksam sie sind!"

Während die beiden kräftigen Kerle den Mann auf dem Stuhl von seinen Fesseln und Kabeln befreien und ihn heraustragen, betrachtet Smirrel die Glaswand. Mit ernstem Blick schaut er auf die Einwegscheibe, schaut genau in Kopps Gesicht.

Zu sich selbst oder einem Unsichtbaren sagt er: „Ist es nicht paradox? Um sich wirklich selbst zu kennen, muss man erst das Grauen erlebt haben, die Schattenseite, von der man sich abstoßen will. Doch was ist mit jenen, die aus diesem Grauen niemals erwachen?"

Seine Lippen formen ein Lächeln.

Die Gebrüder Grau

In einem Hotel hat Kopp einen Platz zum Übernachten gefunden. Es liegt direkt an einem Fluss, der sich durch die ganze Kleinstadt zieht, in der sich gestern alles abgespielt hat. Dieses Gebäude, diese als Brausefabrik getarnte Machenschaft, verbirgt also tatsächlich ein Geheimnis. Kopp hat es mit eigenen Augen gesehen. Dem Himmel sei Dank, hat er es noch unbeschadet dort herausgeschafft, mit ähnlichen Schleichmanövern, mit denen er auch nach drinnen gelangt war.

Hier auf seinem von innen verschlossenen Zimmer wiegt er sich wieder in Sicherheit, und das, obwohl er die ganze Nacht, seit er hier angekommen ist, kein Auge zugetan hat. Und auch der ganze Tag ist an ihm vorbeigezogen. Stunde um Stunde waren seine Gedanken betrübt von Fassungslosigkeit und Unruhe. Betrübt aber nur aus der Perspektive eines anderen Menschen. Für ihn selbst fühlt es sich eher wie eine Klarsicht an, wie die reinste Wahrheit.

Im Augenblick sitzt er draußen auf dem Balkon seines Zimmers unter dem Nachthimmel der Stadt und blickt auf das ruhige Gewässer. Eine halb volle Flasche Wein in der einen Hand, einen qualmenden Zigarettenstängel in der anderen. Und in seiner Vorstellung blitzt Smirrels Gesichtsausdruck wieder auf, das Lächeln dieses Psychopathen. Hat er etwa gewusst, dass Kopp im Nebenraum ist? Hat er sogar damit gerechnet? So unwahrscheinlich das auch klingen mag, bei aller Tatkraft bleibt dieser eine Zweifel nicht vergessen. Wie ein gut sichtbarer Fleck auf dem Hemd bei einem Vorstellungsgespräch, so bleibt er immer irgendwo im Hinterkopf stecken und blockiert die Gelassenheit.

Aber selbst das kann ihn gar nicht an seinem Vorhaben hindern. Es ist bloß eine nervige Frage, die für ihn unbeantwortet bleiben wird. Kopp zieht noch einmal an seiner Zigarette, bevor er sie in dem Aschenbecher neben ihm auf dem Holzstuhl ausdrückt.

Trotz einer halben Flasche Wein sind Kopps Gedanken immer noch klar, wenngleich langsamer. Also. Dieser Smirrel zieht in diesem Gebäude, welches sich nach außen als Brausehersteller verkündet, irgendeine kranke Sache ab. Er sprach von zwei Mächten, die sich gegenüberstehen, von ihm und einer Gegenseite. Und der Typ, den die gestern verhört haben, arbeitete scheinbar für diese Gegenseite, ohne wirklich etwas darüber zu wissen.

Smirrel verlachte die ganze menschliche Zivilisation, unsere ganze Lebensweise. Und er sagte, er wäre anders. Dann deutete er etwas von einer Forschungsabteilung an, von irgendwelchen Experimenten mit Videos. Aber darüber weiß Kopp nun schon besser Bescheid. Den ganzen Tag durchforstete er weiter die endlosen Dateien auf seinem Rechner, die er sich aus Smirrels Wohnung geholt hat. Und was er dort fand, ist das Furchteinflößendste, was er je gesehen hat.

Wie traumatisiert las er in den Dateien, die Dinge offenbaren, an welche er nicht einmal in seinen kühnsten Vorwürfen gegen das Böse auf der Welt gewagt hätte zu denken. Ein Dokument enthielt eine Geschichte, die alles übertraf. Bei dem Gedanken daran nimmt er einen kräftigen Schluck aus seiner Flasche, während er versucht, zu glauben, was er gelesen hat.

In dem Dokument wird beispielhaft die genaue Vorgehensweise der Versklavung eines Kindes protokolliert. Und so schrecklich das klingt, so ist es auch.

Es wird beschrieben, wie das Kind, ein vierjähriger Junge, beim Spielen im Garten entführt wurde. Und obwohl die Eltern ihren Sohn als vermisst meldeten und die Polizei dazu veranlassten, großräumige Suchaktionen zu starten, wurde das Kind nie gefunden. An einem unbekannten Ort geht der Versklavungsprozess vonstatten.

Das Kind findet sich beispielsweise in einem Glasbehälter wieder, dessen eine Hälfte vollständig von einer Vielzahl giftiger Spinnen besiedelt ist. Irgendwann haben sie ihr Netz auch auf die andere Seite ausgedehnt. So hat das Kind keine andere Wahl, als still zu liegen und sich nicht zu bewegen, was vor allem durch die unvorstellbare Angst erschwert wird. Unter Tränen der Qual schreit es um Hilfe, in einem schalldichten Behälter, abseits jeder Hoffnung auf Rettung.

Das Kind soll nicht das Gefühl bekommen, das das Schreien eine Wirkung hat oder dass jemand für seine Situation Verständnis oder gar Mitleid hegt. Was wird gemacht, wenn das Kind nicht zu schreien aufhört? Ein Dutzend weiterer, tief schwarzer, schleimiger Spinnen wird in den Behälter entlassen, als Bestrafung und Drohung. Natürlich sind diese Spinnen nicht wirklich giftig, zumindest nicht in lebensbedrohlichem Ausmaß. Doch der Junge soll in seinem Zustand der Hilflosigkeit lernen, dass sein Wille keinen Zweck hat. Nichts wird er durch sein Verhalten oder seine Ideen bewirken. Sein Bewusstsein zieht sich nach innen, zurück zu seinem Ursprung, dahin, wo es am angreifbarsten ist.

Methodisches Ziel dieser ganzen Prozedur ist eine sogenannte dissoziative Störung, wobei die maßlose Überforderung vom Bewusstsein nicht mehr länger ertragen wird und sich der innere Kern des Seins auf der Flucht davor nach außen drängt. Die eigenen Gefühle können irgendwann als fremd oder als jemand anderem zugehörig erlebt werden, wodurch das Opfer leicht manipulierbar wird.

So wurde der Grundstein gelegt für die Transformation des Individuums zu einem Halbmenschen, der auf jeden Befehl hört. Das schlimmste Bild, was Kopp nicht mehr verdrängen kann, ist die Beschreibung der Körperhaltung zum Zeitpunkt, als der Junge jede Hoffnung aufgab und seinem eigenen Tod entgegenblickte: Er hatte die Haltung eines Embryos.

Und dies war nur eines der anfänglichen Verfahren. Der Entführte wurde schrittweise immer heftiger traumatisiert, bis man ihm alles einreden konnte, was man wollte. Und so wurde er ein Teil des Getriebes, das eine geheime Hierarchie unterstützt. Ob er alledem seinen Glauben schenken mag, dessen ist Kopp sich nicht im Klaren, wohl aber darüber, dass Menschen andere Menschen entmenschlichen mit dem Ziel, sie für ihre Sache zu degradieren.

Wenn man es recht bedenkt, so kann man Menschen auf der ganzen Welt durch brutale Mordnachrichten, grausame Terrorberichte und Dokumentationen über Völkerausrottung traumatisieren und sie durch alljährliche Gedenkminuten und Medienpräsenz jederzeit daran erinnern. Jeder gesunde Verstand würde sich davor zurückziehen, würde sich verletzlich und lenkbar machen.

Jetzt geht es nicht mehr um Fakten oder Beweise. Jedes dieser gestohlenen Dokumente auf seinem Laptop enthält einen Baustein des übergeordneten Programms – die Errichtung und Instandhaltung eines mentalen Gefängnisses für alle Menschen in diesem Land. Es handelt sich um die Gefängnismauern, welche bei Kopp durch den Verlust seiner Frau und den Zustand seines Sohnes zum Einsturz gekommen sind. Da ist diese Wahrheit, die all die Jahre immer da war und die er jetzt endlich anfassen kann. Sie ruft eine unendliche Erleichterung in ihm hervor, die furchtsame, aber lang ersehnte Gewissheit über die Welt, wie sie wirklich ist. Aber einer Sache ist sich Kopp ganz sicher, seiner grenzenlosen Entschlossenheit.

Also bleibt nur noch die Frage: was tun? Als Kopp sich eine neue Zigarette ansteckt, baut sich der Plan vor ihm fast automatisch auf. Und die wichtigsten Voraussetzungen dafür hat er schon geschafften. Den Polizeibeamten, der ihn gebeten hat, auf jeden Fall zuerst zu ihm zu kommen, sobald er in der Wohnung des Verdächtigen etwas herausfindet, hat er natürlich nicht darüber informiert. Nein, sein Vorhaben wird sich etwas radikaler gestalten als nur mit polizeilichen Ermittlungen. Und ohnehin werden die Köpfe der Galerie der Schöpfung mit der Polizei umzugehen wissen, wenn diese nicht sogar selbst mit drin steckt.

Im Internet hat Kopp bereits eine Verbindung ausfindig gemacht, die wichtige Details für ihn beschaffen kann. Es handelt sich um einen Fremden mit dem Namen „Donnie", der als Hacker durch das Internet geistert, aber auf bestimmten Seiten durchaus zu verstehen gibt, dass er dafür gerne bezahlt werden würde. Wenn das Geld stimmt und der Zweck mit seinen persönlichen

Zielen und Werten nicht kollidieren würde, wäre er dabei. Und da für Kopp momentan sowieso kein anderer Wert als sein Vorhaben existiert, soll es am Geld nicht liegen. Außerdem hat sich herausgestellt, dass Donnie einem unterdrückenden System, wie dieser vermeintlichen Getränkefirma, nur zu gern eins auswischt und ihnen seine Fähigkeiten präsentiert. Damit hat Kopp jetzt seinen eigenen Informanten.

Gemeinsam mit seinem geheimen Verbündeten hat er die einzelnen Schritte entworfen, die zu erreichen sind, bevor er das Fass zum Überlaufen bringen kann. Donnie weiß etwas über eine korrupte, familiäre Organisation, die mit Prostitution handelt. Sie nennen sich die *Gebrüder Grau*. Ihr Vater ist der Vorsitzende des ganzen Zirkels, seine drei Söhne ihm untergeordnet. Zusammen haben sie es fertig gebracht, ihren Handel stark auszudehnen, mit mehreren „Filialen" im Untergrund.

Die vier Hauptmitglieder benutzen Pseudonyme. Der Vater nennt sich *Amon*, die drei Brüder heißen *Marduk*, *Dagon* und *Cimeries*. Sie hegen einen Hang zur Mythologie und dunklen Ritualen, man könnte fast von einem satanischen Kult ausgehen.

Donnie hat umfangreiche Informationen über diese Sekte zusammengetragen. Der Vater und die drei Brüder haben rechts und links an ihrem Hals die gleichen Ziegenhörner tätowiert, das Symbol des Sündenbocks. Daran sollten sie also zumindest äußerlich erkennbar sein. Dieser Donnie erweist sich bis jetzt als unheimlich genau in seinen Recherchen, obgleich er es bemerkenswerterweise schafft, so wenig wie nötig von sich preiszugeben. Ein guter unsichtbarer Mitstreiter.

Die Gebrüder Grau stehen jetzt im Fokus der Aufmerksamkeit. Sie sollen die Baumeister der Abrissbirne sein, die die Galerie der Schöpfung zum Einsturz bringen wird.

Nur noch ein letzter Schluck Wein befindet sich in der Flasche. Kopp blickt hinaus auf den von den Sternen erleuchteten Fluss. Er verfolgt den Weg des Wassers, bis es um die Ecke führt und hinter einer Waldkante verschwindet. Unten von der Terrasse her scheint noch Kerzenlicht, obwohl keine Stimmen zu hören sind, die vermuten ließen, dass dort noch Hotelgäste sitzen.

Während Kopp zum letzten Schluck ansetzt, denkt er daran, dass die ganze Geschichte etwas Tiefes verbirgt, weitreichender ist, als es auf den ersten Blick scheint, sogar weitreichender, als die meisten oder er selber vermutlich jemals verstehen werden. Kopps Entschluss, zu etwas Größerem beizutragen, steht mittlerweile völlig außer Frage, denn es ist bereits ein intuitiver Trieb, vor dem er sich nicht wehren kann. Er *wird* etwas verändern.

Hi, ich bin Milly

Wir fahren schnell. So schnell, dass der Boden, wenn man ihn betrachtet, verschwommen wirkt und man irgendwie zu der Überzeugung kommen könnte, dass nicht wir uns bewegen, sondern die Erde sich immer schneller dreht und sie uns auf unseren Rädern vorantreibt. Schon oft hatte ich so ein Gefühl. Aber nicht diesmal. Diesmal bin ich ganz sicher, dass ich es bin, der sich fortbewegt.

Wir durchqueren eine Ebene. Rechts sieht man drei Rehe. Sie laufen in unglaublichem Tempo über die Wiese, versuchen mit uns mitzuhalten. Allerdings bleibt ihr Vorhaben erfolglos, denn wir sind schneller. Vermutlich haben wir sie aufgeschreckt und sie wollen eigentlich vor uns davonlaufen. Aber warum davonlaufen? Wir fahren doch in dieselbe Richtung. Entkommen würden sie uns am besten, wenn sie einfach stehen blieben oder in die andere Richtung verschwinden würden.

Ich sitze hinten links. Außer mir sind noch drei Personen mit im Fahrzeug. Auf dem Sitz rechts neben mir sitzt ein dünner, kleiner Junge mit sehr kurzem Haar namens Marvin. Er sieht mich nicht an, scheint irgendwie in seine eigene Welt vertieft zu sein. Ständig bewegen sich seine Lippen. Es wirkt aber nicht so, als ob er mit sich selbst spricht, eher so, als ob er zu jemandem spricht, der nicht anwesend ist. Dabei ballt er immer wieder seine rechte Hand zu einer Faust, als ob er wütend wäre. Vielleicht stellt er sich eine Situation in der Zukunft vor, in der er etwas sagen will – oder er erinnert sich an eine Person, der er am liebsten etwas Bestimmtes gesagt hätte. Jedenfalls brauche ich von ihm erst mal keine Aufmerksamkeit zu erwarten.

Am Steuer sitzt ein älterer Mann, der sich mir gegenüber mit dem Namen Henry vorgestellt hat. Rechts neben ihm ein leerer Beifahrersitz.

Ich habe mich allen Gegenüber mit „Kris" vorgestellt, weil mir diese Kurzform meines Namens besser gefällt. Außer Namen habe ich mit denen auch noch kein richtiges Wort gewechselt, seit ich hier eingestiegen bin. Sobald ich mein Gepäck verstaut und hinten Platz genommen hatte, ging die Fahrt auch sofort los. Niemand von denen hat mir bis jetzt erklärt, was das hier eigentlich für ein Trip werden soll und wohin es überhaupt geht. Ich warte gespannt darauf, dass es jemand tut.

Draußen zischt Baum für Baum vorbei. Wälder und tiefes Gebüsch umgeben uns von allen Seiten. Alte Bäume verschränken neben und über uns ihre großen, kräftigen Arme. Plötzlich durchstrahlt ein greller Lichtschein den von zahllosen Ästen durchwucherten Horizont. Nach einigen Kilometern sind wir dieser Horizont und die Bäume enden.

Jetzt blicken wir auf ein riesiges, tiefes Tal, welches uns im Sonnenschein präsentiert wird. Von hier aus führt die Straße ziemlich steil nach unten. Es fühlt sich ein bisschen so an wie der Moment, in dem man mit dem Waggon den höchsten Scheitelpunkt einer langen Achterbahn erreicht und man weiß, jeden Augenblick fällt man tief. Mit diesem Gefühl tauchen wir in das Tal hinab. Es ist ein weites Tal. Wie ein großes Fußballstadion wird es vom Flutlicht der Sonne erleuchtet und auf den Rängen erheben sich unglaubliche Massen an Weinreben, so weit das Auge reicht. Es ist echt ein erstaunlicher Anblick, und wir sind noch nicht einmal weit gefahren.

Zwischen meiner Sitzreihe und dem Fahrersitz befindet sich eine weitere Reihe mit zwei Sitzen. Hier sitzt sie, die junge Frau, die mich vorhin so liebevoll zu dieser Reise eingeladen hat. Von ihr habe ich seitdem noch keinen Ton gehört, und sie hat mir auch noch nicht ihren Namen gesagt. Aber jetzt dreht sie sich um und wendet sich mir zu.

„Hi, ich bin Milly." Endlich bricht mal jemand diese unheimliche Stille.

„Und wie gefällt dir die Aussicht?", sagt sie. Als sie mir direkt in die Augen schaut, spüre ich ein kleines Zucken in mir, und ein leichtes Kitzeln macht sich in meiner Magengegend breit.

Es war ein Gefühl so schlagartig und schnell wie ein Blitz, der sich langsam nach unten über meine beiden Beine ableitet und verklingt.

„Hallo?", fügt sie mit einem Lächeln hinzu, nachdem ich eine kurze Weile nicht geantwortet hatte, weil ich nicht antworten konnte. Ich versuche mich wieder zu fangen und ihrem magischen Blick Widerstand zu leisten. Ich verzog eine etwas konzentriertere Miene. Es war ungefähr so wie in diesen Zeichentricksendungen, wo die männliche Figur eine weibliche Schönheit ansieht, ihm das Wasser aus dem Munde tropft, die Zunge heraushängt und er heftig den Kopf schüttelt, um aus diesem magischen Bann aufzuwachen. Dann fangen diese Figuren normalerweise zu stottern an. Aber ich konnte eigentlich ganz normal antworten.

„Ja ist schön", sage ich, selber verwundert, dass ich so kurz angebunden bin. Sie hat langes dunkelbraunes Haar, ein zierliches Gesicht und haselnussbraune, große Augen, mit denen sie einen Blick aufsetzt, der tiefer ist als jeder Schlaf, den ich je hatte. Sie verändert ihre Sitzposition ein bisschen, damit sie länger und bequemer zu mir nach hinten sehen kann.

Sie sagt: „Entschuldige bitte, dass ich dich vorhin so damit überfallen habe, aber ich wollte einfach, dass du einen Entschluss für dich fasst. Du hast ja die anderen beiden schon kennengelernt."

Na ja, von kennengelernt kann ja wohl nicht die Rede sein, denke ich.

„Marvin ist ein sehr fantasievoller Mensch, aber er meint es nie böse, wenn er mal gerade nicht zuhört. Manchmal mache ich mir auch Sorgen, dass er gar nicht mehr aus seinen Gedanken zurückkommt. Aber bis jetzt ist das Gott sei Dank nicht vorgekommen."

In dem Moment, wo er seinen Namen gehört hat, muss er wohl aufgewacht sein. Er dreht sich zu mir und gibt mir die Hand. Danach dreht er sich wieder zum Fenster und verschwindet irgendwo in den Fängen seiner Vorstellungskraft. Jetzt haben wir das Tal durchquert, die Bergauffahrt wieder hinter uns, und schon beginnen die Bäume wieder rechts und links.

Milly sagt: „Unser Weg führt uns an einen See im Norden. Dort ist es so friedlich und still. Alles, was ich vorhin meinte, ist, dass man sich dort frei fühlt. Wirklich frei. Und dieses Gefühl ist das Ziel unserer Reise. Jedes Jahr fahren wir dorthin. Und diesmal nehmen wir jemanden mit."

Ich sage: „Ich freue mich schon darauf, diesen Ort zu sehen. Aber wieso habt ihr mich gewählt?"

„Du sahst so zerstreut und irgendwie traurig aus. Ich hatte das Gefühl, dass du jemand bist, der genau so etwas gerade gebrauchen kann. Und wir haben noch ein Bett frei in unserer Hütte, also …"

„Ihr habt da eine Hütte am See?"

„Ja, sie ist nicht sehr groß, aber gemütlich."

Von vorne dringt eine Melodie durch, die mich irgendwie an Bob Dylan erinnert. Vielleicht ist er es auch, ich kenne nicht so viele Songs von ihm. Aber die Musik ist genau richtig für die Landschaft.

Milly sagt: „Vertrau mir, es wird dir gefallen! Und wenn du bereit bist, kannst du einen ganz anderen Blick auf die Dinge entwickeln. Dann kannst du über jede noch so kleine Sorge lachen, die den verzweifelten Versuch unternimmt, sich in deinem Kopf auszubreiten."

Sie kurbelt an ihrer Tür, und das Fenster öffnet sich. Mit jedem Stück, mit dem das Fenster sich weiter öffnet, beginnen ihre Haare im Wind zu wedeln. Der Raum füllt sich Stück für Stück mit frischer Luft, mit einem frischen Wind, der einen irgendwie aufweckt, mit Leben füllt.

Vorne atmet Henry tief diese Luft ein. Und auch zu mir gelangt die Munterkeit, die sie mit sich zieht. Nur Marvin scheint davon völlig unbeeindruckt zu bleiben. Sein Haar ist so kurz geschoren, dass kein einzelnes Härchen imstande ist, sich vom Wind anstoßen zu lassen. Es sind nur Stoppeln.

Okay, viele Informationen waren das ja nicht gerade über unsere Reise. Aber die Verwunderung darüber vergeht überraschenderweise so schnell, wie sie gekommen ist. Warum muss ich denn unbedingt noch mehr wissen? Es wird sich mir doch alles offenbaren, wenn die Zeit gekommen ist. Der Wind pustet mir die Fragen aus dem Hirn, und ich lasse mich treiben.

Milly öffnet weiter das Fenster. Als sie es vollständig heruntergekurbelt hat, geht ein lautes Zischen durch den Innenraum. Henry wirkt dem entgegen, in dem er die Musik noch lauter aufdreht. Milly sieht mich an, sieht mir tief in die Augen und lächelt, bevor sie ihren Kopf ganz aus dem Fenster hält und ihre Haare wie verrückt tanzen lässt.

Da ist es wieder. Das tiefe Kitzeln.

Höllenfratze

Ich träume:

Ich liege im Bett. Es ist ein ruhiger, von Sonnenstrahlen durchkämmter Morgen. Ich fühle mich völlig entspannt, alles ist so leicht. Meine Beine erheben sich und setzten rechts auf dem Boden auf, sodass ich jetzt auf der Bettkante sitze.

Ich befinde mich in einem kleinen Raum. Nur ein Bett, ein Nachttisch und ein kleiner Schrank haben hier Platz gefunden. Aber es wirkt trotzdem nicht eng. Ich richte mich auf, um aus dem Fenster zu schauen. Draußen ist es sehr hell. Die Sonne lässt den ganzen Garten und den angrenzenden Wald in brennendem Licht aufleuchten.

Und ein einzelner gleißender Strahl fällt auf ihr glänzendes Haar. Sie steht jetzt am Beckenrand und schaut hinab, sieht ihr eigenes Spiegelbild im Wasser. Im selben Augenblick, in dem ich dachte, ihre Stimmung könnte melancholisch oder traurig erscheinen, beginnt sie zu lachen. Ich sehe es nicht in ihrem Gesicht, weil sie mir den Rücken zuwendet. Ich sehe es im leuchtenden Spiegel des Wassers. Worüber sie wohl lacht? Vermutlich nur pure Freude.

Jetzt wagt sie es und springt mit einem flinken Satz hinein, direkt ihrem Spiegelbild in die Arme. Elegant gleitet sie durch die Oberfläche und taucht etwas weiter hinten wieder auf, tief einatmend. Sie schwimmt von Seite zu Seite, mit leichten, anmutigen Bewegungen. Es wirkt, als wäre sie völlig mit dem Wasser vereint, jeder einzelne Tropfen scheint sie förmlich durch den Raum zu heben. Und so lässt sie sich tragen.

So sehr, wie ich mich am liebsten in dieser wundervollen Leichtigkeit für immer verlieren würde, so plötzlich merke ich, dass hier etwas nicht stimmt. Ich bin nicht ich. Ich sehe auf mich herab, auf meine Arme und Beine, auf meinen ganzen Körper. Ich weiß nicht einmal, was ich bin. Meine Haut ist rötlich-braun und ledern. Ich habe einen sehr breiten und großen Körper.

Ich gehe weiter Richtung Tür. Ich habe massive Schenkel, aber knochige Füße. Ich habe einen dicken, kantigen Kopf, aber dünne Arme. Sobald ich vor der Tür stehe, öffne ich sie leise und verlasse das Zimmer. Ich habe eckig-scharfe Knie und hohe Schultern. Im Flur blicke ich in den Spiegel und sehe, dass ich keine Haare und einen riesigen Mund mit großen Zähnen habe. Aber ich stehe aufrecht, wie ein ganz normaler Mensch.

Und dann höre ich es. Rumms. Unten fällt die Tür zu.

Mir stockt der Atem. Es ist das Mädchen, es hat wieder das Haus betreten. Und dann läuft es mir wie ein kalter Schauer den Rücken hinunter: Ich bin ein Monster, sie ist ein kleines Mädchen! Wenn sie mich so sieht, wird sie vermutlich ein so schrilles Kreischen von sich geben, dass ich nie wieder etwas hören werde. Ein so grelles Geräusch, dass alles zerstören würde, was je erbaut wurde. Sie würde mich zu Tode schreien.

Bei dem Gedanken macht sich eine Riesenangst in meinem Körper breit. Während ich mir hier im oberen Hausflur den Kopf zerbreche, wie ich das Unabwendbare abwenden kann, horche ich nach unten. Das Mädchen scheint in der Küche zu sein. Lautes Geklirre von Töpfen, Schüsseln, Besteck oder sonstigem Geschirr ist zu hören. Ich trete an die hölzerne Treppe heran, die nach unten führt, um noch besser lauschen zu können. Die Treppe nimmt weiter unten eine Kurve, sodass sie mich nicht sehen könnte, sobald sie am unteren Ende stünde.

Ihre Eltern sind wohl nicht da. Sie ist hier mit mir allein im Haus. Auf einmal hört das Geklirre auf. Und nur einen kurzen Moment später höre ich es knacken, und plötzlich läuft alles ab wie in Zeitlupe. Das Knacken war das Knacken der Treppe, auf die das Mädchen wohl einen Fuß gesetzt hat. Und Schritt für Schritt geht es langsam die Treppe hinauf, an deren oberster Stufe ich gerade stehe.

Erschrocken nehme ich rückwärts gehend Abstand von ihr. Was soll ich nun machen? Ich drehe mich um und laufe zügig den Hausflur entlang. Ich suche das Zimmer, aus dem ich gekommen bin. Doch alles, was ich dort vorfinde, ist eine leere Wand. Verdammt noch mal, aber hier war doch ein Zimmer!

Ich sehe mich um. Das kann nicht sein! Ich taste die Wand ab, nichts. Ich haue gegen die Wand, nichts. Schritt für Schritt nähert sich das Mädchen dem oberen Hausflur. Schritt für Schritt nähern wir beide uns dem Unabwendbaren. Meine Angst wird größer. Wenn sie mich sieht,

wird sie schreien. Sie wird alles Nötige tun, um sich zu wehren. Vor mir,
dem Monster. Und bevor ich auch nur ansetzen könnte, irgendetwas zu
erklären, wäre das Chaos bereits ausgebrochen. Und was sollte ich auch
erklären? Wie kann ich erklären, dass ich eine Teufelsgestalt bin und
dass ich der pure Frieden bin, nur bedeckt von einem Mantel aus Tod?

In meinem Kopf beginnen die Stimmen zu singen. Ein Kirchen-
chor singt und begleitet diese abscheuliche Szene in meinem Kopf. Die
Stimmen singen: „Maria brennt … so leise, so leise … Maria brennt …“

Wie in Zeitlupe renne ich in das nächste Zimmer, dass ich finde.
Bei genauerem Hinsehen ist es die einzige Tür, die es im ganzen oberen
Hausflur noch gibt. Alle anderen Türen sind weg oder waren nie da. Ich
betrete das Zimmer und halte sofort Ausschau nach einem Versteck. Es
muss doch möglich sein, sich irgendwo zu verstecken! Oder soll ich mich
verkleiden? Doch nichts ist zu finden, was ich anziehen könnte, nichts,
um meine bestialische Erscheinung zu vertuschen, nichts, um meine
Höllenfratze zu verdecken. Nur eine große Truhe steht dort am Fenster.
Ich öffne sie, um zu überprüfen, ob ich da vielleicht hineinpasse. Sie
ist voller Kram, alten Büchern und Fotos, irgendwelche Erinnerungen.

Die Schritte des Mädchens kommen immer näher an mich heran, das
Knarren der hölzernen Treppe wird immer lauter und deutlicher. Oder
ist es schon oben im Flur? Es hat ihre Leichtigkeit behalten und scheint
völlig mit dem Boden verbunden zu sein. Wie vorhin die Wassertropfenes
getragen haben, so scheint nun jede einzelne Holzfaser, die den Boden
formt, es ein Stück weiter an mich heranzuholen und so gleitet es auch
immer mehr an das Unabwendbare heran.

Und die Musik in meinem Kopf wird lauter und lauter, als ich ver-
suche, so leise wie möglich die größten Sachen aus der Truhe herauszu-
räumen, um selber einen Platz darin zu finden.

„Maria brennt … so leise, so leise.“ Die Stimmen quälen mich. Ich
bin ein Monster.

Die Zeit wird zu knapp, ich muss es versuchen. Rasch steige ich mit
beiden Beinen in die Truhe hinein und mache mich klein. Das könnte
klappen. Ich muss mich nur noch ein bisschen anders hinlegen, so! Und
jetzt schnell die Klappe herunter …

Die Tür öffnet sich. Ich sehe nichts, nur die Innenwand der Truhe
direkt vor meiner Nase. Ich atme leise, was schwierig ist bei diesen schreck-

lichen Stimmen in meinem Kopf und dem Körper voller Angst. Und dann passiert es.

Ein alles durchdringender hoher Schrei mit purer Furcht in der Stimme. Die Furcht war so rein, dass sie alles erschütterte und alles zum Aufhören brachte, was je existiert hatte.

Es war unabwendbar.

Das Göttlichste aller Gewässer

Als ich aufwache, bin ich zuerst völlig verwirrt. Am liebsten hätte ich sofort gefragt: Wo bin ich? Wer seid ihr? Wo fahren wir hin? Aber im selben Moment kommen die Erinnerungen wieder zurück. Ich muss nach einiger Zeit eingeschlafen sein. Vielleicht habe ich mich von dem Jungen neben mir inspirieren lassen. Der ist immer noch in seinen unendlichen Monolog vertieft. Oder ist es eher ein Dialog mit einem zweiten Teil in ihm? Das macht einen ziemlich müde, zumal die Fahrt schon ziemlich lang zu sein scheint.

„Wie lange fahren wir denn noch?", frage ich.

Henry, unser Fahrer, antwortet: „Keine Sorge, wir sind jeden Moment da."

Milly sieht entweder ruhig aus dem Fenster oder schläft. Bei ihrer derzeitigen Position könnte es beides sein und man würde es erst wissen, wenn man sie fragen oder anstupsen würde. Ich könnte ihr die ganze Zeit dabei zusehen, wie sie so dasitzt, ihren Kopf mit den langen Haaren gegen das Fenster gelehnt. Sie sieht so hübsch aus.

Ich gedulde mich und sehe wieder auf meiner Seite aus dem Fenster heraus und beobachte Baum für Baum. Nach meinem Gefühl zu urteilen sind wir schon mindestens drei oder vier Stunden unterwegs. Aber hier scheint sich niemand für die Zeit zu interessieren. Wir haben auch noch nicht einmal eine Pause gemacht. Ich versuche mich weiter zu gedulden, aber als es beginnt zu nerven und ich am liebsten alle Mitfahrenden mit mehreren Fragen durchlöchern wollte, biegen wir in einen Waldweg ein.

Jetzt fällt es mir erst auf. Ich habe schon lange keinen Verkehr mehr gesehen. Kein einziges Auto ist uns in der letzten Zeit entgegengekommen, es fährt auch keines in unserer Richtung hinter oder vor uns. Und als wir in den Wald einbiegen, erwarte ich erst recht keinen Verkehr mehr. Und immer mehr wird mir klar, dass dieses unruhige Verhalten von Marvin zu einem gewissen Anteil Aufregung ist, die Aufregung, endlich anzukommen.

Langsam bewegen wir uns auf einem kleinen sandigen Pfad entlang. Die Route führt uns tief durch den Wald, durch seine verwinkelten Wege, Kreuzungen und Ecken. Das Auto passt gerade so darauf. Im Verhältnis zu dem, was wir vorher an Tempo draufhatten, wirkt das hier wie die Zeitlupe einer Zeitlupe.

Hin und her humpelt unser Fahrzeug. Als ob es auf allen Vieren kriecht und sich langsam vortastet, bewegt sich die rechte Hälfte nach oben, wenn die linke Hälfte nach unten setzt und umgedreht. Wellenartig schwingen wir den Weg entlang, bis wir endlich dessen Ende erreichen, wo uns eine kleine freie Lichtung mit einer Hütte erwartet. Dahinter versteckt sich der See, doch ich habe ihn sofort bemerkt. Sobald das Auto still steht und kein Motorengeräusch mehr von sich gibt, stürmt Marvin aus seiner Tür und in wenigen Schritten hin zum See. Ich schaue Milly an. Sie lächelt mir nur entgegen, als sie ihre Tür aufschwingen lässt.

Ich steige ebenfalls aus und helfe unserem ältesten Mitreisenden bei dem Gepäck. Viel ist es nicht, und wir tragen alles rüber zu der Hütte. Nur ein paar Meter vom Auto entfernt führen vier Holzstufen hinauf auf eine Terrasse, die ebenfalls aus Holz ist, mit Rillen in jedem Brett. Hier stellen wir alles ab. Henry macht eine Kopfbewegung zum Wasser, die mir wohl sagen soll, dass er den Rest allein schafft.

Ich kann es auch kaum erwarten, in den See zu springen. Zu lange habe ich im Auto herumgesessen, während draußen die Sonne brennt. Marvin ist nirgendwo zu sehen, er ist wohl irgendwo am See entlang gelaufen. Dort ist Milly. Sie steht im Sand direkt am Ufer. Zwischen dem Schilf konnte ich ihr langes Haar erkennen. Es ist ein kleiner Sandstrand, fast völlig umgeben von hohen Schilfhalmen und anderen Gräsern.

Sie sieht mich an und sagt: „Na, hast du Bock drauf?" Rasch entkleidet sie sich bis auf ihre Unterwäsche, rennt ohne zu zögern in das frische Wasser hinein und taucht mit dem Kopf ab.

Man merkt, dass die Sonne so langsam mit Dämmern anfangen möchte, aber irgendwie scheint sie auf etwas zu warten. Es ist, als ob sie mich ins Wasser ruft, als wäre es ihr Job. Ebenfalls in Unterwäsche komme ich der Bitte der Sonne entgegen und taste mich mit den Beinen weiter ins Wasser vor. Es ist kalt.

Mit derartig kaltem Wasser hatte ich immer schon ein Problem. Man wartet darauf, dass man es endlich macht, dass man endlich einfach hineinspringt. Aber worauf wartet man da? Man muss sich doch selbst entscheiden, warten bringt gar nichts. Es ist die gleiche Situation wie vor dem Aufstehen aus dem Bett nach einer Nacht ohne guten Schlaf. Das gleiche Dilemma. Genauso ist es wenn ...

„Komm schon, du fokussierst dich zu sehr auf den Temperaturschock anstatt auf das erfrischende Gefühl der Abkühlung!", ruft Milly. „Es ist wie mit allem, was man sich nicht sofort traut, was man aber will. Der Entschluss ist etwas schwierig, aber hinterher weiß man, wie sehr es das wert war."

Dabei grinst sie mich an. Wie eindeutig.

Ich schreite langsam weiter ins Wasser hinein, als Milly zu mir kommt. Kurz noch denke ich, dass sie mich mit dem Wasser bespritzen will.

„Denk nicht einmal daran!", sage ich im Spaß mit dem Zeigefinger auf sie gerichtet, während sie immer näher kommt.

Als sie vor mir steht, öffnet sie ohne zu zögern ihre Arme und umarmt mich mit ihrem nassen Körper. Dies bedeutet zwar auch einen Temperaturschock, aber einen, den man gerne auf sich nimmt. Kurz darauf lässt sie mich wieder los, steht aber immer noch dicht bei mir und sagt in neckischem Unterton: „Und war das so schlimm? Kälter als das wird es nicht."

Wieder voneinander losgelöst mache ich mich bereit, jeden Augenblick ins Wasser zu gleiten. Mit einem Ruck tauche ich ein in die Tiefe des Sees mitten im Wald. Das Gefühl ist unbeschreiblich. Es fühlt sich so an, als würde mein Körper einen Teil des Wassers in sich aufsaugen und jeder verkrampfte Muskel würde einzeln umspült und gelockert. Es ist das Gefühl der reinsten Freiheit.

Ich schwebe in dieser tiefen, kalten Urgewalt. Alles verliert auf einmal seine Schwere und nichts ist für diesen Augenblick von Belang, nichts als der Moment. Und dennoch spüre ich eine innere Befriedigung, eine Zufriedenheit. Es fühlt sich an, als ob es nie Feindseligkeit auf der Welt gegeben hätte, als ob dieses Gewässer sogar Todfeinde vergessen lassen würde, dass sie sich je gehasst haben. Und selbst wenn sie sich erinnern würden, so würden sie den Grund dafür nicht verstehen, zumindest für diesen einen Moment. Warum kann sich nicht jeder Moment so endlos anfühlen, so leer und leicht?

Ich tauche auf.

Wir schwimmen zusammen in diesem Göttlichsten aller Gewässer. Das Wasser ist so klar, dass man durch es hindurch alles sehen kann. Ich kann sehen, dass Milly einen schönen, zierlichen Körper hat. Als wir aus dem Wasser schreiten, bestätigt mir jeder möglichst unauffällige Blick auf ihren Körper dessen Schönheit. Wir setzen uns auf ein Stück Gras am hinteren Rand des Sandstrandes und sehen uns weiter die Dämmerung an. Die Sonne hat ihren Job getan, jetzt ist es für sie an der Zeit, sich zu verabschieden.

Wir unterhalten uns ein bisschen, um uns besser kennenzulernen. Ich schweife immer etwas ab mit meinem Gerede, weil ich nicht so richtig weiß, was ich sagen soll. Sie findet das scheinbar belustigend – oder sie ist immer am Lächeln.

Jedenfalls tut sie es jetzt gerade, während sie mir schweigend mit dem tiefsten aller Blicke, mit den strahlendsten aller Augen ansieht. Dieser Blick ist so reizvoll, dass es schon fast wieder unheimlich ist, aber im selben Moment richtet er sich auf mich und schenkt mir seine Aufmerksamkeit. Es fühlt sich so intensiv an, so hypnotisch, aber gleichzeitig sagen mir diese Augen, dass sie in Frieden kommen. Dieser scheinbare Widerspruch zwischen fast schon beängstigenden Augen und der Tatsache, dass sie mich scheinbar gern anschauen, löst sich auf in einem Gefühl der Unendlichkeit, der Wahrheit, der Freiheit. Es fühlt sich so an, als würde ich wieder im Wasser schweben.

Die Sonne geht unter. Und ich denke daran, dass das alles viel zu kitschig ist, viel zu schön, um wahr zu sein. Sie muss kurz lachen, als hätte sie meine Gedanken gehört, verliert aber nicht ihren festen Blick dabei. Dann steht sie auf, dreht sich um und geht Richtung Hütte. Ich folge ihr, den herben gemischten Geruch von Seeluft und Gräsern der Lichtung einatmend. Ich genieße die Frische, die in ihm liegt. Doch plötzlich verblasst diese Frische, als sich zwei neue Elemente dem Duft zumischen: Rauch und Tabak.

Als wir auf der Terrasse ankommen, geht Milly in die Hütte und verabschiedet sich mit einem „Gute Nacht!"

Ich beschließe, mich zu Henry zu setzen, auf den Liegestuhl neben ihm. Er sitzt in einem Schaukelstuhl mit der Stirn dem See zugewandt und raucht an einer alten Pfeife, formlose Figuren von Rauch in den Wind pustend.

Nach kurzer Stille wendet Henry sich mir zu und sagt: „Du bist immer noch stark am Grübeln, wieso wir dich mitgenommen haben, richtig? Du fragst dich bestimmt immer noch, wieso du eigentlich hier bist. Lass mich dir eine Antwort geben. Du bist hier, weil du dich so entschieden hast. Du bist hier, weil du in unseren Wagen eingestiegen und seitdem nicht wieder ausgestiegen bist. Das ist der einzige Grund. Es gibt kein Warum. Es ist einfach so. Eine zufriedenstellende Antwort auf ein Warum wirst du niemals finden."

Dann wendet er sich wieder dem See zu und spricht weiter: „Die ewige Frage nach dem Warum. Was wäre, wenn es gar keinen Grund gibt? Man kann es einfach nicht verstehen, weil es da gar nichts zu verstehen gibt. Viel wichtiger ist doch die Frage nach dem Wie. Wie kann ich daraus für mich das Beste machen? Wie kann ich alles so drehen, dass ich damit glücklich bin? Und wie mache ich endlich das, was ich wirklich will und frage mich nicht, warum?"

Er setzt wieder seine Pfeife an den Mund, zündet den Tabak von oben erneut an und nimmt einen kräftigen Zug. Ich weiß gar nicht, was ich dazu sagen soll. Ich meine, der Mann hat ja recht mit allem, was er da sagt. Aber ein bisschen muss ich mich schon wundern, dass er plötzlich mit so einem philosophischen Kram anfängt. Hätte ich ehrlich gesagt gar nicht von ihm erwartet. Wie wär's mal mit einem einfachen Wer-bist-du oder Was-machst-du?

Sich wieder zu mir drehend, sagt er: „Kennst du das Gefühl, wenn du so tief in einem bestimmten Moment gefangen bist, dass du alles um dich herum vergisst? Dieser eine Moment, aus dem man am liebsten nie wieder heraus möchte, der niemals wieder enden soll. Und man fragt sich, warum man dieses Gefühl nicht für immer behalten kann, warum man es nicht einfach in andere Situationen hineintragen kann, sodass es niemals vergehen muss. Aber im selben Augenblick ist es schon wieder vorbei. Nämlich genau dann, wenn man beginnt sich zu fragen warum."

Natürlich kenne ich das Gefühl. Aber was soll ich nun dazu sagen? Erwartet er etwa ein eloquentes Wortgefecht? Noch ehe ich mir eine Antwort überlegen kann, setzt er die Ansprache fort.

„Was wäre, wenn das Leben nicht nur eine Aneinanderreihung verschiedener Momente ist, sondern wenn das ganze Leben in Wirklichkeit nur aus einem einzigen ganz großen Moment besteht? Dem einen Moment, der nie aufhört. Die Verschiedenheit der Situationen, in denen wir leben, ist vielleicht nur eine schmerzhafte Illusion, weil wir uns selbst nicht gönnen wollen, dass alles so einfach sein kann. Ich gebe zu, dass es schwierig ist, sich das vorzustellen. Aber ich finde die Vision von einer einzigen, nie endenden Situation wird der Wahrheit gerecht."

Ich bringe immer noch nur Schweigen heraus. Henry schaut wieder auf den See.

„Ein Leben, in der es keine Tage gibt, sondern einfach nur mehrere Übernachtungen, in der es keine Monate gibt, sondern einfach nur wechselnde Wetterverhältnisse. Man bleibt immer in diesem Gefühl und sieht das Leben nur noch aus dieser einen wundervollen Perspektive. Dann bleibt es für die Ewigkeit, und wir müssen uns niemals wieder davor fürchten, in eine andere Situation hineinzugeraten. Wir bleiben einfach in uns selbst, in dem immer gleichen Moment, mit dem immer gleichen Wohlbefinden, um das wir seitdem auf immer kämpfen. Es gibt keine Vergangenheit, genauso wenig, wie es eine Zukunft gibt. Es sind höchstens Erinnerungen und Erwartungen, die aber genauso wenig real sind wie das Warum. Also müssen wir uns eigentlich nur eines fragen. Wie gelange ich zu dem einen Gefühl von Freiheit, welches ich ab dann behalten möchte, für welches ich ab dann immer stehen werde? Wie finde ich diesen einen Moment und fixiere ihn für die Ewigkeit?"

Das einzige Gefühl, an das ich denken muss, während ich mir diesen ganzen Vortrag hier anhöre, ist das Gefühl, das ich hatte, als ich vorhin im Wasser schwerelos war. Es ist das gleiche Gefühl, das ich hatte, als ich Milly vorhin tief in die Augen gesehen habe.

MARDUK

„Steht ihr Name auf der Gästeliste? Hier kommt man nur rein, wenn man auf der Liste steht." Der Mann, der das sagt, ist sehr fein gekleidet, aber irgendwie wirkt es bei ihm widersprüchlich. Er sieht so aus, als würde ihm ein Wrestling-Kostüm oder ein Football-Dress besser stehen. Er und sein Kumpel links neben ihm sind hier die Türsteher. Sein scharfer Blick zeigt ein sehr starkes Misstrauen. Ein Misstrauen, das er wohl gegenüber jedem hier zeigt, der rein will.

„Ja, ich stehe auf der Liste. Sehen Sie unter Patrick Dawson nach!" Der Kopf des Türstehers senkt sich nach unten in seine Liste. Seine Augen sehen sehr angestrengt aus und er runzelt die Stirn. Irgendwie wirkt er jetzt leicht dümmlich. Er braucht ein Weilchen, um nach dem Namen zu suchen. Dabei bewegt er seine Lippen immer ein wenig, als ob er alle Namen einzeln durchgeht. Erst macht er einen auf dicke Hose, und dann stellt sich heraus, dass er so schnell lesen kann wie ein Zweitklässler?

„Hmm. Mal sehen. Patrick Dawson … Ja! Hier hab ich sie. Alles klar, Sie können reingehen. Amüsieren Sie sich gut!"

Schon setzt er wieder seine misstrauische, fiese Miene auf. Sein Kumpel neben ihm wirkt hier völlig anteilslos. Ihn interessiert hier wohl gar nichts. Und Kopp passiert mit einem Kopfnicken die Eingangstür.

Er ist gut vorbereitet. Donnie, sein verdeckter Teamkollege, hat für ihn herausgefunden, dass Marduk, der älteste der Gebrüder Grau, heute auf einer Spendengala in diesem Gebäude sein wird. Es geht dabei nicht wirklich um Spenden, sondern um Geldwäsche und einen Anlass für ein getarntes Treffen.

Der Kontakt fand ebenfalls heraus, dass Patrick Dawson mit dazu gehört. Er ist ein Neuling in dieser Verbindung oder Sekte oder was auch immer, und er wurde von den heutigen Gastgebern noch nicht gesehen. Es wäre für ihn eine Art Aufnahmeveranstaltung gewesen. Donnie konnte ihn ausfindig machen. Kopp schlug zu und nimmt seitdem die Rolle von Patrick Dawson ein. Aber der alte Dawson ist dabei nicht ums Leben gekommen. Er ist nur so lange außer Gefecht gesetzt, wie Kopp braucht, um seinen Plan auszuführen.

Kopp tritt in das Atrium ein. Es handelt sich um eine prächtig ausgeschmückte Vorhalle. Verzierte Wände, verschnörkelte, kunstvolle Muster sind in ihnen und an der Decke eingearbeitet. Symbolhafte Gebilde aus Stuck stellen religiöse Szenen dar, an denen mehrere Engelsgestalten teilnehmen. Es sieht so aus, als würde die Sonne gegen ihren Willen von ihnen angebetet. Und nicht nur das, auch Gemälde hängen daneben. Sie wirken sehr teuer. Aber teilweise sind es auch Bilder, die überhaupt nichts mit Kunst zu tun haben. Sie steigen nur deshalb im Wert, weil die Leute diese Absurdität mit Kreativität verwechseln. Die denken, der Künstler muss ein Genie sein, weil ein so tiefer Sinn dahinterstecken muss, dass niemand ihn begreift. Genial, denn Absurditäten verkaufen sich gut.

Ein roter Teppich ist ausgelegt. Und seine Verzierungen glänzen golden. Es hat fast etwas von einer kirchlichen Einrichtung, nur ohne Altar oder Predigtkanzel. Und natürlich ist auch schon klar, dass der Grund des Zusammentreffens nichts mit einer religiösen Absicht zu tun hat, zumindest nicht im Sinne herkömmlicher Religion.

Kopp läuft weiter den Flur entlang. Eine große, weiße Doppeltür führt ihn in den Hauptsaal. Er macht die Tür hinter sich zu und sieht sich um. Wenn alles in dem Vorsaal gewaltig und verschmückt war, so ist hier alles noch viel gewaltiger und verschmückter.

Am Ende des Saals auf der rechten Seite spielt ein Geigenquartett, begleitet von einem wohlklingenden Flügel. Überall stehen Tische und Stühle. Kellner bedienen die Gäste. Viele von ihnen stehen in Gruppen zusammen, ein Glas Sekt trinkend, und reden über oberflächliche Banalitäten. Der rote Teppich zieht sich in diesem Saal weiter fort und endet hinten an den weiten Glasfenstern, die gleichzeitig als Durchgang in den Garten dienen. Was sofort auffällt, ist, dass alle Gäste hier sehr gut gekleidet sind. Und um selber nicht aufzufallen, ist Kopp beziehungsweise Patrick Dawson es auch.

Er greift in seine Anzugtasche, um zu checken, ob alles da ist, was er braucht. Es handelt sich um einen gefälschten Mitarbeiterausweis, den Donnie für ihn angefertigt hat, einen Mitarbeiterausweis für eine gefälschte Brauseherstellerfirma. Für die Firma, die statt Brause zu produzieren giftige Gedanken in die Menschen einpflanzt. Die *Galerie der Schöpfung*, wie dieser kranke Smirrel sie nennt.

Kopp bestellt einen Martini an der Theke zu seiner Rechten und mischt sich damit unter die Leute. Er führt ein paar Gespräche mit ein paar Leuten an den Stehtischen. Aber bis jetzt deutet gar nichts auf eine kriminelle Vereinigung hin. Immer hält er Ausschau nach der Person, die eigentlich sein Ziel ist: Marduk, ein modebewusster Frauenschwarm mit langen blonden Haaren. Das weiß Kopp von einem Foto, das Donnie ihm geschickt hatte. Aufmerksam schaut er überall umher, um ihn ausfindig zu machen. Dass er hier nicht wie auf dem Präsentierteller erscheinen wird, sollte klar sein.

Das Streichquartett beendet das eben gespielte Stück. Vereinzelt hört man Applaus und Rufe. Nach wenigen Sekunden des Umblätterns, Nachstimmens und gegenseitig Beschauens setzen sie gemeinsam zum nächsten Stück an. Diesmal handelt es sich um ein klassisches Stück, welches etwas weniger freudig anmutet als das Letzte. Die tiefen, abgehackten Violinenläufe erzeugen eine düstere Stimmung. Das Cello entgegnet mit langen, gebundenen Tönen, die einen sehr spannungsvollen Zusammenhang entstehen lassen. Wie passend.

Weiter bleibt Kopp sehr aufmerksam. Er beschließt, ein wenig genauer den Saal zu erkunden. Denn bis jetzt zeigt sich noch keine Spur von Marduk. Auf der Höhe des Quartetts führt links ein Gang zu den Toiletten. Und da sind noch weitere Türen, weitere Räume, potenzielle Aufenthaltsorte des Ziels. An den Toiletten steht wieder so ein Sicherheitsmann. Die scheint es hier überall zu geben. Der sieht auch fast genauso aus wie der, der draußen stand, der langsame Leser.

„Sind Sie Patrick Dawson?", fragt der Sicherheitsmann. Und bei dieser Frage bekommt Kopp eine Gänsehaut. Er betont die Frage nämlich so, als würde er sich wundern.

Kennt der Typ Patrick Dawson etwa doch schon? Weiß er, wie er aussieht? Ist Kopps Identität jetzt aufgeflogen? Der Mann wiederholt die Frage, diesmal mit mehr Nachdruck: „Sind *Sie* Patrick Dawson?"

Kopp versucht ruhig zu bleiben und antwortet: „Ja, ja der bin ich."

Der Sicherheitsmann antwortet: „Gut, dann bist du jetzt dran. Ich habe nämlich keinen Bock mehr hier rumzustehen."

Kopp sieht ihn verwundert an. Was meint er damit, jetzt bist du dran?

Der Mann fügt hinzu: „Meine Schicht ist vorbei. Gut, dass du endlich da bist. Du bist zwar viel zu spät, aber ich will mich jetzt auch nicht aufregen. Ich will mich jetzt lieber entspannen. Also, deine Aufgabe ist es, hier Wache zu stehen. Und wenn Marduk persönlich hierher kommt, dann muss er aufs Klo. Und dann musst du mit ihm da reingehen und darauf aufpassen, dass er nicht daneben pinkelt, alles klar?"

Durch seinen ironischen Unterton wird klar, wie ernst er seinen Job nimmt und was er von dieser Aufgabe hält.

Was? Patrick Dawson ist ein Wachmann? Das passt ja wie die Faust aufs Auge.

Kopp sagt: „Ja, alles klar. Ich wünsch dir einen schönen Feierabend, ich halte hier die Stellung." Und der Sicherheitsmann verschwindet in den Hauptsaal, irgendetwas vor sich her brabbelnd. Also das ist ja mal der absolute Jackpot. Kopp alias Patrick Dawson ist jetzt der persönliche Leibwächter seiner Zielperson. Perfekt. Die Angst und der Schreck von eben lassen langsam etwas nach. Aber das Schwierigste steht ja noch bevor. Jetzt heißt es erst einmal abwarten.

Während Kopp wartet, schießen ihm die Gedanken über diese Sekte durch den Kopf. Es ist ein Prostitutionsring von der ganz üblen Sorte.

Im Fokus stehen junge Frauen aus dem Ausland, die der religiösen Verfolgung oder den militärischen Konflikten im eigenen Land nicht mehr standhalten können. Sie suchen eine neue Perspektive in ihrem Leben, wollen einen Neuanfang. Einige dieser jungen Frauen haben ihre ganze Familie verloren und haben einfach nicht die Kraft, in der gleichen Umgebung ihr Erbe anzutreten, immer darauf hoffend, dass sie vielleicht verschont werden. Deshalb fliehen sie in dieses Land, um Schutz zu suchen. Sie vertrauen sich Fremden an, weil sie jede Hilfe bei der Jobsuche benötigen.

Und Stück für Stück geraten sie in eine fiese Falle, die sie zu lebenslanger Prostitution zwingt. Sie werden täglich von zahllosen Männern vergewaltigt. Der tiefe körperliche und emotionale Schmerz, den sie dabei erleiden, die riesige Scham ist grenzenlos. Irgendwann sind sie gebrochen, haben Angst vor fast allem, aber am meisten vor sich selbst und dem eigenen Körper. Denn ihr Körper ist es, der das Schlachtfeld sämtlicher kranker Machtspielchen geworden ist. Diese jungen Frauen haben keine Perspektive mehr, und wenn sie sie je hatten, haben sie sie längst vergessen.

Kopp kann es spüren. Er hat seine Augen geschlossen, atmet tief ein, während die ganzen Bilder sich vor seinen Augen abspielen. Er hat einen weit reichenden Plan, aber das heutige Vorhaben wird auch eine gewaltige Genugtuung.

Eine Tür geht auf, und Kopp öffnet schnell wieder seine Augen und ist aufmerksam. Es handelt sich jedoch nur um eine fremde Dame, die im Vorübergehen einen verführerischen Blick aufsetzt. Als ob sie Kopp damit auffordert, mit ihr zusammen auf der Toilette zu verschwinden. Sie geht dennoch allein in die Damentoilette. Nach fünf Minuten kommt sie wieder heraus, jetzt riecht sie noch kräftiger nach ihrem Parfüm. Sie geht durch dieselbe Tür zurück, aus der sie gekommen ist.

Im selben Moment öffnet sich daneben eine andere Tür und jemand tritt heraus. Jemand mit weißem Jackett und langen blonden Haaren, die zu einem Zopf zusammengebunden sind. Ein sehr gepflegter Typ. Marduk. Kopp spürt, wie sein Herz wieder anfängt, schneller zu schlagen. Jetzt wird es passieren.

Er kommt auf ihn zu.

Kopp sagt: „Guten Abend" und tritt einen Schritt zur Seite.

Marduk geht nach sekundenschneller Begutachtung des neuen Wachmanns wortlos durch die Tür. Kopp sieht sich noch einmal um und geht dann hinterher. Es scheint die Privattoilette von den Leuten aus den anderen Räumen zu sein, denn aus dem Saal kam bis jetzt noch niemand hierher. Also gute Chancen, ungestört zu bleiben. Marduk geht in eine der Kabinen und schließt hinter sich ab.

Es sind nicht Wut oder Hass, die Kopp antreiben. Es ist ein tieferes Verlangen, etwas ins Gleichgewicht zu bringen. Ein Opfer muss heute Nacht erbracht werden. Das kleinere Übel für das größere Gute. Kopp zieht Gummihandschuhe über, nimmt eine Münze und steckt sie in den kleinen Schlitz am kreisförmigen Schloss der Kabinentür. Die meisten Toilettentüren kann man dadurch wieder aufmachen. Er dreht die Münze langsam und geräuschlos, betätigt leise die Klinke und schleicht sich durch den nun offenen Türspalt in die Kabine hinein. Da steht er, im Stehen pinkelnd und nichts ahnend.

Kopp weiß, dass es jetzt schnell gehen muss. Ohne zu zögern verpasst er ihm einen heftigen Schlag mit der Faust an den Kopf. Marduk fällt auf seine Knie vor die Toilettenschüssel. Mit einer Nadel in seiner Hand durchsticht Kopp von der rechten Seite den Kehlkopf des Verbrechers. Die Nadel taucht sauber ein, und kommt am anderen Ende blutig wieder heraus. Er lässt sie drin stecken. Marduk kann nur ein verkrampftes Husten von sich geben. Er kann kaum atmen, und jedes Schlucken schmerzt wie die Hölle.

Patrick Dawson spricht: „Da du nichts sagen kannst, wirst du mir jetzt zuhören." Seine Worte klingen hart und entschlossen.

Der stumme Verbrecher ist von dem Schlag so benebelt, dass er sich nicht bewegen kann. Aber seine Blase entleert sich trotzdem weiter.

„Ich bin keiner von diesen Moralaposteln, die lange Predigten schwingen. Ich habe etwas Größeres vor, etwas ganz Großes."

Für einen Augenblick erkennt Kopp sich selbst nicht wieder. Er handelt mit einer Inbrunst, die ihm bis jetzt völlig fremd war. Als ob er nicht ganz er selbst ist. Aber es fühlt sich gut an, erfüllend, fließt durch ihn hindurch und lässt die ganze Situation fast wie von allein weiterlaufen. Marduk ist der Minuspol und hat damit ein Ungleichgewicht erzeugt. Doch es scheint, als ob Kopp jetzt der Pol ist, der es endlich ausgleicht. Und wie magnetisch ziehen sie sich gegenseitig an.

„Ich werde nicht ein Wort darüber verlieren, was du machst oder warum oder dass es falsch ist. Es muss einfach nur enden. Und das wird es, jetzt und hier. Sie sind ein wütendes schwarzes Loch, das jegliche Hoffnung von diesen Mädchen in sich aufgesogen hat, um nur Chaos zu hinterlassen."

Kopp beugt sich zu ihm runter und rückt mit seinem Gesicht näher an ihn heran. Dabei fällt ihm die Tätowierung auf, die beiden Ziegenhörner am Hals, das Markenzeichen der Graubrüder.

„Dieses Loch wird jetzt gefüllt." Er spricht direkt in sein rechtes Ohr: „Ich werde es beenden." Marduk versucht irgendetwas zu sagen, sich zu wehren. Aber es kommen nur bedeutungslose Geräusche aus seinem aufgespießten Rachen.

Kopp richtet sich wieder auf. Mit der rechten Hand zieht er die dicke Nadel wieder aus dem Kehlkopf heraus. Jetzt versucht dieser Unmensch wieder aufzustehen, versucht zu atmen, kann aber nur keuchen. Im selben Moment wandert die sehr spitze Nadel ruckartig durch seine rechte Schläfe. Daraufhin sackt er über der Toilette zusammen. Es ist vorbei. Aber nicht für den Henker. Kopps Gesicht erstarrt mit Schrecken. Für einen kurzen Augenblick verwandelt er sich wieder zurück in eine Figur mit Gefühlen. Unfassbar, was er gerade getan hat. Sein Blick ist leer und starr gegen die blutige Kabinenwand gerichtet.

Aber plötzlich fällt ihm wieder ein, dass es noch nicht vorbei ist. Er muss schnell hier verschwinden. Er nimmt den falschen Mitarbeiterausweis aus der Tasche seines Jacketts und legt ihn unter der Kabinenzwischenwand auf dem Boden ab. Dieser Ausweis ist ein Indiz an einem Tatort. Aber es ist nicht für die Polizei bestimmt, sondern für eine Familie, die jetzt einen Bruder verloren hat.

Er streift sein blutbeflecktes Jackett von sich ab und verlässt den Sanitärraum. Draußen auf dem Gang ist alles unverändert.

Scheint niemand etwas bemerkt zu haben. Man hört nur das Geigenquartett mit einem verträumten, modernen Stück. Die Gummihandschuhe sind jetzt im Anzug eingewickelt, den er unter dem Arm trägt. Niemand sieht irgendwas. Es sind alle viel zu sehr mit sich selbst beschäftigt und angetrunken. Man kann keine Spur von Blut an ihm sehen. Kein Blut, keine Tat.

Er lässt sich nichts anmerken, während er durch die Vorhalle das Gebäude wieder verlässt. Der Türsteher ist gerade wieder dabei, einen Namen auf der Gästeliste zu checken. Der protzige Türsteher mit Krawatte und den langsamen Augen. Er ahnt nichts, kann nichts ahnen.

Kopp startet den Motor seines um die Ecke geparkten Wagens zeitgleich mit dem ersten Hilfeschrei von drinnen. Doch niemand kann seine Tat zurückverfolgen. Wenn überhaupt, ist Patrick Dawson schuld. Dawson ist für alles verantwortlich, was Kopp getan hat. Aber darum geht es gar nicht.

Unter der Trennwand der WC-Kabinen liegt ein Ausweis. Ein Ausweis für einen Mitarbeiter bei einem skurrilen Brause-hersteller-Unternehmen. Dieses Indiz könnte natürlich zu eindeutig sein. Zu durchschaubar. Aber eine solche organisierte Sekte geht vermutlich allen Hinweisen nach. Dieser falsche Ausweis könnte sie direkt zu Smirrel führen. Und vielleicht lockt es ja die *Galerie* aus ihrer Deckung – oder lässt diese zumindest bröckeln.

Unerwartetes Wiedersehen

Bei diesem Anblick kommt einem die Stadt wie ein riesiger Abfallbehälter vor. In den staubigen Straßen laufen traurige Menschen mit gesenktem Blick aneinander vorbei, ohne sich auch nur in die Augen zu schauen. Sie trachten nur nach einer Oase wie dieser hier. Ich habe seit langem mal wieder akzeptabel geschlafen, in dem Zimmer, was mir zugeteilt wurde. Und sobald ich das Bett verlassen habe, hat es mich sofort wieder nach draußen gezogen.

Die Sonne scheint so wunderbar hell und lässt den See auf der Oberfläche glänzen. Bäume und Sträucher stehen um ihn versammelt. Sie scheinen voller Ehrfurcht, als ob sie sich vor ihm verneigen. Eine herrliche Brise fordert sie zum Tanz auf und erfüllt die Umgebung mit einem süßlichen Duft. Doch wieder mischt sich etwas Unpassendes ihm bei, die einzige Sache, die dieser Ort doch mit der Stadt gemeinsam hat: der Geruch nach Tabakqualm. Henry sitzt in seinem Schaukelstuhl auf der Terrasse, dem See zugewandt, und raucht Pfeife.

Trotzdem versprüht die Atmosphäre hier eine Idylle, die sofort ins Blut übergeht. Alles wirkt so friedlich und im Gleichgewicht, ohne Zweifel ein ganz besonderer Ort. Und inmitten dieses Paradieses findet sich das, was der Künstler dieses Naturgemäldes wohl als kleine Zusammenfassung der gesamten Stimmung auf den Punkt gebracht hat: Milly liegt am Rand des Sees im Gras und badet im Sonnenlicht.

Ich lege mich neben sie ins Grüne. Das Gras kitzelt meine Haut. Als sie bemerkt, dass ich neben ihr bin, öffnet sie die Augen und dreht ihren Kopf zu mir. Sie hat ein weißes, sommerliches Kleid an.

Ich sage: „Ich habe dich doch nicht geweckt, oder?"

„Nein, hast du nicht", antwortet sie etwas verschlafen, was für mich darauf hindeutet, dass sie lügt.

„Also, was machen wir heute? Ein bisschen baden? Durch den Wald streifen?"

Mit angestrengtem Gesicht, eine Abwehrhaltung gegen die blendende Sonne, sagt sie: „Lass uns doch gar nicht erst ein Ziel festlegen, dann kann es uns auch nicht passieren, dass wir es heute nicht erreichen. Ich will einfach hier liegen und nichts machen." Nachdem sie das gesagt hat, rekelt und streckt sie sich wie eine Katze.

„Wir müssen doch nicht immer einen Plan haben, oder?", fügt sie hinzu.

Sie sieht mich fragend an, aber mit einer Anmut, der mir ebenfalls direkt ins Blut übergeht. Natürlich hat sie damit recht. Und solange ich noch nach einer passenden Antwort suche und sie dabei ansehe, erinnert sich mein Körper an die Anspannung, die er normalerweise in einer solchen Situation jetzt zu spüren bekommt.

Instinktiv greife ich mit meiner linken Hand in meine Hosentasche, um meinen Schlüssel fest zusammenzudrücken, als Ausgleich für die Anspannung. Aber da ist kein Schlüssel, der ist in meiner Reisetasche, ich brauche ihn hier nicht. Und da wird mir bewusst, dass ich gar nichts muss, also brauche ich auch keine Antwort auf ihre Frage.

Ich lächele und drehe meinen Kopf nach oben zum Himmel und schließe bald darauf die Augen. Sie tut es mir gleich. Und so treiben wir beide im Sonnenlicht umher, ohne Plan, ohne Zeit.

Später kommt Henry zu uns. „Hey, ihr beiden, ich will ja nicht stören, aber ich und Marvin bereiten uns gerade auf eine kleine Wanderung vor. Wollt ihr nicht mit uns kommen?"

„Eine Wanderung wohin?", frage ich.

Henry deutet mit einer Kopfbewegung auf den Berg im Osten unseres Sees.

„Dahin", sagt er. „Durch dieses Stück Wald führt ein Pfad den Berg hinauf. Von dort ist der Blick ins tiefe Tal dahinter einfach wundervoll. Majestätisch."

„Klar kommen wir mit", sagt Milly. Dann wendet sie sich mir zu: „Das musst du gesehen haben, ein unglaublicher Ausblick von da oben. Und ein bisschen Bewegung täte uns allen sicherlich gut."

Während sie aufsteht, fügt sie mit einem Schmunzeln hinzu: „Planlos zu sein bedeutet nicht, träge zu sein – oder dass man sich nicht kurzfristig etwas vornehmen kann."

Also machen wir uns kurze Zeit später alle vier auf. Der Morgen ist ein wenig kühl und leicht feucht sind die Blätter der Bäume. Auf der anderen Seite des Sees geht es allmählich bergauf. Wir folgen einem dünnen Trampelpfad, der uns weiter durch die Bäume und nach oben führt. Nach wenigen Schritten schon nimmt der Weg, der gerade noch nach links verlief, eine Wende. Jetzt geht es rechts schräg hoch.

Keiner sagt etwas. Trotzdem ist die Stimmung irgendwie gut. Und unser Vordermann grinst die ganze Zeit am allermeisten und schnauft dabei am allerwenigsten. Selbstbewusst schreitet Henry voran. Er, nicht der Pfad, weist uns eigentlich den Weg. Henry wirkt so sicher, er selbst könnte vermutlich dem Pfad den Weg zeigen.

Nach einiger Zeit hört der Pfad auf und wir stehen oben auf einer Anhöhe. Von hier aus sehen wir unseren See und unsere Hütte. Jetzt sind wir auf einem breiten Sandweg gelandet. Es ist wohl eine normal befahrbare Straße hier hoch. Trotzdem gut, dass es hier ruhig ist. Weiter folgen wir dem Weg, der leicht steil ist. Rechts und links feuchtes Gras und ein paar Bäume.

Irgendwann erscheint auf der rechten Seite wieder ein kleiner Trampelpfad, der vom breiten Weg abführt. Diesen schlagen wir jetzt ein. Er leitet uns durchs hohe Gras und zwischen Sträuchern entlang. Hier sind wohl wirklich noch nicht viele lang gekommen. Der Weg ist kaum als Weg erkennbar, und wenn Henry nicht voranschreiten würde, würde auch niemand von uns wissen, dass es ein Weg ist. Wir müssen ihm und seinen Ortskenntnissen einfach vertrauen.

„So, jetzt geht es richtig bergauf", sagt Henry, als er sich zu uns umdreht. „Passt auf eure Füße auf und achtet immer genau darauf, wo ihr hintretet!"

Die Sonne scheint direkt über uns. Sie ist warm, aber nicht so, dass sie uns in den Nacken stechen würde. Wir bewegen uns teilweise auch auf Steinen weiter nach oben. Den einen Fuß im Gras, den nächsten auf einer Felsstufe, den nächsten zwischen zwei größeren Steinbrocken, den nächsten auf einen höher liegenden Grasfleck. Das Gestein ist mit festem Moos bedeckt.

Dieser Anstieg ist wirklich eine kleine Herausforderung. Wir müssen teilweise auf allen Vieren klettern. Ab und zu können wir auch ein steiles Stück Wiesenfläche laufen. Weiter oben sind die Gräser noch feuchter. Bäume sind hier nur noch wenige, und wenn, dann stehen sie für sich allein.

Bei einem Blick zurück wird mir bewusst, was wir schon hinter uns gebracht haben. Und ich kann gar nicht glauben, so viel Weg in so kurzer Zeit geschafft zu haben. Henry ist jetzt nicht mehr immer nur an vorderster Stelle. Wir wechseln uns alle mal ab. Es ist Zufall, wer gerade vorne läuft. Und doch wird dem Vordermann vertraut, indem alle ihm hinterherwandern.

Endlich erreichen wir einen geeigneten Platz zum Rasten. Eine kleine Grasfläche auf einem Stück Erde, das aus dem Berg herausragt. Sieht aus, als ob der Berg dem Tal dahinter die Zunge rausstrecken würde. Wir ruhen uns kurz aus und trinken frisches, kaltes Wasser von unserem See. Egal, ob wir vorher darin gebadet haben – es ist erfrischend.

Nach kurzer Zeit gehen wir noch ein Stück weiter, über Wiesen und Erde, über steile Felsabschnitte. Der Wind bläst stärker, die Luft wird dünner und die Erschöpfung nimmt zu. Dann bleiben wir wieder stehen.

Henry deutet mit der Hand auf die höchste sichtbare Erhebung dieses Berges. „Sieht gar nicht mehr weit aus. Aber es erfordert noch viel Kraft, da hinaufzusteigen", sagt er. Wir sitzen hier auf einem großen Stein und starren die ganze Zeit auf diesen Gipfel.

„Also ich muss sagen, ich bin beeindruckt", erkläre ich. „Der Anblick ist wirklich majestätisch. Und ich habe nie gewusst, dass es solche Landschaften in nicht allzu weiter Entfernung zu meiner Heimat gibt. Wie habt ihr diesen Ort entdeckt?"

„Das ist, wie man so schön sagt, eine lange Geschichte", antwortet Henry. Er verliert sich dabei im Ausblick der Umgebung. Also beschließe ich, zunächst nicht weiter darauf einzugehen.

„Wie auch immer. Ich kann mich nur bedanken, dass ihr mich mitgenommen habt. Und ihr habt wirklich nicht zu viel versprochen. Mir gefällt es hier sehr, und ich fühle mich echt wohl bei euch."

Alle drei scheinen sich über die Aussage zu freuen. Das kann man ihren Gesichtern ansehen, obwohl ich sie nur von der Seite sehe, denn sie bestaunen immer noch ununterbrochen das Bild vor ihren Augen.

Wir genießen weiter den Blick auf den Gipfel. Und auf das tiefe Tal daneben. Es ist so ruhig hier oben, dass man die Stille gar nicht mehr aus dem Kopf bekommt. Diese angenehme Stille durchdringt alles. Ich wäre nicht einmal in der Lage, ein Lied in meinem Kopf abzuspielen. Die Stille ist zu laut und übertönt alles, jeden Gedanken.

„Also, wie sieht's aus, gehen wir noch ein Stück?", frage ich.

„Für mich reicht es. Ich werde heute nicht mehr bis zum Gipfel gehen", sagt Henry mit stolzem Unterton. Milly stimmt ihm zu. Sie will sich lieber hier noch ein bisschen ausruhen und langsam wieder zurückgehen. Also schließen ich und Marvin uns ihnen an.

Ich lehne mich langsam zurück, bis ich mit dem Rücken aufliege, wobei ich ein erschöpftes Seufzen entlasse. Ich rieche die herrliche Luft. Ich spüre den kalten Windzug. Ich höre die betörende Stille. Ich sehe in den weiten Himmel. Dann schließe ich meine Augen und …

Nichts ist mehr da von alledem! Als ich meine Augen öffne, ist keiner mehr da. Hastig springe ich auf und sehe mich um. Alle sind weg. Es ist schon dunkel.

Ich rufe: „Milly! Wo seid ihr?"

Ich denke nicht, dass es bloß ein blöder Witz ist. Die warten doch nicht, bis es dunkel ist, und verstecken sich dann, nur um mich zu veralbern. Ich glaube einfach nicht an einen Scherz. Stattdessen rufe ich wieder und wieder. Und meine Rufe sind nicht das einzig hörbare hier. Diese alles übertönende Stille ist immer noch da. Das Licht des Mondes macht die schwarzen Wolken sichtbar, die ihn umkreisen. Außerdem präsentiert der helle Schein den Gipfel des Berges wie auf einer Bühne. Bin ich eingeschlafen? Wollten die mich nur nicht aufwecken? Was soll denn das? Die Nacht ist kalt. Und ich rufe in sie hinein. Doch niemand antwortet mir.

Ich schlage den Weg ein, auf dem wir gekommen sind. Aufmerksam achte ich dabei auf meine Füße, um nicht zu fallen. Der Mond macht zumindest die Umrisse sichtbar. Diese Stille macht mich noch wahnsinnig. Plötzlich übertönt sie nicht mehr alles, denn in meinem Kopf werden die Gedanken laut.

Ich höre Rascheln, wo keines ist. Ich sehe Silhouetten von Gestalten, wo keine sind. Langsamen Schrittes schaue ich auf jedes Gebüsch und jeden Baum. Und bis zum Schluss kann ich mir nicht sicher sein, dass ich mir flüsternde Stimmen und Geräusche einer herannahenden Gestalt nur einbilde. Ich muss kurz daran denken, was Erik in der Bar zu mir gesagt hat: *was wäre, wenn die Paranoiden recht haben?* Dort, wo vorher eine beschauliche und bunte Natur war, sind jetzt nur noch potenzielle Verstecke für feindselige Kreaturen meiner Fantasie, und das jagt mir eine Riesenangst ein.

Mit aller mir noch verbleibenden Entschlossenheit halte ich Kurs den Abhang hinunter. Rechts neben mir der weite Blick ins Tal. Es ist vollkommen windstill, kein einziger Grashalm bewegt sich. Jetzt höre ich aber wirklich Stimmen. Und diese sind echt. Da lasse ich mir gar nichts einreden. Sie sagen aber nichts, es sind nur Laute. Moment mal. Diese Laute werden gesungen. Hört sich so an, als ob die Geräuschquelle noch hinter dem Tal dort ist, von so fern hallt es wider. Die Töne folgen keiner klaren Melodie. Strukturlose, schwebende Klänge. Sehr melancholisch, fast wie Kirchengesang, nur noch düsterer und ohne jedwede erkennbare Absicht. Jetzt setzen auch noch Trommeln ein. Ich will das alles nicht hören!

Mein Tempo nimmt zu, wie mein Puls. Ich versuche mir gegen meinen Willen vorzustellen, wer diese Töne macht. Charakterlose Menschen mit weißen Masken, sonst unbekleidet, singend, trommelnd und am Feuer tanzend.

Ich muss schnell in unsere Hütte zurück! Unsere letzte Raststelle habe ich schon lange hinter mir. Und weiter steige ich hinab, wo es immer dunkler zu werden scheint. So weit kann es gar nicht mehr sein. Doch die Stimmen werden schriller und lauter.

Ich klettere vorbei an Felsen und spitzen Steinen. Das Getrommel wird schneller, und die weißen Masken grinsen fürchterlich vor meinem geistigen Auge. Über die Wiesen finde ich halb rennend den Weg hinunter. Mein Blick fällt nach rechts. Hinter dem Tal steigen bunte Farben auf, fast wie ein Feuerwerk. Nur lautes Gelächter und schriller Gesang anstelle von Knallgeräuschen.

Jetzt habe ich den schwierigen Abstieg überwunden. Von hier an wird es erst einmal flacher. Das nutze ich auch, um meine Geschwindigkeit noch weiter zu erhöhen. Dennoch bin ich behutsam und schleiche die Sandstraße entlang. Rechts und links nimmt jeder Baum die Struktur von fremden Wesen an, die nach mir greifen. Bis ich an ihnen vorbei bin, dann sind es wieder nur Bäume.

Endlich erreiche ich den Trampelpfad. Er führt mich wieder in unseren Wald. Plötzlich hören auch die Gesänge und Trommeln auf. Kurz bleibe ich stehen und atme tief durch. Unten sehe ich schon die Umrisse unseres Sees und der Hütte. Kein Licht ist an. Alles ist still. Ich rufe noch einmal laut nach Milly und Henry. Keine Antwort.

Auf einmal raschelt es hinter mir heftig. Beschleunigende Schritte. Jemand rennt hinter mir auf mich zu. Ich dreh mich um und erstarre vor Fassungslosigkeit. Es ist der schwarze Mann! Der Mann, der mich oft in meinen Träumen quält, der mir beim Straßenfest mit einem Zylinder erschienen ist.

Die Paranoiden haben recht!

In mir staut sich alle Furcht auf einen Punkt zusammen und macht mich kurzzeitig bewegungsunfähig. Während er auf mich zukommt, gibt er laute, hauchende Geräusche von sich, als würde er gerade versuchen, das Sprechen zu lernen.

Jetzt setze ich meine Beine mit voller Kraft in Bewegung. Voll von Adrenalin, sprinte ich den steilen Pfad hinab durch die Bäume. Ein rascher Blick nach hinten: Er ist direkt hinter mir. Wenn er seine Arme ausstreckt, müsste er nach mir greifen können. Ich renne noch schneller als zuvor. Jede Sekunde rechne ich mit einer Berührung an meiner Schulter.

Als ich rechts am See vorbeikomme, richte ich meine Augen auf die Terrasse vor der Hütte. Und wieder einmal mag ich ihnen nicht trauen: Die alte Dame mit dem Buch sitzt im Schaukelstuhl, auf dem Henry immer sitzt. Diese verrückte, mysteriöse Frau, die mir im Park gegenüber saß. Sie schaukelt und schreibt wieder nur mit dem roten Stift etwas hinein. Als sie mich sieht, steht sie auf, in einer Hand das Buch, in der anderen einen Revolver. Der Stuhl hinter ihr schaukelt noch immer, während sie die Waffe auf mich richtet, mit einem höhnischen Grinsen im Gesicht. Hinter mir sehe ich die Hand des schwarzen Mannes. Nur ein paar Zentimeter fehlen noch zwischen mir und seinen Fingern. Ich rufe und rufe. Doch niemand hört mich.

So schnell wie ich kann mache ich eine Biegung und sprinte weiter um den See herum. Ich höre nur Revolverschüsse, Gelächter und dicht hinter mir ein lautes Hauchen. Ich weiß einfach nicht, was ich tun soll. Das kann gar nicht gut ausgehen. Jeden Augenblick hat er mich! Keine Ahnung, was dann passieren wird. Aber ich will alles tun, um das zu vermeiden.

Ohne Plan stolpere ich hinein ins kalte Wasser und tauche so bald wie möglich mit dem Kopf unter. Hier ist alles zu Ende.

Auf der Lichtung

Ich reiße meine Augen auf und sehe Sand. Alles ist so verschwommen, und irgendwie hört sich alles so dumpf an wie in Zeitlupe. Ich spüre einen Druck auf meinen Ohren. Blasen steigen an mir vorbei und der Sand wirbelt um mich herum. Ist das ein Traum? Ich blicke nach oben und sehe den Himmel flackern. Die Sonne dringt nur ab und zu bis zu mir durch, wellenartig. Ich fühle mich nicht wohl. In mir kommt ein unheimlich großes Verlangen auf. Ich weiß aber gerade nichts damit anzufangen. Irgendetwas brauche ich, und zwar ganz dringend.

Wo bin ich hier? Meine Gliedmaßen toben wie wild. Ich halte es nicht mehr lange aus. Ich habe das Gefühl, beinahe zu sterben, falls ich nicht umgehend bekomme, was ich jetzt benötige. Und dann, instinktiv, bewegt sich mein Körper nach oben und ich tauche auf. Luft.

Oben schnappe ich umgehend nach Luft. Ein tiefer, hastiger Atemzug, und ich schlinge ihn herunter. Ich schüttele den Kopf, als würde ich die Verwirrung von mir abwerfen. Und plötzlich sehe ich wieder verschwommen. Ich werde untergetaucht. Jemand drückt meinen Kopf ins Wasser. Aber Gott sei Dank ist dieser jemand nicht besonders kräftig. Ich kann mich gut wehren und kehre wieder an die Oberfläche zurück.

Es ist Marvin. Er schwimmt wieder auf mich zu. Langsam wird wieder alles klarer. Wir sind in ein Spiel verwickelt. Diesmal tauche ich ihn unter. Erleichterung. Es ist alles nur ein Spiel!

Dann höre ich Gelächter. Ich drehe mich um, und da sehe ich sie. Henry und Milly sitzen am Rande des Sees und amüsieren sich über uns. Und obwohl mir gerade gar nicht danach ist, muss ich auch grinsen, als ich Milly so lachen sehe. Ich bemerke nicht, dass Marvin inzwischen hinter mir wieder aufgetaucht ist. Mit aller Kraft stützt er seine Arme auf meine Schultern, und ich sehe wieder nur Wasser. Ich Idiot!

Nachdem wir uns ausgetobt haben, kehren wir an den Rand des Sees zurück und setzen uns mit unseren Handtüchern zu den anderen. Sie haben am See einen Klapptisch aufgestellt. Darauf stehen frische Brötchen, Wurst, Käse, Marmelade, Obst und 4 Gläser frisch gepresster Orangensaft.

Ich setze mich auf einen Campingstuhl. Sobald wir sitzen, ist Marvin intensiv mit dem Essen beschäftigt und nicht mehr ansprechbar. Unser Gerangel im Wasser war das erste Mal, dass er sich mir wirklich zugewandt hat.

„Da hast du aber deinen Meister gefunden, was? Ein kleiner Junge. Du hattest ja gar keine Chance", scherzt Milly.

Und Marvin lacht in sich hinein, während er dies hört und einen großen Biss in eine nur mit Butter bestrichene Brötchenhälfte unternimmt.

Ich gönne dem Kleinen den Triumph und steige mit ein: „Ja, er war wohl einfach schneller als ich."

Irgendwo hinten in meinem Kopf steckt immer noch die Verwirrung über diese Situation. Ich kann mich gar nicht erinnern, geschlafen zu haben geschweige denn, aufgestanden und ins Wasser gegangen zu sein. Aber egal. Hier ist alles friedlich und die Sonne scheint. Alle sind gut drauf. Wieso sollte ich daran jetzt im Augenblick etwas ändern wollen?

Ein paar verspielte Vögel sind zu hören. Ich schneide mir ein Brötchen auf und bestreiche es mit Marmelade. Die anderen sind auch noch am Essen. Milly spießt mit ihrer Gabel eine Weintraube auf und steckt sie sich in den Mund. Dann fragt sie: „Wie hast du geschlafen?"

Einen kurzen Augenblick später merke ich erst, dass ich gemeint bin. Ich zögere zu antworten, da ich selbst nicht weiß, wie und ob ich überhaupt geschlafen habe. Mit dem Blick nach untern spießt sie eine weitere Traube auf und führt sie sich zu. Dann dreht sie ihren nach unten geneigten Kopf zu mir, meine Antwort abwartend.

Ich sage das Übliche: „Ganz gut, ja."

Daraufhin lehnt sie sich zurück und nimmt ihre Füße vor sich mit auf die Sitzfläche ihres Stuhls. Als sie mit der Gabel auf die Hütte deutet, spricht sie aus der Hälfte ihres Mundes, mit der sie nicht gerade die Weintraube zerkaut.

„Und, wie gefällt dir unsere Hütte?", fragt sie. Dann schluckt sie die Traube herunter und nippt an ihrem Glas.

„Um ehrlich zu sein, bin ich ein bisschen verwundert, dass ihr hier draußen eine Hütte habt. Wer hat die gebaut?" Keine Antwort oder Reaktion. Also fahre ich mit leicht alberner Stimme mit meiner Antwort fort.

„Mir gefällt das allgemeine Ambiente. Kein Straßenlärm oder laute Musik. Keine Zeitungen oder Werbung. Keine Störgeräusche. Man beginnt mal irgendwie, sich selbst zuzuhören."

Und als ich das sage, kriege ich mit, wie pseudointellektuell sich das anhören muss, was zum Teil auch humorvolle Absicht ist. Und für kurze Zeit verstummen alle. Keiner gibt etwas von sich, aber alle sehen mich an. Und dann bricht es aus Milly raus.

Sie versucht den Schluck Orangensaft, den sie im Mund hat, krampfhaft drinnen zu behalten. Aber es geht nicht! Der Saft vibriert zwischen ihren Lippen und wird vor Lachen nach draußen katapultiert. Alles gegen die Tischkante. Jetzt müssen alle lachen. Das muss aber albern geklungen haben.

Dann, sobald sich alle wieder halbwegs eingekriegt haben, fängt Henry zu sprechen an: „Ich habe diese Hütte gebaut, in einer Zeit des Umbruchs in meinem Leben. Als ich einfach einen Neuanfang brauchte, habe ich diesen Ort hier gesucht und gefunden. Dann habe ich die Entscheidung getroffen, für einige Zeit hier zu leben. Also baute ich die Hütte hierhin."

Ich sehe ihn etwas erstaunt an.

„Falls du dich wunderst, wo unser Frühstück her kommt, es gibt einen nahe gelegenen Ort, eine Stadt, aus der wir unsere Vorräte holen."

Eine Stadt. Okay. Hätte ich das nicht gewusst, hätte ich gedacht, wir sind hier völlig in der Pampa. Jetzt wendet sich Marvin mir zu, was dann wohl, soweit ich mich erinnern kann, das zweite Mal wäre, seit ich hier bin: „Ich bin dir aber noch etwas schuldig."

Verwundert blicke ich in an und frage: „Ach ja, was denn?"

„Eine Revanche", antwortet er. Der kleine Junge ist ja doch gar nicht so negativ drauf, wie ich es angenommen hatte. Er ist nur ein wenig eigen.

„Die werde ich mir holen, das schwöre ich dir!"

Henry sagt: „Na ja, dazu werdet ihr ja genug Gelegenheit haben. Das Wetter erfüllt uns heute all unsere Wünsche." Ich beiße noch einmal von meinem Brötchen ab und stehe auf.

„Aber wieso damit warten?", sage ich, während ich aufstehe, das Handtuch von mir abstreife und Marvin herausfordernd anschaue. Dann setze ich zu einem Sprint ins Wasser an. Marvin fühlt sich wohl tatsächlich herausgefordert, denn er folgt mir unweigerlich ins Wasser und das Gerangel beginnt von Neuem.

Henry lehnt sich entspannt zurück, steckt sich eine Pfeife an und sieht zu uns aufs Wasser. Ich sehe den Rauch noch aufsteigen, bevor ich wieder nach unten gedrückt werde. Diesmal lasse ich ihn nicht so leichtfertig gewinnen.

Später, nachdem wir den Frühstückstisch abgeräumt haben, beschließen Milly und ich, ein wenig durch den Wald zu spazieren. Wir begeben uns auf einen Weg, der hinter unserer Hütte entlangführt. Die Sonne scheint, die Luft riecht herrlich, ich bin mit Milly allein.

Wir beginnen, uns viel zu erzählen. Ich erzähle, dass ich allein wohne. Sie fragt mich nach meiner Familie. Ich erkläre, dass meine Eltern in derselben Stadt wohnen wie ich. Ich sehe sie aber nicht mehr so oft, was ja völlig normal ist.

„Und was ist mit deinen Eltern?", frage ich.

„Meine Eltern leben getrennt voneinander. Ist aber nicht besonders schlimm, da ich sie beide oft sehe und sie sich auch gut verstehen. Ich bin in einer Stadt im Norden, direkt an der Küste, aufgewachsen. Ich liebe einfach das Wasser. Irgendwie habe ich mich schon immer damit verbunden gefühlt."

Wir machen eine Biegung nach links in einen noch schmaleren Pfad, der uns noch tiefer in den Wald hinein geleitet und immer weiter weg vom See bringt.

Sie erzählt weiter: „Also ich besuche sie, so oft ich kann. Aber im Moment genieße ich einfach all das hier. Ich hatte schon immer diesen sehr starken Drang nach Freiheit in mir. Ich muss einfach die Natur oft um mich haben. Ich kann gar nicht anders."

Die Bäume rechts und links stehen stolz nebeneinander. Vogelgesänge, Sträucher und der Himmel, aus dem das Licht fällt, ergeben eine besondere Atmosphäre.

„Wie hast du eigentlich unsere beiden Gefährten kennengelernt?", frage ich.

„Mir ging es da genauso wie dir. Es war eine völlige Überraschung. Henry und Marvin haben mich am Wegesrand angehalten und mir die Möglichkeit geboten, mit ihnen zusammen einen fantastischen Urlaub zu verbringen. Und ich habe bereitwillig zugesagt. Das war ja genau das, worauf ich gewartet hatte. Allerdings habe ich da nicht so lange gezögert wie du." Lächelnd blickt sie mich an.

Dann sagt sie: „Aber wie Henry an Marvin geraten ist, das fragst du ihn besser mal selber."

Ich deute ein leises Lachen an. Dann sage ich: „Ich habe irgendwie gerade auch keinen großen Plan. Ich weiß, dass ich studieren möchte. Aber was oder wozu das führen soll, davon habe ich noch keine Ahnung. Da kommt mir dieser Urlaub hier gerade recht."

Am Ende des Weges zeichnet sich hinten eine Lichtung ab. Auf diese steuern wir zu.

„Wie oft habt ihr solche Trips jetzt schon zusammen gemacht?", frage ich.

„Vor drei Jahren haben mich Henry und Marvin aufgegabelt und das erste Mal gefragt. Seitdem sind wir gut in Kontakt geblieben und sind schon oft irgendwohin rausgefahren. Wir waren immer zu dritt unterwegs, bis jetzt."

Und plötzlich hören wir ein Rascheln im Gebüsch. Wir richten unseren Blick zur Quelle des Geräusches. Da kommt Marvin auf einmal zwischen den Ästen hervorgesprungen mit einem Stock in der Hand.

Er sagt: „Na, ihr beiden Turteltauben?"

„Wo kommst du denn auf einmal her?", frage ich ihn.

„Na, von da", sagt er und zeigt mit seinem Stock auf die Stelle, aus der er gerade gesprungen kam.

Er sagt: „Ich lass euch doch hier nicht allein. Dieser Wald ist von Monsteraffen befallen."

Mit verwundertem Blick sehe ich zu Milly rüber. Ihr Gesichtsausdruck sagt mir, dass sie gerade widerwillig akzeptiert hat, dass dieser Wald von Monsteraffen befallen ist. Und Marvin scheint uns vor ihnen beschützen zu wollen.

Also läuft er mit uns auf dem Weg zur Lichtung. Ein kleines Stück vor uns läuft er und zeigt uns den Weg, immer wieder mit seinem Stock durch die Luft fuchtelnd und immer wieder mit irgendwelchen Fantasiegestalten plaudernd.

Auf der Lichtung angekommen, setzten wir uns alle drei auf einen dicken Baumstamm, der quer auf dem Boden liegt. Es ist sehr warm hier und die Sonnenstrahlen sind stark. Ist ja auch bereits Mittag. Ich und Milly haben uns die ganze Zeit gut unterhalten. Wir trinken alle von der mit Wasser gefüllten Flasche, die wir mitgenommen haben.

Sobald Marvin genug getrunken und sich kurz ausgeruht hat, rennt er auch schon wieder umher. Den Stock in der Hand und wild entschlossen kämpft er gegen die Gebilde seiner Vorstellungskraft.

Mit einem Mal spüre ich eine regelmäßige Vibration an meinem Schenkel. „Oh, ich muss mein Handy wohl aus reiner Gewohnheit eingesteckt haben", rechtfertige ich mich.

„Wer ist das denn?", fragt sie. Ich nehme es aus der Hosentasche und schaue auf das Display.

Es zeigt: Erik ruft an.

„Ist mein bester Kumpel aus der Heimat."

„Willst du nicht rangehen?", fragt sie.

„Ach, wird wohl nicht so wichtig sein. Der ruft ständig wegen irgendwas an."

Ich betätige einen Knopf an der Seite des Handys, damit die Vibration aufhört. Dann stecke ich es wieder in meine Tasche.

Ich sage: „Wir kennen uns schon ewig. Mit ihm kann man echt jeden Scheiß machen, und es ist immer lustig. Selbst wenn es nur darum geht, irgendwelchen Müll zu quatschen, wir haben unseren Spaß dabei."

Milly sieht mich an und hört gespannt zu. Scheint wohl etwas zu sein, für das sie sich interessiert. Also rede ich weiter.

„Als wir noch jünger waren, haben wir den Nachbarn immer Streiche gespielt. Bei dem einen alten Mann haben wir bestimmt achtmal hintereinander geklingelt. Und der kam tatsächlich achtmal aus der Haustür raus. Der wusste wohl gar nicht mehr, wie ihm geschieht. Daraus machten wir uns unseren Spaß. Wir erhöhten den Schwierigkeitsgrad, indem wir den Mann von einer Stelle aus beobachteten, die immer näher an ihm dran war, während der sich umsah und wunderte. Zuerst hinter einem Abhang auf der anderen Straßenseite, dann hinter der Hausecke, dann in einem Autoanhänger gegenüber der Haustür und schließlich hinter einer Mülltonne direkt neben ihm. Der kriegte gar nichts mit."

Milly muss lachen. Und mit halb lachender Stimme erzähle ich weiter.

„Manchmal versteckten wir uns an verschiedenen Orten und machten verrückte Stimmen und Laute nach. Und der Mann blickte immer in die Richtung, aus der gerade das Geräusch kam. Das war so witzig. Er erschrak sich dabei auch immer ein wenig. Wie so eine Katze, die ein Pendel mit den Augen verfolgt. Der hat alles mitgemacht. Man konnte ihn perfekt verarschen. Aber ist doch besser, als wenn er nur den ganzen Tag in seinem alten Sessel gehockt hätte, oder?"

Wir beobachten Marvin, der wohl auch verbündete Fantasiegestalten zu haben scheint. Denn jetzt befehligt er sie, sich aufzustellen und in Formation zu begeben. Denn eine Schlacht würde wohl gleich beginnen.

Ich sage: „Ich habe mit Erik so einiges durchgemacht. Er fragt sich bestimmt, wohin ich mit euch gefahren bin und wann ich wieder zurückkommen werde. Beides kann ich ihm irgendwie nicht beantworten", sage ich mit einem freudigen Gesichtsausdruck dabei.

Plötzlich sehen wir, wie Marvin erschrocken stehen bleibt. Vom Rand der Lichtung kommt nun ein Hirsch auf ihn zugelaufen. Dieser macht nur langsame Schritte vorwärts, bedächtig. Marvin geht langsam rückwärts. Und sobald er das Gefühl hat, weit genug weg zu sein, kommt er zu uns gerannt. Doch den Hirsch scheint das nicht zu kümmern. Weiter kehrt er in das wunderbare Licht dieser freien Fläche. Alle drei sitzen wir auf unserem Baumstamm und beobachten dieses stolze Tier, welches sich durch uns nicht davon abbringen lässt, zu tun, was es will.

Jetzt dreht es seinen Kopf mit dem mächtigen Geweih zu uns. Sein Bild erscheint vor uns in einer Anmut, die ihresgleichen sucht. Wir staunen über die Kraft, welche dieses gewaltige Tier uns präsentiert. Kurz darauf richtet es seinen Blick zur anderen Seite und verschwindet mit ruhigem, hoheitsvollem Gang wieder in den Wald hinein. Es fühlt sich an wie eine Illusion, die man gar nicht für wahr hält. Aber warum fühlt sich ein Tier im Wald nicht real an?

Wir bleiben noch für gewisse Zeit hier auf der Lichtung und plaudern, spazieren umher und genießen das Licht. Dann nehmen wir einen anderen Weg wieder zurück in Richtung unseres Sees.

Marvin läuft wieder vorne weg und führt uns. Wir schauen ihm zu und setzen unsere Unterhaltung fort. Milly wird für mich immer interessanter. Ich meine, seit ich sie gesehen hab, finde ich sie schon interessant. Aber jetzt, wo ich sie allmählich kennenlerne, gefällt sie mir noch mehr. Sie hat diese unglaubliche Ausstrahlung, vor der es kein Entrinnen gibt. Vermutlich würden die meisten sie sofort als arrogant oder bereits vergeben abtun, weil es ihre äußere Erscheinung vermuten lässt. Aber wie ich herausgefunden habe ist beides glücklicherweise nicht der Fall. Sie ist der Wahnsinn! Und sie ist einer der verständnisvollsten und sensibelsten Menschen, die ich je kennengelernt habe.

Marvin geleitet uns auf einem längeren Weg, der uns an die andere Seite des Sees heranführt, und nicht an die, von der wir aufgebrochen sind.

Am See angekommen, machen wir nun einen Halbkreis um den See und kommen an unserer Hütte an. Und Henry hat dort eine Überraschung für uns vorbereitet. Auf der Terrasse hat er den Klapptisch und die Stühle aufgestellt.

Und als er uns sieht, eilt er nach drinnen und kommt sofort mit einer Schüssel voll gebratenem Gemüse wieder. Dann geht er wieder rein. Wir setzen uns an den Tisch. Teller und Besteck sind schon vorbereitet. Henry kommt mit einer Pfanne wieder, aus der er für jeden einen gut gewürzten Fisch entnimmt und auf dem Teller anrichtet. Genau das Richtige jetzt.

Wir bedanken uns alle bei ihm und speisen dann gemeinsam auf der Terrasse in den letzten Strahlen, die die Sonne heute noch zu bieten hat. Es schmeckt hervorragend. Dazu trinkt jeder ein Glas Wein. Na ja, außer Marvin, der bekommt Saft.

Wir erzählen Henry von unserem Erlebnis mit dem Hirsch und von der Lichtung. Nachdem wir aufgegessen haben, räumen wir wieder zusammen den Tisch. Marvin ist so erschöpft, dass er sich zu Bett legt. Kein Wunder bei den Kämpfen, die er heute ausgetragen hat. Ich und Milly nehmen die Flasche Wein mit und setzen uns noch einmal runter an den See, dorthin, wo wir am Abend unserer Ankunft zusammengesessen hatten.

Jetzt fängt es wieder zu dämmern an.

Ich frage: „Hast du eigentlich noch Geschwister?" Sie sagt nein und fragt mich, ob ich denn welche hätte.

Ich sage: „Meine kleine Schwester Lydia ist vor zwei Jahren bei einem Unfall ums Leben gekommen. Sie war damals erst sieben."

Milly sieht schockiert aus und lässt mich wissen, dass ihr das leid tut.

„Ist okay. Es war ein Unfall, und wir haben uns damit irgendwie abgefunden, soweit das überhaupt geht."

Ich würde auch eigentlich viel lieber über etwas Schönes mit ihr reden, aber das hier brennt mir gerade auf den Lippen. Ich muss es ihr erzählen. Und sie macht den Eindruck, alles davon wissen zu wollen.

„Meine Mutter hatte damals Lydia zum Einkaufen in die Stadt mitgenommen. Meine Schwester war ein sehr aktives und fantasiegeleitetes Mädchen. Ich glaube, Marvin hätte sich gut mit ihr verstanden." Wenigstens ein Schmunzeln.

„Allerdings war sie deshalb auch sehr oft unkonzentriert. Sie lebte irgendwie in ihrer eigenen Welt. Vielleicht ist es auch für ein siebenjähriges Mädchen teilweise noch normal. Davon habe ich keine Ahnung. Jedenfalls wollte meine Mutter mit ihr die Straße überqueren. Die Ampel zeigte rot. Vereinzelt fuhren Autos vorbei. Und als meine Mutter für einen Moment unaufmerksam war, rannte Lydia bereits auf die Straße. Doch dann blieb sie stehen."

Ich machte einen kurzen Moment Pause, um mich zu erinnern, wie meine Mutter mir das erzählt hatte. „Meine Mutter sah Lydia auf der Straße stehen, mit der goldenen Haarspange zwischen ihren blonden Haaren und dem verängstigten, unschuldigen Gesichtsausdruck eines siebenjährigen Mädchens. Auf einmal bewegte sich alles so langsam. Keiner konnte rechtzeitig etwas machen. Es verlief für alle wie in Zeitlupe. Nur für einen nicht ..."

Wieder zögere ich kurz bei dem Gedanken an meine kleine Schwester.

„Der LKW-Fahrer konnte nicht mehr schnell genug bremsen."

Daraufhin unterbricht Milly mich mit einer sanften Umarmung. Ich könnte weinen, aber die liebevolle Umarmung und die Tatsache, dass ich hier nicht allein sitze, halten mich davon ab. Ich blicke raus auf den See. Alles ist so ruhig. Wir sitzen in der Abenddämmerung. Ich gieße uns beiden noch Wein ein und wir stoßen an. Und dann plötzlich brennt eine Frage in mir auf. Eine Frage, die mir die ganze Zeit auf der Zunge lag, an deren Bedeutung ich mich aber jetzt erst richtig erinnere.

„Wo war ich gestern Nacht?" Milly sieht mich verdutzt an. Das ist eigentlich eine Frage, die einem der Polizeibeamte bei einem Verhör stellt und die man nicht sich selbst fragt.

Sie sagt: „Wie meinst du das, gestern Nacht? Du bist mit uns gestern gewandert. Und als wir wieder zurück waren, saßen wir doch noch alle lange auf der Terrasse bei herrlichem Mondschein. Dann sind wir alle einzeln irgendwann ins Bett. Ich glaube, Henry war der Letzte."

Ich sage: „Okay. Schon gut, dann habe ich nur mal wieder Irrsinn geträumt." Komischer Traum, bei dem ich nach einer tödlichen Verfolgung unter Wasser aufwache und nicht in einem Bett.

Milly sagt: „Du hast Albträume?"

„Ja", sage ich. „Albträume, die mich jedes Mal aufs Neue in ein unüberwindbares Horrorszenario schicken und die so gut wie jedes Mal mit dem Tod enden."

Dann blicke ich sie musternd an und sage: „Ich hatte vor Kurzem auch einen Traum von meiner Schwester. Sie war unter dem Eis gefangen und sieht mich von unten durch die dicke Eiswand um Hilfe flehend an. Als ob ich etwas dagegen machen könnte. Ich habe mit den Füßen gestampft, bis ich nicht mehr auf ihnen stehen konnte. Ich habe mir die Faust blutig geschlagen, bis sie gebrochen war. Ich konnte nichts machen."

Milly weiß gar nicht, wie sie darauf reagieren soll. Aber sie sieht mich an, als hätte sie das Puzzleteil gefunden, das sie näher an die Lösung eines Rätsels heranführt. Jetzt hat sie ein besseres Bild von mir, weil sie etwas von meinem Innenleben weiß.

„Fühlt sich befreiend an, davon erzählt zu haben. Wenigstens kennst du mich jetzt etwas genauer."

„Ja, davon musst du mir noch mehr erzählen, aber nicht jetzt. Jetzt genießen wir den Abend."

Henry setzt sich im Hintergrund auf seinen Schaukelstuhl. Er macht seine Pfeife an und bläst Rauch in den Abend. Irgendwie fühlt sich das alles so vertraut an. Und ich fühle mich verstanden.

Wir sehen uns tief in die Augen. Und als ich ihrem Blick nicht mehr standhalten kann, küsse ich sie. Sie erwidert den Kuss. Henry sieht uns zu, wie wir dort sitzen und von der Abenddämmerung verschlungen werden. Milly legt ihren Kopf auf meine Schulter, und unser Blick schweift über den See und die sich verabschiedende Sonne, die den Mond herbeizieht.

Es fühlt sich so passend an. Zwei Welten gehen miteinander in Resonanz und bringen sich gegenseitig zum Vibrieren. Es ist so herrlich harmonisch. Es ist ein Moment voller Magie.

KANNST DU MICH HÖREN?

Eine leise Brise fährt sanft über das Wasser. Die Blätter der Bäume tanzen im Wind. Eine warme Sonne scheint auf den Fluss. Kopp, im Liegestuhl auf seinem Balkon, raucht eine Zigarette. Er bläst den Rauch in die Luft, wo sich dieser in alle Richtungen hin ausbreitet. Es ist Mittag, 12:30 Uhr, und Kopp macht sich einige Gedanken.

Was macht er eigentlich, und was soll das bringen? Plötzlich ist er ohne Ehefrau und sein Sohn liegt im Koma. Dann findet er diese geheimen Dateien auf dem Computer in einem fremden Haus, die ihn zu dieser Zentrale für Softdrinks führt. Und was er da findet, ändert seine ganze Lebenseinstellung. Was sich da hinter den Kulissen abspielt, ist echt gruselig. Und plötzlich fühlt Kopp sich dazu berufen, dagegen vorzugehen. Es ist kein echtes Wissen um etwas, es ist vielmehr ein Gefühl.

Ihm bleibt nichts anderes übrig. Sein ganzes Leben hat er sprichwörtlich dahingelebt, immer mit diesem Hintergedanken. Und dieser eine Gedanke hat ihn nie losgelassen. Er raubte ihm seine Konzentration, seine Orientierung. Aber dagegen war er immer hilflos. Was hätte es ihm gebracht, der Auffassung nach-zugehen, dass mit dieser Welt irgendetwas nicht stimmt? Keine Zeit. Er wollte sich doch ein ordentliches Leben aufbauen, so wie alle das wollen. Eine Familie gründen, einen Sohn großziehen und damit die eigenen Eltern stolz machen. Das sollte das sein, was sein Sohn dann auch anstreben wird. Ein toller Kreislauf.

Aber, und das trieb ihn schon oft beinahe in den Wahnsinn, da war dieser sich immer wieder aufdrängende Zweifel. Und jetzt hat er zum allerersten Mal in seinem Leben das Gefühl, dafür ein Ventil gefunden zu haben, eine Erklärung. Vieles von alledem, was er geglaubt hat, viele der angestrebten Werte und Ziele waren und sind nicht echt.

Es geht darum, was Smirrel gesagt hat. Wenn jemand irgendwann einmal begonnen hat, den menschlichen Geist zu verstehen, und wenn Menschen, wie oft behauptet wird, Egoisten und biologische Konkurrenten sind, dann ist es doch bloß logisch, dass sich diese Person ihr Wissen um die menschliche Wahrnehmung zunutze macht. Und das kann nicht nur eine Überredekunst oder eine politische Machtausübung sein. Nein. Das muss schon was Großes sein, wo niemand dahinterkommt.

Um tatsächlich mit diesem Wissen einen überdauernden Einfluss in der Welt zu sichern, muss es sich um eine flächendeckende Großgemeinschaft handeln. Also könnte doch sein, oder? Irgendjemand hat mal dieses Neuland der menschlichen Steuerung betreten und versucht alles ihm Mögliche, es nicht wieder aus der Hand zu geben. Und dies bleibt dann in der Familie. Ein toller Kreislauf.

Aber wenn die nicht wollen, dass man dahinterkommt und die unseren Geist vermutlich besser kennen als wir, wie kann man dann dahinterkommen? Na gut, jetzt reicht es.

Diese Gedanken sind es, die in Kopp umherschwirren. Ziemlich paranoid. Aber für jemanden, der vergangene Nacht einen Menschen getötet hat, noch ziemlich normal. Dieser Gedanke ist fast wie verschwunden aus seinem Kopf. Er versucht sich wieder zu sammeln. Sein starrer Blick in den Himmel löst sich auf, und er kommt wieder zu sich. Die Zigarette hat derweil ihre Glut verloren und besteht zur Hälfte nur noch aus leicht nach unten geneigter Asche.

Er befreit die Zigarette von der toten Asche, greift nach dem Feuerzeug auf dem kleinen Holzstuhl neben ihm und zündet sie wieder an.

Es ist jetzt 12:37 Uhr. Kopp macht die Zigarette aus und nimmt eine erfrischende Dusche. Dann verlässt er das Hotelzimmer und setzt sich in seinen Wagen. Er lässt den Motor an, und fast zeitgleich meldet sich das Radio zu Wort.

… wurde bei einer Wohltätigkeitsveranstaltung eine männliche Leiche gefunden. Die Ermittler gehen davon aus, dass es sich um Mord handelt.

Kopp biegt auf die Straße. An der nächsten Kreuzung nimmt er die Abfahrt auf die Landstraße. Die Sonne scheint auf den Asphalt und verursacht verschwommene Ränder der Straße am Horizont. Eine optische Täuschung.

Die näheren Umstände bleiben zunächst noch unklar. Der 34-jährige Mann wurde nach Angaben der Polizei erstochen.

Die Radiomoderatorin verstummt und wird von verzerrten Gitarrenklängen abgelöst. Dazu ein standfestes Trommelgewitter vom Schlagzeug, dumpfe tiefe Basstöne und eine heitere, kräftige Stimme. Genau die richtige Musik für die Landstraße. Unglaublich, was der Wechsel des Radiosenders so schnell bewirken kann. Rechts und links endlose Felder, vereinzelte Gruppen von Bäumen, die um ein Fleckchen Wasser versammelt stehen oder einen kleinen Wald bilden. Windräder, Raps und andere Anbauflächen schmücken etwas weiter hinten die Landschaft.

Ab und zu kommt er durch ein kleines Dorf. Teilweise handelt es sich wirklich nur um sechs Häuser und eine Kirche, und trotzdem hat dieses Örtchen einen eigenen Namen. Diesmal hat er keinen festen Gedanken im Kopf, er fährt einfach nur die Straße entlang. Außerhalb der Ortschaften mit einhundert Stundenkilometern. Die laute Musik treibt ihn voran.

Nach ungefähr einer Stunde ist er an seinem Ziel angekommen. Jetzt nimmt die Umgebung wieder Stadtcharakter an. Kopp hält auf dem Parkplatz des Krankenhauses. Er ist hier, um seinen Sohn zu besuchen.

Im Hintergrund ertönt noch immer das rhythmische Piepen. Joel liegt noch immer im Koma. Die Ärzte sagen, dass sie weiter ihr Bestes geben, ihn zu versorgen. Aber eine Prognose, ob er wirklich wieder aufwachen wird, ist derzeit immer noch nicht möglich. Trotzdem ist sein Zustand zumindest stabil.

Als die beiden wieder allein im Raum sind, spricht Kopp ihn an: „Wo bist du bloß? Kannst du mich hören? Du sollst jedenfalls wissen, dass ich hier bin. Ich steh direkt neben dir. Du bist nicht allein. Die Ärzte versuchen alles, um dir zu helfen. Hörst du mich? Du kannst nicht antworten, aber das brauchst du auch gar nicht."

Jetzt geht Kopp zum Fenster und sieht hinaus. Mit einem kurzen Stöhnen, das Überforderung ausdrückt, leitet er die folgenden Worte ein: „Du hast mir die Augen geöffnet! Aber derzeit kann ich noch nicht alles sehen, es blendet. Aber eins sehe ich genau: Ich habe diese eine Aufgabe, nur diese eine."

Er sieht zu seinem regungslosen Sohn herüber, der keine Reaktion zeigt. Dann sieht er wieder nach draußen. Und während er spricht, bewegen sich seine Augen aufgeregt hin und her, als ob sich da draußen etwas riesiges Unbekanntes aus der Erde erhebt.

Er weiß so gut wie nichts darüber. Und das alles ist zu viel für nur ein Menschenleben. Viel zu viel für ihn. Aber er wird seinen Plan in die Tat umsetzen. Dieses eine Mal wird er nicht nachgeben. Er wird sich von den erlernten herkömmlichen Prinzipien lösen, die sein Denken dominierten und der tiefen inneren Trauer Platz machen. Er wird ein Zeichen setzen.

Wieder an Joels Seite, setzt er sich mit auf das Bett und packt ihn an seinem Hinterkopf, um direkter zu ihm zu sprechen.

„Du bist der Auslöser dafür. Und das wird nicht umsonst gewesen sein. Vermutlich ist das alles völlig krank. Aber ich kann nicht anders. Und ich weiß, ich kann das nicht gewinnen. Diese Sache ist viel größer als ich. Aber das, was ich sehe, werde ich überkochen lassen. Danach sollen sie mich doch hinter Gitter stecken! Und wenn dabei nur einige Augen mehr geöffnet werden, die wieder ganz andere Dinge sehen, werde ich mein Ziel erreicht haben. Mein kleiner Anteil am großen Ganzen, zu dem du mich gebracht hast."

Minutenlang sieht Kopp seinem Sohn einfach nur ins Gesicht, bis sich die erste Träne löst und er zu weinen anfängt.

„Ich wünschte, du wärest wach und könntest mir antworten. Aber ich weiß, dass du bei mir bist. Das wirst du immer sein."

Daraufhin küsst er ihn auf die Stirn und will gerade zur Tür hinaustreten. Da fällt ihm ein weiterer Patient auf, der wohl neu hier im Zimmer untergebracht wurde. Sie sind wohl doch nicht allein im Raum. Sein Bett befindet sich gegenüber von Joels, weshalb Kopp es zuerst gar nicht bemerkt hat. Es handelt sich um ein kleines, schlafendes Kind.

Draußen fragt er den Arzt noch einmal danach, wer der Neue denn sei.

Der Arzt antwortet: „Diesen kleinen Jungen hat das Schicksal ebenfalls schwer getroffen. Er leidet an einer organischen Psychose. Das ist eine Erkrankung des zentralen Nervensystems. Er hat sowohl akustische als auch optische Halluzinationen und ist sehr geruchs- und lärmempfindlich. Es wirkt teilweise, als würde er in einer anderen Welt leben. So etwas ist in seinem Alter sehr selten. Und bei so frühzeitiger Manifestation sieht das prognostische Urteil sehr schlecht aus."

Kopp blickt noch einmal kurz ins Zimmer, dann schließt er die Tür und verlässt das Krankenhaus, um die Stadt zu verlassen.

Wieder im Wagen holt Kopp seinen Laptop aus der Tasche und platziert ihn auf dem Beifahrersitz. Er klappt den Bildschirm nach oben und schaltet das Gerät ein. Während das System hochfährt, entzündet er eine Zigarette, startet den Motor, und in wenigen Augenblicken hat er bereits das Ortsausgangsschild erreicht. Diesmal bleibt das Radio aus. Und Felder, Wälder und Dorfkirchtürme gestalten wieder den Horizont.

Inzwischen ist der PC längst hochgefahren. Mit der rechten Hand öffnet Kopp einen Ordner. Jetzt erscheint eine ganze Reihe von Dateien. Textdaten, Bilder und Videos. Es sind die unzähligen Dateien, die Kopp aus Smirrels Wohnung mitgenommen hatte.

Kopp sieht die Bilder, Fotos von irgendwelchen Laboren und ihm fremder technischer Gerätschaften. Einige Dateien enthalten Tabellen und Diagramme. Vermutlich irgendwelche Auswertungen. Jetzt klickt er auf ein Video mit der Bezeichnung „Testsubjekt 17" und sieht immer mal wieder hin, während er auch auf die Straße achtet. In dem Video ist Smirrel zu sehen. Er wird dabei gefilmt, wie er in die Kamera spricht.

„Sehr geehrter Doktor Fledd. Im Folgenden können Sie einen Einblick in meine Arbeit mit einem weiteren Testsubjekt gewinnen. Es handelt sich um die Nummer 17 alias Tromreut Lober."

Jetzt schaut er nicht mehr in die Kamera, sondern dreht sich um und läuft ein Stück weiter. Dann wendet er sich einem Mann zu, der auf einer metallenen Sitzvorrichtung fixiert ist. Dieser kann sich nicht bewegen. Aber er macht auch nicht den Eindruck, als ob er imstande wäre aufzustehen, selbst wenn die Lederriemen nicht wären. Er sieht vollkommen erschöpft aus, wahrscheinlich nur noch halb bei Bewusstsein.

Smirrel macht eine Geste, um auf diesen Mann zu deuten. Er ist groß, muskulös und hat lockiges Haar.

„Das ist er. Wir haben ihn mit einem Mittel behandelt, von dem wir uns versprechen, dass es aggressiv macht. Unbändig aggressiv. Und all das vor allem ohne ersichtlichen Grund."

Nun spricht Smirrel zu dem Mann, zu Testsubjekt 17. „Hallöchen, mein Herr. Geht's uns entsprechend?" Doch dieser zeigt keine Reaktion. Und er redet weiter in einem Ton, als würde er mit einem Kind sprechen.

„Also, ich und meine Kollegen, wir haben uns noch einmal beraten. Und leider mussten wir uns dazu entscheiden, das Ganze zu wiederholen. In Ordnung?"

Plötzlich sind die vorher nur halb offenen Augen vollkommen aufgerissen.

„Es tut mir leid. Aber ich sehe keinen anderen Ausweg. Wenn das erwünschte Ergebnis nicht eintritt, müssen wir so lange die Dosis erhöhen, bis es eintritt. Kannst du das verstehen? Du sollst zumindest nachvollziehen, warum wir uns so entschieden haben. Für dich ändert sich nicht viel. Du bleibst einfach schön weiter hier sitzen."

Smirrel macht eine Kopfbewegung und sagt: „Los, gebt unserm Herrn Lober noch ein kleines Spritzchen."

Smirrel spricht wieder in die Kamera, während die Menschen im Kittel ihrer Aufgabe im Hintergrund nachgehen. „Sehen Sie. Ein echt netter Mensch, der Herr Lober."

Smirrel grinst mit einer hoch übersteigerten Freundlichkeit, der man sofort anmerkt, dass sie gespielt ist und eine tiefe Feindseligkeit verbirgt.

„Den genauen Wirkstoff können Sie zum Vergleich den Testunterlagen entnehmen. Nach der Verabreichung werde ich einige Tests in die Wege leiten. Wahrnehmungstests, Konzentrationstests und das Übliche. Und natürlich werde ich hauptsächlich seine Aggressionsbereitschaft überprüfen."

Hier ist die Datei zu Ende. Kopp schaut wieder nur auf die Straße. Als er über das Gesehene nachdenkt, bewegen sich seine Augen wieder hin und her, als ob er etwas Unfassbares von oben bis unten mustert. Was ist das nur für ein kranker Mensch? Kurz darauf öffnet er die nächste Videodatei.

Wieder Smirrels Gesicht in der Kamera.

„Guten Tag. Im Folgenden werde ich Ihnen wieder einen meiner sogenannten Patienten vorstellen. Das ist Gregor Findheim, unser Testsubjekt Nummer 6."

Diesmal ein schwächlicher, dürrer, junger Mann. Kaum vorstellbar, dass er nicht durch diese Lederriemen hindurchrutscht, so dünn und mager sieht der aus.

„Er ist einer der Glückspilze, die wir bis jetzt noch nicht geimpft haben. Unsere Testreize werden ihm anderweitig verabreicht, nämlich psychologisch. Also, ich werde Ihnen kurz schildern, wie ich das meine. Unserem wertesten Gregor hier werden im wahrsten Sinne des Wortes die Augen geöffnet. Die Augenlider werden ihm hochgespannt und fixiert."

Die Kamera zeigt jetzt den Mann, Nummer 6.

„Dann werden ihm blitzschnell hintereinander weg mehrere Bilder präsentiert. Diese wechseln nach nur wenigen Millisekunden."

Die Kamera zeigt den großen Bildschirm.

„Zusätzlich werden ihm diese Kopfhörer hier aufgeschnallt. Dadurch hört er bestimmte akustische Reize." *Man sieht, wie Smirrel ihm die Kopfhörer aufsetzt.*

„Sowohl die visuellen als auch die auditiven Stimuli enthalten subliminale Botschaften, also Informationen außerhalb der bewusst wahrnehmbaren Reizstärkeschwelle, die gegen den eigenen Willen verarbeitet werden. Das genaue Bild- und Tonmaterial können Sie wie immer den Testunterlagen entnehmen."

Jetzt sieht man wieder nur Smirrels Gesicht, wie es in die Kamera spricht, mit diesem überlegenen, geisteskranken Unterton.

„Lassen Sie mich dennoch kurz skizzieren, was wir hier zu erreichen gedenken. Also, unser Ziel ist es, das Testsubjekt für bestimmte Worte oder Befehle hörig zu machen. Unterwürfigkeit ist der Endzustand, den wir erreichen wollen. Bestimmte Wortpassagen, sogenannte Trigger, sind

sowohl im Bild als auch im Ton enthalten und werden ihm immer wieder eingetrichtert. Wir wollen letztendlich nur, dass er diese Sätze äußerst positiv aufnimmt und bewertet. Sie sollen ihm äußerst wichtig sein. Sodass ihm letztendlich die Hörigkeit alles bedeutet."

Unfassbar. Wie er das einfach so sagen kann. Ihm ist alles andere wohl völlig gleichgültig. Er hat sich nur diesem Ziel unterworfen. Ob wohl jemand mit ihm irgendwann mal dasselbe gemacht hat?

„Für diese positiven Bewertungen setzten wir, um ein Beispiel zu nennen, bei der Sexualität an. Das Bildmaterial enthält für kaum wahrnehmbare Millisekunden, beispielsweise nackte Frauen oder Ähnliches. Oder wir vermitteln ihm das Gefühl, bei seiner Familie zu sein oder dass seine Familie stolz auf ihn ist. Gemischt mit den Befehlen und der Unterordnung, ist es genau der richtige Cocktail für unser Testsubjekt."

Das ist ja völlig krank. In Kopp kommt jetzt eine Mischung aus Verwunderung und Wut hoch, und er steckt sich wieder eine Kippe an.

„Wissen Sie, was biologische Invasion bedeutet? Ich werde es Ihnen sagen. Nehmen wir an, ein Tier oder eine biologische Art gelangt an einen Ort, wo es oder sie eigentlich nicht hingehört oder noch nie gewesen ist. Diese Art fühlt sich aber in dieser Umgebung wohl bzw. findet ausreichend Nährstoffe. Dann breitet sie sich aus und trägt allmählich zur Veränderung dieser Umgebung bei. Genau das geschieht in seinem Kopf."
Smirrel macht eine Geste auf den Patienten, wie er ihn nennt.
„Nur, statt Tiere sind es Gedanken, Wahrnehmungen oder Erinnerungen."

Das reicht. In Kopp beginnt es wieder zu brodeln. Voller Inbrunst klappt er den Laptop zu und beißt seine Zähne zusammen. Jetzt drückt er noch stärker auf die Pedale. Mehr muss er nicht wissen, das genügt. Kopps Entschlossenheit, denen das Leben richtig ungemütlich zu machen, kann kaum noch größer werden. Und das, obwohl er vermutet, dass all das nur ein Ausschnitt einer noch größeren Sache ist.

Er fährt weiter die Landstraße entlang. Gleich kommt er wieder in den Ort, in dem sich sein Hotel befindet. Zeitgleich mit Erreichen des Ortseingangsschildes ertönt eine kurze Signalmelodie. Kopp erhält eine E-Mail. Er öffnet den Laptop und die erhaltene Nachricht. Die E-Mail ist passwortgeschützt. Kopp tippt schnell 6 Zeichen ein, und die Textnachricht erscheint.

Sie ist von Donnie, seinem Kontakt. Dort steht: *Ich habe eine Adresse und ein paar Namen für dich. Ist ein Treffpunkt, an dem die angegebenen Personen sich morgen treffen. Viel Glück!*

DAGON

Die Abenddämmerung ist längst vorbei. Es ist 23:47 Uhr. Die Personen sollen um Mitternacht hier, irgendwo auf diesem Gelände, zusammenkommen. Kopp steht am Rand eines mit Draht umzäunten Privatgeländes und blickt auf das unfertige Gebäude in der Mitte.

Hier soll eine Einrichtung für traumagestörte Menschen entstehen. Ärzte, Polizisten, Feuerwehrmänner, Sondereinsatzkommando und Soldaten zählen zu den Personengruppen, die wohl allein durch ihren Beruf am ehesten einem traumatischen Erlebnis ausgesetzt sind. Und in diesem Gebäude sollen sie sowohl ambulant als auch stationär behandelt werden können. Diese Information hat ihm ein Vöglein gezwitschert.

Kopp hat außerdem von Donnie erfahren, dass die Gebrüder Grau dieses Gebäude für einen wohltätigen Zweck bauen lassen. Weitere Geldwäsche. Vermutlich. Und das ist der Treffpunkt um Mitternacht. Die Nacht ist still, alles wirkt ruhig. Aber irgendwie scheint es auch so unwirklich. Man mag wohl kaum glauben, was gleich passieren wird. Dieser Ort ist wie die Bühne einer Spätvorstellung im Theater- oder Kinosaal. Eine Vorstellung, in die Kopp gerade rechtzeitig mit eingestiegen ist, aber zu der er alles andere als willkommen ist.

Es ist kalt, und das Gebäude erscheint in der Mitte des leeren Umfeldes wie ein Geisterhaus, so, als hätte diese Klinik schon mal gestanden und ihre ehemaligen Patienten würden als Geister auf ihren Fluren umherkreisen. Kopp ist aber keinesfalls nur Zuschauer dieser Vorführung, er spielt die entscheidende Rolle. Sein Kostüm: ein stabiler, gelber Schutzhelm, ein langärmeliges, dunkelbraun kariertes Hemd. Darüber eine rote Signalweste mit 2 silbern glänzenden Warnstreifen darauf. Eine blaue Jeanshose und schlichte, schwarze Schuhe. Und natürlich nicht zu vergessen: Gummihandschuhe.

Die Uhr zeigt 23:53 Uhr, und Kopp beobachtet aufmerksam das Geschehen. Er wartet darauf, dass jemand ihn auf die Bühne ruft, damit das Stück beginnen kann.

Die Geräusche haltender Autos, zufallender Autotüren und sich gegenseitig begrüßender Stimmen kündigen den Beginn an. Der Vorhang fällt. Kopp bewegt sich langsam und bedacht vorwärts durch eine Stelle an der Absperrung, die er eben geöffnet hat.

Gleichmäßig wie eine Schlange schleicht er sich nun von hinten an das Gebäude heran. Trotz seiner Signalweste bleibt er unentdeckt. Das Unwissen der Gegenspieler ist auf seiner Seite. Immer näher gelangt er an die Hauswand heran, bis er sie endlich erreicht. Vorsichtig lauschend ist dahinter das Aufeinandertreffen von Schuhen und Treppenstufen zu hören, und Stimmen. Die Verhandlungspartner gehen in den ersten Stock hinauf. Von dort nehmen sie noch eine Treppe in den zweiten. Dann ist kein Treppensteigen mehr zu hören. Also, wenn das hier ein geheimes Treffen sein soll, dann benehmen sich die Beteiligten aber ungewöhnlich laut. Keiner von denen ahnt, dass sie nicht allein sind in dieser neu entstehenden Einrichtung.

Worüber auch immer die sich hier austauschen wollen, es wird wohl relativ wichtig sein, wenn sie sich dafür extra nachts an diesem abgelegenen Ort treffen. Das bedeutet, dass der Haupteingang, durch den sie gekommen sind, bewacht sein könnte.

Hier am Rücken des Gebäudes befindet sich ein provisorischer Lüftkanal. Ein großer, gelber Schlauch ist dort angebaut, der von außen nach innen führt. Dieser hat ungefähr einen Durchmesser von 70 cm, ist also ausreichend breit. Und er ist von einer geriffelten Oberfläche umringt. Das ist der Aufruf auf die Bühne des heutigen Geschehens.

Jetzt ist es Mitternacht. Man hat das Gefühl, irgendwo in der Ferne eine Kirchturmuhr schlagen zu hören, aber das tut sie nicht. Es würde nur zu gut passen. Hier in der Umgebung ist keine Kirche. Aber genau dieselbe Spannung ist deutlich zu spüren. Die Spannung der Erwartung.

Kopp zwängt sich leise in den Schlauch. Dieser ist schräg etwas nach oben gerichtet. Aber da der Schlauch auch sehr stabil ist, hält er Kopp locker aus, als er die leichte Steigung nach oben hindurchkrabbelt. Innen endet der Tunnel ungefähr auf Kopfhöhe eines 1,90 m großen Menschen. Am anderen Ende steckt er den Kopf raus und späht nach rechts und links in die Gänge. Niemand zu sehen.

Dann hängt er sich an die Kante und lässt sich vorsichtig nach unten fallen. Elegant gleitet er auf den Boden, seine Beine federn und lassen ihn beinahe lautlos aufkommen.

Nach rechts führt der Gang in eine breitere Vorhalle am Eingang. Das könnte später der Empfangsbereich der Klinik werden. Dieser ist mit vier Säulen geschmückt, welche die Decke tragen. Kopp stellt sich dort mit dem Rücken an die Wand und lässt nur ein Auge und weniger als eine Gesichtshälfte aus der Kante hervorgucken.

Gleich links in seinem Sichtfeld befindet sich die Treppe, die wohl auch die anderen vorhin genommen haben. Und mit einem Blick aus der Tür hinaus sieht er zwei Männer, sie bewachen draußen den Eingang. Wobei es sich wohl weniger um ein Bewachen handelt als vielmehr um eine Sauforgie. Sie reichen sich gegenseitig eine Flasche mit fast vollem, goldfarbenem Inhalt. Die beiden quatschen und lachen mit ausfallender Mimik und Gestik. Sie machen sich wohl über irgendwen lustig, weshalb sie also beschäftigt und abgelenkt sind.

Kopp tritt nun aus der Kante hervor und beschreitet halb geduckt die Treppe. Aufmerksam durchblickt er die ganze Umgebung, während er zur zweiten Etage hinaufsteigt. Die Treppe reicht noch weiter nach oben, aber mehr Treppensteigen war zumindest von draußen aufgrund der Stimmen nicht zu vernehmen.

Dies ist also die Etage, in der sich die Beteiligten des heutigen Treffens irgendwo befinden müssen. Neben einer verschlossenen Glastür zweigt nur ein Gang von der Treppe ab, und dieser führt nach rechts. Bis hierhin hat das wenige Licht, das vom Mond ausgeht und das, welches im Eingangsbereich teilweise eingeschaltet war, ausgereicht, um genügend zu sehen. Jetzt nicht mehr.

Kopp schaltet seine kleine, dünne Taschenlampe ein, mit der er nun besser die Umgebung nach Bewegungen und möglichen Gefahren absuchen kann. Die Lampe ist schwerer, als sie auf den ersten Blick zu sein scheint.

Man würde Kopp sofort sehen, sobald man in seine Richtung schaute. Die beiden hellen Signalstreifen auf seiner Weste sind kaum zu übersehen. Trotzdem schleicht er mit skeptischem Blick den Gang entlang. Links und rechts mehrere Türen. Jede Tür könnte diejenige sein, die dahinter den Raum verbirgt, in dem das Treffen stattfindet. Aber bis hierhin war kein weiteres Geräusch zu hören, das ihm einen Hinweis darauf liefern würde. Und so laut, wie die hier reingestolpert sind, werden die vermutlich nicht plötzlich nur noch flüstern. Es muss also noch weiter hinten sein.

Ein alter, staubiger Geruch steigt ihm in die Nase, was beinahe zu einem Niesen geführt hätte. Die Taschenlampe hält er immer ein Stück nach schräg unten an den Rand des Sichtfeldes. Nie wirklich direkt nach vorn. Das Licht ist auf geringe Intensität eingestellt, sodass die Strukturen des Flurs sich beim Blick nach vorn nur langsam aufbauen. In seinem Bauarbeiterkostüm betritt er die Bühne. Und die Vorstellung hat schon begonnen. Jeden Augenblick erwartet er ein Geräusch, einen Hinweis.

Jetzt teilt sich der Gang nach rechts und links. Kopp geht intuitiv nach links. Bedächtig setz er einen Fuß vor den anderen und bleibt dabei in seiner stabilen Haltung: halb geduckt, mit der Taschenlampe nach schräg unten leuchtend. Immer wieder blickt er auch nach hinten, auf jedwede Bewegung gefasst. Er muss sich wie ein Polizist fühlen, der zu einem Notfalleinsatz gerufen wurde und den potenziellen Tatort selbst nach Überlebenden absucht, während er auf die Verstärkung wartet.

Die Anspannung wird langsam unerträglich. Und dann passiert es. Der erste Hinweis! Ein Husten. Jemand geht den Flur entlang und hustet dabei kräftig. Bei dem Staub hier kein Wunder – oder es handelt sich um ein medizinisches Leiden. Aber wo kommt das her? Liegt das vor oder hinter ihm? Bald kommt das Husten näher und wird hörbarer.

Und bevor Kopp sich selbst klarmachen konnte, woher das kommt, erscheint die Quelle des Geräusches schon direkt vor ihm, halb getroffen vom Kegel des Lichts. Unbemerkt richtet Kopp sich auf, sodass es nicht nach einem Eindringling aussieht.

Der Mann blickt ihn an, verwundert und misstrauisch zugleich.

„Wer sind Sie? Was wollen Sie hier?", sagt der Mann mit fester Stimme.

Kopp, der Bauarbeiter, macht eine unterwürfige Geste und sagt: „Bitte entschuldigen Sie, die beiden netten Herren von unten haben mich hereingelassen. Ich habe heute hier am Einbau der Elektronik mitgearbeitet und habe wohl meine Papiere hier irgendwo liegen lassen oder verloren. Und danach suche ich gerade. Ich wollte Sie nicht stören."

Mit ernster Miene sagt der Mann: „Wie heißen Sie denn?"

Kopp deutet eine leicht zittrige Stimme an: „Mein … mein Name ist Gregor Kultz." Mit dieser Vorstellung wäre Kopp bei jedem Casting aufgenommen wurden.

„Gregor Kultz. Einen Moment mal", sagt der Mann und zieht die Papiere aus seiner Jacke hervor. Flüchtig wirft er noch mal einen Blick darauf.

„Ah ja. Dann ist das hier wohl Ihr Zeug", sagt er, während er es Kopp mit einem kleinen Lächeln aushändigt.

Der ist aber freundlich. Zumindest wirkt er so. Es könnte sich um die Person mit dem Spitznamen „Fray" handeln. Das lässt zumindest das Foto sehr stark vermuten, das Donnie ihm zugeschickt hat. Kopp nimmt die Brieftasche entgegen und bedankt sich.

Perfekt. Die Tarnung hat funktioniert! Donnie hat ebenfalls dafür gesorgt, dass diese Papiere hier im Eingangsbereich des Krankenhauses zu finden sind. Die Rolle des Gregor Kultz dient nur dazu, dass er einen plausiblen Grund hat, sich hier aufzuhalten, falls er entdeckt werden würde.

Fray sagt: „Wir haben es auf der Treppe liegen sehen. Und jetzt verschwinden Sie, bitte."

Das ist also tatsächlich einer von der freundlichen Sorte. Wahrscheinlich ist er in der Gruppendynamik der drei Personen eher derjenige, der sich unterordnet, der nicht viel sagt, der viel einstecken muss, den man auf den Flur schicken kann zum Nachsehen, weil man etwas gehört hat.

„Ok. Nochmals vielen Dank", sagt Gregor Kultz, als er eine Andeutung macht, sich umzudrehen, um wieder umzukehren. Für Fray reicht das aus. Er dreht sich ebenfalls um und geht wieder zurück. Dabei setzt er wieder zu einem heftigen Husten an. Der gerissene Gregor Kultz, der sich nie wirklich umgedreht hat, folgt ihm schleichend. Mit der metallenen Rückseite der Taschenlampe verpasst er dem Naivling einen gezielten Hieb.

Fray kippt vornüber. Er fällt auf seine Unterarme, mit denen er sich vom Boden abstützt. Allerdings bieten die ihm nur eine wackelige Stütze. Gregor Kultz packt ihn bei den Haaren und drück sein Gesicht wuchtig nach unten. Dort stößt er mit der Stirn auf den Boden. Nun liegt er reglos da. Blut fließt nach allen Seiten.

Er ist verletzt, bewusstlos oder Schlimmeres. Doch das ist im Moment nicht von Belang. Viel wichtiger ist, dass man den kurzen Kampf eben mit Sicherheit hätte hören können. Jetzt ist jedes Alibi egal. Der Aufenthalt von Gregor Kultz in diesem Gebäude ist nicht länger plausibel. Es gibt keinen Gregor Kultz mehr. Nur noch Kopp.

Alles was er hat, ist der Effekt der Überraschung auf seiner Seite und die Hoffnung, dass sie ihn nicht sofort angreifen, sobald sie ihn sehen werden. Also muss es jetzt schnell gehen.

Kopp sieht nach vorn, in die Richtung, aus der Fray eben gekommen ist. Dort brennt irgendwo Licht, denn hier wird es immer heller. Der Gebrauch der Taschenlampe ist nicht mehr vonnöten. Und weil es hier zunehmend heller wird, hat Fray wohl auch kein weiteres Licht eingeschaltet. Jetzt bleibt er stehen. Stimmen sind zu hören. Das sind sie. Perfekt. Rechts neben ihm befinden sich eine Glastür und ein Aufzug. Hinter der Glastür ist wieder eine Treppe nach oben und unten. Sie verbindet wohl die Etagen des anderen Flügels miteinander.

Neben der Tür steht ein Klapptisch mit Werkzeug darauf. Sieht aus wie frisch verlassen. Ein Eimer mit weißer Farbe, mehrere Pinsel, eine Werkzeugkiste mit Schrauben, Schraubenziehern und

Mutterschlüsseln steht dort. Kopp greift sich die Nagelpistole. Zufall? Oder hatte Donnie dafür gesorgt? Er schreitet mit einem Mut und einer Eleganz zur Tat, die ihm selbst nie bekannt war.

Mit der rechten Hand hält er die Waffe hinter sich versteckt, an seinen Steiß gelehnt. Den Blick nach vorn gerichtet, versucht er die Tür ausfindig zu machen, hinter der die Stimmen zu vermuten sind. Er setzt achtsam einen Fuß vor den anderen, seine Körperstatur bleibt dabei steif in einer aufrechten Haltung, fast so, als ob alles an ihm eingefroren wäre und nur seine Beine ihn vorwärts tragen würden.

Die Pupillen springen ruckartig von einem Ende des Auges zum anderen. Der Kopf ist leicht zur Seite geneigt, was seinem Gesicht den Ausdruck von Argwohn und Sorgfalt zugleich verleiht. Auf der linken Seite kann er eine offene Tür ausmachen. Vor dieser bleibt er stehen und vergewissert sich. Eindeutig. Die Stimmen müssen von hier gekommen sein. Nun hat das Sprechen in ein Flüstern gewechselt. Die sind wohl tatsächlich in höchster Alarmbereitschaft. Haben sie Angst?

Ein kleiner Lichtschein dringt aus dem Raum und lässt durch den Spalt einen schmalen Streifen Licht vor der Tür erscheinen. Kopp tritt rechts neben die Tür und nimmt jetzt langsam die Nagelpistole vor sich.

Mit einem Mal ist nichts mehr zu hören, keine Stimmen, kein Flüstern. Man konnte ohnehin nichts davon verstehen. Aber es gibt einem das Gefühl, als ob sie nichts mehr von sich preisgeben wollen. Das Gefühl, dass gleich etwas passiert. Kopp hebt seine Arme und hält die Waffe auf Augenhöhe. Von der Seite zielt er halb in Richtung der Tür und halb in Richtung des Ganges, aus dem er gekommen ist.

Die Tür öffnet sich. Kopp schaut, ohne den Kopf zu bewegen, nach unten und sieht den Lichtstreifen auf dem Boden immer breiter werden. In dem Lichtfeld auf dem Boden erhebt sich der Schatten eines Menschen. Kopps Augen fokussieren wieder die leere Tür.

Sobald die ersten Umrisse einer Silhouette durch den Türrahmen kommen würden, wäre Kopp vollends gefasst abzudrücken. Zwei Hände, die ebenfalls eine Waffe umgreifen, ragen hervor. Die Silhouette tritt langsam aus der Tür. Jetzt zeichnet sich eine Nase vor dem Türrahmen ab. Sie kündigt das Hervortreten eines Gesichtes an. Und als das geschieht, bohrt sich ein Nagel von der Seite genau zwischen die Augen der Silhouette. Der Nagel durchsticht auch das schräg dahinter liegende rechte Auge. Der zweite Nagel trifft etwas weiter oben die Stirn. Der Schmerz sammelt sich hinter diesem Gesicht, und der Mann fällt zu Boden. Und der Blick der leblosen Silhouette fällt auf Kopp. Er ist nicht vorwurfsvoll, nicht dankbar. Er ist leer.

Kopp zieht nun eine dicke Nadel aus seiner Ausrüstung hervor. Die Vorstellung erreicht seinen Höhepunkt, seinen 3. Akt. Jetzt ist jegliche Macht der Überraschung verloren. Alles ist klar. Dort drinnen ist nur noch eine Person. Sie fürchtet sich. Doch sie weiß mit aller Sicherheit, dass hier draußen jemand auf sie wartet, um ihr den Tod zu bringen. Das Warum ist nicht von Bedeutung. Ihr bleibt nur noch das Wie. Wie kann sie dem entgehen?

Die Person weiß nicht, wer da draußen lauert, wohl weiß sie aber, dass dort jemand am Ausgang auf seinen Tod aus ist. Also was tun? Stehen bleiben ist aussichtslos. Aus dem Fenster springen ist aussichtslos. Sich hier verstecken und warten? Bei der scheinbaren Professionalität des Mörders da draußen – aussichtslos. Also bleibt nur eine Möglichkeit. Die Tür. Jetzt fehlt nur noch die Entschlossenheit, die Entscheidung und ihre Umsetzung.

Kopp entschließt sich, die Macht der Überraschung zumindest teilweise wiederherzustellen. Er geht in die Hocke. Dass der Gegner nicht auf Augenhöhe sein wird, könnte möglicherweise für einen kurzen Moment der Verwunderung sorgen. Und das reicht aus.

Er nimmt wieder Haltung ein, neben der Tür. Was wird die Person von drinnen als Nächstes tun? Welchen Plan hält sie nicht für aussichtslos? Und dann offenbart es sich. Ein Mann kommt plötzlich mit Geschrei aus der Tür gesprungen, eine Schusswaffe in der Hand. Auf dem Flur angekommen, neben der frischen Leiche, schaut sie aufgeregt nach rechts, dann nach links und dann nach links unten. Und da war es schon zu spät.

Als der Mann nach unten auf Kopp blickt, auf den Bauarbeiter, ist dieser schon im Begriff sich aufzurichten. Und kurz bevor es passiert, entsteht im Gesicht des Mannes die Einsicht über die Niederlage, die Enttäuschung, die Aussichtslosigkeit. Während Kopp sich aufrichtet, rammt er dem Mann die Nadel von unten in den Kopf. Zwischen Kinn und Hals tritt sie ein. Das strömende Blut besiegelt dessen Tod, die benebelnde Schwäche entreißt ihm die Waffe und lässt sie zu Boden fallen.

Sobald er das viele Blut sieht, gibt er jede Hoffnung auf. Am liebsten würde er jeden einzelnen Tropfen Blut aufsammeln und zurückholen. Jeder Spritzer, der seinen Körper verlassen will, macht ihn plötzlich traurig. Aber er kann nichts dagegen tun, dafür ist es zu spät. Von Schwindelgefühlen benommen, versucht er zu laufen. Aber auch das ist ihm nicht vergönnt. Kopp tritt ihn in das Zimmer zurück, aus dem er gekommen war, und schließt hinter sich die Tür. Jetzt betrachtet er den auf dem Boden kauernden Mann und sein elendes Schicksal. Dieser packt die Nadel von unten und versucht langsam zu ziehen, denn dieses kalte Metall am Körper zu spüren, das ihm den Tod bringen wird, ist unerträglich.

„Das würde ich nicht machen, wenn ich Sie wäre", sagt Kopp. Der Mann bemüht sich etwas zu sagen: „Brrrgh. Grrrroah." Es ist wohl besser für sein letztes Wohlbefinden, wenn er schweigt.

Kopp tritt näher an ihn heran. „Jetzt werde ich reden, und Sie halten den Mund. Ich erspare Ihnen und mir eine lange Predigt. Ich werde Ihnen nicht aufzählen, aus welchen Gründen Sie verdient haben, was Ihnen im Augenblick widerfährt. Das wissen Sie selbst am besten. Jedes einzelne Bild haben Sie fest hier oben gespeichert. Quält es Sie nicht manchmal bei dem Versuch, einzuschlafen, *Dagon*?"

Bei der Aussprache dieses Namens weiten sich noch einmal die Augen des Verbrechers. Und Kopp blickt mit ernster Miene in diese Augen. Der Mann kauert am Boden und wälzt sich vor Schmerz und Schwäche. Er sieht nur noch schwarz, das Schwindelgefühl nimmt zu, jeden Augenblick verliert er das Bewusstsein.

„Ich mache das nicht, weil ich Rache üben will. Nein. Dabei würde ich ja einem bestialischen Drang nachgeben, der eigentlich eher zu Ihresgleichen gehört. Von Hass bin ich nicht getrieben. Wenn erst mal die Ermittlungen beginnen, wird wohl die Frage nach einem Motiv gestellt werden."

Kopp agiert wieder mit der Gnadenlosigkeit, die auch den Sieg über Marduk möglich gemacht hatte. Er fühlt sich wie verwandelt, aber es macht ihm keine Angst. Nicht jetzt.

„Lassen Sie mich nur eines dazu sagen: Ich verfolge ein ganz bestimmtes Ziel. Und dafür brauche ich Sie." Als er das sagt, beugt er sich zu ihm herunter. Der Mann versucht, nach hinten auszuweichen, doch dafür fehlt ihm die nötige Kraft und der Platz.

„Man könnte sagen, ich verhelfe Ihnen dazu, doch noch Gutes zu tun. Ihr Opfer wird nicht umsonst sein, das verspreche ich Ihnen. Mögen Sie in Frieden ruhen."

Mit diesen Worten zieht er wieder die Nagelpistole hervor und presst sie fest gegen seine Stirn. Kurz noch lässt er seinen Blick auf die beiden tätowierten Ziegenhörner rechts und links am Hals wandern, das Markenzeichen der Graubrüder. Nachdem er kurz inne gehalten hat, drückt er ab und erlöst ihn von seiner Benommenheit.

Jetzt nimmt er eine Karte aus der Tasche und legt sie direkt auf den Bauch des leblosen Mannes vor ihm. Ein sehr direkter Hinweis, der wieder auf sein eigentliches Ziel deutet. Er enthält wieder die Adresse der Galerie der Schöpfung. Es ist eindeutig. Nach dieser zweiten Provokation fragt keiner mehr nach den Details. Es führt unmittelbar zu einem brutalen Gegenangriff. Und genau den erhofft er sich.

Kopp richtet sich auf und eilt wieder lautlos den langen Flur zurück durch die Gänge. Seine Lampe erweist ihm dabei wieder die Dienste. Die Treppe wieder hinunter bis zum Erdgeschoss. Die beiden Kerle, die als Wachen eingeteilt wurden, stehen immer noch draußen und albern. Als ob nur eine Minute vergangen wäre. Diesmal dauert es etwas länger, in den Schlauch hineinzugelangen, weil er oben beginnt. Einen kurzen Moment später ist er draußen und schleicht sich aufmerksam zum Zaun zurück und verlässt dann das Gelände. Ein kurzer Blick zurück auf die hier entstehende Klinik für Traumapatienten.

Von rechts und links ziehen sich die Vorhänge zu. Die Vorstellung endet. Kopp verlässt die Bühne und damit seine Rolle. Er verwandelt sich wieder zurück. Was nach dem Stück hinter den Kulissen noch aufbereitet werden muss, ist nicht mehr Sache des Schauspielers. Er darf nach Hause gehen.

DIE WOLKENTREPPE

Ich träume:

Ich stehe in einer gemütlich eingerichteten Stube. Dunkelbraun ist wohl die Farbe, mit der sich dieses Zimmer am besten beschreiben lässt. Der ganze Boden ist mit einem weichen Teppich ausgelegt. Die Couch und der Sessel sehen so aus, als würden sie hier schon ewig stehen und als würden sie nie auch nur um einen Zentimeter verschoben worden sein. Eine alte Standuhr befindet sich in der Ecke. Sie trägt eine goldene Pendelglocke. An den Wänden hängen kunstvolle Gemälde und ein breiter Spiegel. In der Mitte steht ein großer Holztisch, der eine verzierte Marmorplatte fasst.

Es riecht nach einer Mischung aus Staub, Kerzenduft, Holz und Tee. Dieser Geruch lässt sich merkwürdigerweise auch am besten durch eine Farbe beschreiben: Dunkelbraun. Das Alter dieser Einrichtung liegt förmlich in der Luft. Voller Erinnerung. Ich bewundere dieses stolze Wohnzimmer.

Im Hintergrund wird ein schriller Ton immer lauter. Es kommt von draußen und nähert sich. Klingt ein bisschen wie eine Sirene. Das Geräusch wird immer deutlicher. Ich trete an die Fenster heran und schiebe die Gardinen ein Stück zur Seite, um einen Blick nach draußen zu gewinnen. Rotblaue Lichter kreisen an mehreren Orten gleichzeitig. Ist das die Polizei? Da sind aber keine Autos zu sehen. Wo kommen nur diese Lichter her?

Die schrillen Töne werden jetzt noch lauter und rücken noch näher. Eindeutig, es ist eine Sirene! Eine Art Alarm. Aber die hohen Töne wirken dennoch fremd. Sie erklingen in einer völlig fremden Reihenfolge. Irgendwie umgedreht oder rückwärts.

Plötzlich klopft es an der Tür. Ein unaufhörliches Klopfen in regelmäßigen Abständen. Ich trete von den Fenstern weg und sehe eine offene Tür in diesem Zimmer, die mir vorher gar nicht aufgefallen ist. Sie führt in den Flur, aus dem das Geräusch jetzt dringt. Dort muss wohl die Haustür sein. Das Klopfen wirkt extrem energisch, bis mir auffällt, dass es gar kein Anklopfen ist. Es ist ein heftiges Schlagen gegen die Tür, bis diese schließlich nachgibt. Mit einem kräftigen Stoß schmettert sie auseinander und macht den Weg frei.

Metallene Stimmen hallen wieder: „Zielperson ausschalten und entfernen!"

Jetzt kreisen die rotblauen Lichter im Flur. Und mich überkommt auf einmal eine unfassbare Furcht. Aus diesem Zimmer führt kein anderer Weg hinaus. Ich muss durch den Flur! Also renne ich auf ihn zu, in der Hoffnung, ich würde dort schnell einen anderen Ausgang finden als den, der gerade eingeschlagen worden ist. Plötzlich taucht es vor mir auf. Eine Art Roboter, größer als ich. Er hat die Form eines erwachsenen Menschen – mit dem einzigen Unterschied, dass sein Kopf eine Sirene ist. Daher also die kreisenden Alarmlichter.

Während diese Maschine vor mir einfach stehen bleibt und mir den Weg versperrt, höre ich im Hintergrund emotionslose Rufe: „Zielperson vernichten! Töten und vergraben!"

Mit einem Ruck schiebe ich mich unter dem Arm des Roboters hindurch und eile in die der aufgebrochenen Tür entgegengesetzten Richtung. Aus den Augenwinkeln sehe ich dort mehr und mehr Maschinen eindringen. Ich renne, so schnell ich kann. In meinem Rücken fallen elektronisch erzeugte Worte ineinander: „Fliehendes Subjekt erkannt. Person identifiziert!"

Gott sei Dank! An diesem Ende des Flurs ist noch eine andere Tür. Auf diese steuere ich zu. Das ist mein Ausgang!

Ich wage es nicht, nach hinten zu blicken. Als ich die Tür erreiche, versuche ich sie zu öffnen. Verschlossen! Wie wild stoße ich mit der Schulter dagegen. Mit aller Kraft probiere ich, sie einzutreten. Kurz nur drehe ich mich um und sehe die Lichter immer näher kommen.

Sie sagen: „Töten! Töten!" Dann klagen sie mich an: „Sie haben es verbrochen! Es ist Ihre Schuld!"

Das darf nicht wahr sein. Mein einziger Ausweg ist verschlossen. Diese verdammte Tür! Meine Bemühungen werden immer verzweifelter. Doch irgendwann mobilisiert meine Angst überraschend die notwendige Kraft, um den Ausgang aufzustoßen. Und plötzlich spüre ich einen heftigen Windzug und rieche frische Luft. Sie ist kalt und feucht. Unfassbar. Ich stehe hoch oben in den Wolken. *Was ist denn jetzt los?* Unten sehe ich einen endlosen Horizont aus Wolken und Himmel. *Über mir auch. Wo bin ich?*

Aber im Moment ist nicht die Zeit für Verwunderung. Die Roboter hinter mir feuern Schüsse ab. Schnell schließe ich die Tür, um mich vor ihren Kugeln zu schützen. Hier führt eine Treppe nach unten. Eine ewige, breite Wendeltreppe. Und als ich die ersten Stufen nach unten beschreite, wird mir auf einmal schwarz vor Augen. Ein Schwindelgefühl überkommt mich, und ich sehe Blut nach unten fließen. Instinktiv fasse ich mir an den Kopf, an die rechte Seite. Und was ich da fühle, will ich einfach nicht wahrhaben. Da ist ein Loch. Und eine Menge warmes Blut.

Ich halte es mit der Hand zu, um die Blutung zu stoppen. Die Kugel muss irgendwo in der Mitte meines Kopfes stecken geblieben sein, da kein Austrittsloch zu erfühlen ist. Langsam schleppe ich mich ein paar Stufen hinunter, während ich versuche, mich wieder in den Griff zu bekommen. Doch es gelingt mir nicht. Das Blut windet sich an meiner Hand vorbei und tropft nach unten. Ab und zu berühre ich mit der Hand versehentlich oder wegen meiner Benommenheit die Innenseite des Loches. Diese Berührung fühle ich blitzartig bis in die Zehen mit einem pulsierenden, beißenden Schmerz, der sich wie ein elektrischer Schock ausbreitet. Ich muss es aushalten und weiter nach unten steigen.

Oben öffnet sich wieder die Tür, und ein Sirenenmensch tritt heraus. Nur ein einziger. Er richtet die Pistole auf mich, als ich Spirale für Spirale die Treppe passiere. Jetzt rennt er mir hinterher. Er ist um einiges schneller als ich.

Ich höre, wie er immer wieder auf mich feuert, aber ins Leere trifft. Unten scheint es tatsächlich ein Ende der Stufen zu geben, und ich sehe es. Es ist fast unmittelbar vor mir. Aber das kreisende Licht dort oben bewegt sich schneller auf mich zu. Ich weiß auch nicht, was mich treibt, doch irgendwie sehe ich noch Hoffnung auf Flucht, obwohl alles auf Ausweglosigkeit hindeutet.

Endlich endet die Treppe, und ich komme auf einer überdachten, rechteckigen Plattform an. Geradezu befindet sich noch eine Tür, und auf der anderen Seite der Plattform ein großer Pfeiler, der das Dach trägt.

Der Sirenenmensch gibt komischerweise keine Worte mehr von sich. Dennoch müsste auch er bald hier unten sein. Mit allerletzter Kraft stolpere ich zur Tür hin, um sie zu öffnen. Aber auch diese Tür ist wieder versperrt. *Das war meine letzte Chance auf ein gutes Ende. Ohne Hoffnung trete ich ein letztes Mal gegen die Tür und schreie. Doch die einzige Antwort auf meinen Schrei war ein fürchterlicher, pulsierender Schmerz an meinem Kopf. Betrübt über mein offensichtliches Ende, schleppe ich mich hinter den steinernen Stützbalken am anderen Ende.*

Nun ist die Zeit gekommen. Die Zeit der Abrechnung. Wofür auch immer diese Roboter mich beschuldigen, dafür werde ich hingerichtet.

Der Sirenenmensch erreicht die Plattform und bleibt vor der Tür stehen. Er sieht sich um. Die Geräusche seiner Bewegungen klingen wie die Geräusche einer Waschmaschine beim Schleudern. Halb stehend, halb sitzend kauere ich hinter dem Pfeiler und halte meine Wunde zu. Auf dem Boden sehe ich die kreisenden Lichter, rot und blau. Schwindel überkommt mich wieder. Gleich ist alles zu Ende!

Plötzlich merke ich, dass kein Geräusch einer Roboterbewegung mehr zu hören ist. Er scheint sich nicht mehr vom Fleck zu rühren oder sich umzusehen. Es ist vollkommen still. Ich kann meinen Puls jetzt auch an meinem Kopf spüren. An der Innenseite des Loches fühle ich meinen Herzschlag. Doch jeder einzelne Pulsschlag ist wie ein erneuter Treffer durch eine Kugel: beißend, brennend, erdrückend! Das Blut tropft nicht mehr bloß an meinen Händen vorbei. Das Tropfen wird zu einem Fließen. Und ich beobachte, wie mein Blut sich neben dem Balken zu einer kleinen Pfütze sammelt. Dort, wo es nicht durch den Balken verdeckt ist, wird es von einem Lichtschein erhellt, dem Kegel eines Scheinwerfers.

Abrupt ist wieder das Schleudern einer Waschmaschine zu hören, die Geräusche der Sirene. Und sie hört nicht mehr auf, sich zu bewegen. Jetzt hat er mich! Und ich ergebe mich meinem Schicksal. Da ich die angstdurchdrungene Erwartung des Todes nicht aushalten kann, trete ich hinter dem Gebälk hervor. Und sobald ich ihn sehe, sieht er mich. Und er feuert einen Schuss ab, der mir das Ende bringt.

Rätselhafte Inspiration

Ich schrecke aus dem Bett hoch, schweißnass und zitternd. Kurz sammle ich mich und versuche, tief durchzuatmen, bevor ich mich wieder nach hinten fallen lasse. Normalerweise bin ich zumindest etwas erleichtert, wenn ich merke, dass es nur ein Traum war. Normalerweise. Aber nicht diesmal. Es ist anders. Diesmal fühlt es sich noch realer an. Wieso passiert mir das?

Mein Kopf fühlt sich immer noch nicht klar an. Nicht einmal, nachdem ich weiß, dass ich aufgewacht bin. Ich bin erschöpft und müde. Ich könnte glatt denken, es wäre immer noch alles ein Traum, wenn ich nicht schon ein bisschen Erfahrung mit dem Träumen hätte. Dann sehe ich nach rechts. Milly liegt dort neben mir mit halb offenen Augen. Ich muss sie wohl durch meine Erschrockenheit aufgeweckt haben.

„Hattest du wieder einen Traum?", fragt sie mich mit verschlafener Stimme. Meine Atmung ist immer noch schnell und unruhig. Mein Körper immer noch zittrig.

„Ja, nur, dass es sich nicht wie Träumen anfühlt", sage ich.

Ich starre nach oben an die Wand, um meinen Augen eine neutrale Gleichmäßigkeit zu gönnen. Vielleicht kann diese stille, weiße Oberfläche meine Aufregung zumindest etwas ausgleichen. Bunte formen tanzen auf dieser leeren Fläche. Immer noch eine Folge meiner inneren Unruhe.

Milly setzt sich auf und nimmt meinen Kopf in ihren Schoß. Sanft streicht sie mir durchs Haar und streichelt meine Haut. Ich fühle mich auf einmal geborgen und sicher. Ein gutes Gefühl. Ich mache es mir in ihrem Schoß gemütlich. Ich neige meinen Kopf weiter nach hinten, um ihr in die Augen zu sehen. Diese großen Augen.

Auch ich richte mich jetzt auf, um sie zu küssen. Ein Kuss der Dankbarkeit für ihre Behutsamkeit. Wieder schaue ich ihr tief in die Augen, und sie lächelt mich nur an. Ihr Blick ist so magisch. Er entzieht mir alle Willenskraft. Ich küsse sie wieder. Aber diesmal will ich mehr. Ein Kuss vergrößert das Verlangen nach dem nächsten. Mit meiner rechten Hand streiche ich ihr das Haar zur Seite und nach hinten.

Immer intensiver vereinigen sich unsere Münder. Und jeder Blick, jede Mimik, jedes Wort vergrößert das Verlangen nach Vereinigung. Das Körperliche ist dabei fast egal, denn unsere Körper gehören uns nicht. Sie stehen uns lediglich zur Verfügung. Wir beide wollen an das heran, was dahinter ist, hinter dem Fleisch und Blut. Doch beide sind wir in unserem verzweifelten Verlangen dazu verdammt, es nicht ganz erreichen zu können. Aber mit jeder Bewegung versuchen wir weiter bis dahin vorzudringen, wo es von innen heraus strahlt, die Quelle unserer Sehnsucht.

Danach legt sie sich in meine Arme und genießt dabei dieselbe Geborgenheit, die ich vorhin spüren durfte. Noch ein wenig außer Atem, erfreuen wir uns fast schweigend an der Entspannung, die uns dieses Bett schenkt. Ein Blick aus dem Fenster lässt erneut mit gutem Gewissen auf einen wunderschönen Tag voller Sonne hoffen. Einige Momente, wir wissen nicht wirklich wie lang, bleiben wir noch liegen, unfähig aufzustehen und sich von der Gemütlichkeit zu lösen. Es ist unglaublich schön mit Milly zusammen, das habe ich ihr auch schon gesagt. Aber aus irgendeinem mir unbekannten Grund ist mein Kopf immer noch nicht klar. Vielleicht achte ich auch nur zu sehr darauf, ob ich einen klaren Kopf habe oder nicht. Vielleicht merkt man es gar nicht, wenn man einen hat und man kann sich nur später daran erinnern.

„Hey, wir sollten uns echt langsam aus dem Bett hochschwingen. Draußen ist es wunderschön. Da können wir genauso entspannt sitzen, wenn wir wollen", sagt Milly und sieht dabei zu mir hoch.

„Du hast recht. Fällt mir zwar schwer, aber wir sollten aufstehen", sage ich.

Wenn ich aufstehen will, muss ich es ruckartig tun, sonst falle ich bloß wieder zurück und bleibe liegen. Also schmeiße ich mit einer plötzlichen Bewegung die Bettdecke zur Seite und wir stehen auf. Als wir unten ankommen, riechen wir bereits den Duft frischen Kaffees. Unglaublich, obwohl der Kaffee draußen auf der Terrasse steht, gelangt der belebende Geruch bis in den Flur hinein.

„Guten Morgen ihr beiden Schlafmützen!", wird uns von Henry entgegengerufen, sobald wir die Terrasse betreten. „Habt ihr gut geschlafen?"

Ich sage: „Na ja, ich bin immer noch irgendwie müde."

„Das Gegenmittel ist bereits dort auf dem Tisch serviert", ruft Henry mit schmunzelnder Miene vom Rand des Sees. Jeden Augenblick ist er im Begriff, ins Wasser zu rennen. Marvin ist schon drin und macht auch keine Anzeichen, schnell wieder herauskommen zu wollen. Als ich Henry ansehe, fällt mir eine große, breite Narbe auf seinem rechten Oberschenkel auf. Sieht heftig aus. Aber bevor ich genauer hinsehen kann, rennt er schon auf das Wasser zu.

Im Gegensatz zu ihm beschließen wir, den Tag heute mal nicht mit einem Bad zu beginnen, wie wir es die letzten Tage getan hatten, sondern mit dem Frühstück. Wir setzen uns an den Klapptisch auf der Terrasse und sehen den beiden beim Baden zu.

Am Ende unserer Mahlzeit sagt Milly: „Weißt du, was mir jetzt gerade fehlt? Beeren." Ich sehe sie fragend an.

„Ja, Blaubeeren, Himbeeren und Johannisbeeren. Eine Mischung aus diesen drei, eine Spur Zucker und etwas Joghurt." Milly sieht sehr euphorisch aus, was ihre Idee angeht.

„Okay", sage ich, „eine gute Idee. Habt ihr denn welche?"

„Nein nicht hier. Aber ich werde die Zeit bis zum Nachmittag nutzen, im Wald nach welchen zu suchen. Ich werde uns allen welche besorgen und ein bisschen durch die Gegend stöbern, wie in einem großen Kaufhaus."

„Das hört sich gut an. Ich komme mit dir!"

„Oder wie wäre es, wenn ich Marvin mitnehme? Vielleicht leistest du Henry ein bisschen Gesellschaft?"

Moment mal. Wieso? Will sie etwa nicht, dass ich mitkomme?

„Ach, denkst du nicht, der kommt allein klar? Viel lieber wäre ich bei dir!"

„Ja, schon klar", sagt sie, wobei ihre Freude über diesen Kommentar deutlich sichtbar ist. „Ich möchte aber nicht, dass er hier allein rumhängt. Ich denke, über ein Gespräch mit dir würde er sich sicher freuen."

„Ich verstehe das, aber diese Gespräche sind immer so … so … schwierig."

„Hey, du wirst es doch wohl überleben, einem alten Mann einen Gefallen zu tun, oder etwa nicht?"

„Gut, ich werde hier bleiben", sage ich widerwillig. „Aber stöbert nicht zu lange, okay?"

Als sie aufsteht und mir damit das Abräumen überlässt, füge ich noch hinzu: „Und hütet euch vor dem Hirsch!"

„Mach dir um uns keine Sorgen. Marvin wird mich schon beschützen, er kennt diesen Wald und seine geheimen Pfade sehr genau."

Milly steht auf und macht Marvin mit ihrem Vorhaben vertraut, woraufhin dieser sofort aus dem Wasser steigt, sich abtrocknet und seinen Kampfstock in die Hand nimmt. Damit leistet er Widerstand gegen die bösen Machenschaften, die seine Fantasie in die Realität projiziert. Zusammen machen sie sich dann auf in den Wald.

Ich bleibe noch einen Augenblick sitzen und mache mir bewusst, wie zufrieden ich hier bin. Für mich ist es eine ganz besondere Zeit, die ich hier verbringe, besonders die mit Milly. Alle Fragen, die ich mir anfangs gestellt habe, warum ich mit Fremden ins Nirgendwo mitfahre, sind verflogen und unwichtig. Die Tatsache, dass ich glücklich bin, ist Antwort genug. Das Einzige, was ich nicht verstehe und was irgendwie nicht richtig ins Bild passen will, sind diese elenden Träume. Sie sind heftiger geworden, seit ich hier bin.

Bevor ich wieder in einen unlösbaren inneren Monolog verfalle, stehe ich auf und gehe schwimmen. Es ist sehr erfrischend und belebt das Gemüt dort, wo der Kaffee es nicht geschafft hat. Ich sehe, wie Henry sich immer wieder unter Wasser begibt und wie er nach in meinen Augen viel zu langer Zeit irgendwo anders wieder auftaucht. Kurze Zeit später verlässt er den See, und ich treibe ein wenig allein umher.

Nachdem Henry schon wieder eine Weile draußen war, ruft er mich mit der Hand zu sich. Er steht neben unserer Hütte an einem Wildapfelbaum. Ich komme dem Ruf nach und begebe mich direkt zu ihm. Ich kann mir schon denken, dass es jetzt auf ein bedeutungsvolles Gespräch mit vielen Lehren und Anregungen hinausläuft. Zumindest hatten wir jetzt schon fast jeden Abend ein solches. Irgendwann habe ich immer kapituliert und bin schlafen gegangen. Irgendwie sind solche Gespräche immer interessant und erweiternd, aber auch anstrengend. Sie bringen wieder die Gedanken zum Rasen, was ich eigentlich jetzt gerade nicht gebrauchen kann. Aber vielleicht lenkt das ein bisschen von dem ab, woran ich nicht denken will: Schlaflosigkeit und Albträume.

„Hier, nimm einen Apfel, die sind unheimlich gut und saftig", sagt Henry. Und als er meinen misstrauischen Blick auffängt, sagt er: „Komm schon, iss einen! Ich komm mir ja vor wie eine sprechende Schlange, die dir eine verbotene Frucht schmackhaft machen will. Nimm ihn, der hier ist wirklich schmackhaft!"

Ich nehme ihn entgegen und beiße hinein. Henry hat nicht gelogen. Schmeckt zwar leicht sauer, aber dennoch saftig und frisch. Mit dem Apfel in der Hand setzen wir uns wieder auf die Terrasse.

Und während ich noch auf eine wohlformulierte, geschickte Einleitung gespannt bin, die zu einem tiefgründigen Gespräch hinführen soll, wie ich es von Henry gewohnt bin, dreht er sich zu mir um und sagt direkt: „Okay, was ist los mit dir?"

Wow, damit habe ich nicht gerechnet. Die Frage kommt mir so bekannt vor. Hatte Erik mich nicht dasselbe gefragt, an dem Abend in der Bar? „Was meinst du? Was soll denn mit mir los sein?", erwidere ich.

Etwas enttäuscht über meine scheinbare Unaufrichtigkeit sagt er: „Komm schon. Ich merke, dass etwas mit dir ist. Du wirkst immer ein wenig aufgewühlt und irritiert. Du verlierst dich oft in irgendwelche Tagträume oder Grübeleien. Und du siehst aus, als hättest du monatelang nicht richtig geschlafen. Also, erzähl schon!"

Gespannt auf meine Antwort wartend, steckt er sich wieder eine Pfeife an, nachdem er den Apfelstiel, das Einzige, was er vom Apfel übrig gelassen hat, der Natur wieder zugeführt hat. Und ich bereite mich mental auf ein unangenehmes, aber ehrliches Gespräch vor. Ich habe mir schon oft vorgenommen, mehr von mir preiszugeben und offener zu sein. Die anderen sind es ja auch. Und gerade ist eine gute Möglichkeit, damit anzufangen.

„Na ja, ehrlich gesagt kann ich dir darauf keine befriedigende Erklärung geben. Mir wurde schon häufiger gesagt, dass ich irgendwie abwesend wirke", sage ich mit einem kleinen Lachen in der Stimme. „Tja, ich merke es gar nicht, wenn ich abdrifte. Manchmal verführen mich meine Gedanken plötzlich in andere Welten. Ich weiß, das klingt merkwürdig, aber es ist so. Und das passiert völlig von allein, dagegen kann ich nicht viel machen. Aber das Schlimmste ist, dass es mir den Schlaf raubt. Seit ich mich an meine Träume erinnern kann, habe ich regelmäßig Albträume. Teilweise sind sie relativ harmlos, teilweise entwickeln sie sich zu echten Horrorvisionen. Und in letzter Zeit habe ich fast jede Nacht einen solchen Traum."

Ich bin selbst ein bisschen über meine Offenheit erschrocken.

Wenig erstaunt sagt Henry: „Deine Träume spiegeln nur wider, wer du am Tage bist. Sie sind nicht als eigenständige Fantasien zu betrachten. Sie haben schon in irgendeiner Form mit deinen Gedanken, Sorgen, Wünschen und deinem Wesen überhaupt zu tun. Im Grunde sind es ja deine Gedanken. Aber in Träumen werden Gedanken zu Erfahrungen. Vielleicht gibt es einige Dinge, die du noch nicht über dich herausgefunden hast. Dinge, die mit dir verbunden sind und nur darauf warten, von dir entdeckt zu werden. Oder würdest du ganz und gar unterschreiben, dass du weißt, wer du bist?"

Da ist er wieder, unser tiefgründiger Gesprächspartner, der alles aus dir herauskratzen will. Erinnert mich an einen Therapeuten, nur weniger an die Wissenschaft gebunden.

„Nein, das würde ich nicht. Aber wer würde das schon? Und was mir noch mehr Sorgen macht, ist … na ja wie soll ich das erklären … Dass diese Träume mir auch am Tage Streiche spielen.

Und nicht nur Streiche, sie machen mir Angst, eine unheimliche Angst. Ich weiß, das ist schwer zu glauben, aber manchmal ist mein Wachzustand mit dem Träumen verknüpft. Fühlt sich an wie eine Halluzination. Nur dass ich irgendwie weiß, ich sollte mich davor hüten und weglaufen, denn sonst holt sie mich ein. Ich spüre, dass etwas Schlimmes geschieht, wenn das passiert."

In meinem Kopf hole ich die Erinnerungen an den schwarzen Mann hervor und an seine Hetzjagd auf mich. Auch die alte Dame mit dem komischen Hut wollte mich umbringen. Ich weiß nur nicht, wie ernst das zu nehmen ist. Das kann nicht real gewesen sein. Aber ignorieren könnte ich es nicht, denn ich weiß instinktiv, dass diese Gestalten todgefährlich sind. Aber davon erzähle ich Henry nichts.

Henry sagt: „Okay. Das erklärt zumindest, wieso du so aufgelöst bist. Ich kenne mich da nicht so genau aus, hört sich aber schlimm an. Was ich dir aber sagen kann: Deine Chance liegt in dem, was man wohl allgemein als Wahrheit bezeichnen würde. Diese Visionen, oder wie ich es nennen soll, haben nur ein Ziel, sie wollen dich von dem ablenken, was gerade um dich herum ist. Ich kann dir leider im Augenblick nicht viel helfen. Aber lass mich dir erzählen, worauf mich das bringt. Und dann mache ich dir einen Vorschlag."

Ein kurzer Augenblick der Wortlosigkeit, denn Henry zieht an seiner Pfeife. Und mit den nächsten Worten entlässt er zeitgleich den Rauch aus seiner Lunge.

„Also, was ich sagen will, ist, wir leben in einem Zeitalter gnadenloser Produktivität, das ist klar. Wir haben viele fleißige Arbeiter. Das ist auch erst mal so in Ordnung. Aber, und das ist alles andere als in Ordnung, sie werden beraubt! Sie werden der Wahrheit beraubt, belogen und in die Irre geführt. Diese ehrlich arbeitenden Menschen verdienen es aber, die Wahrheit zu erfahren. Doch dadurch würde sich alles verändern. Sie würden etwas beanspruchen, was im Moment nur den Wenigen gehört, die die Wahrheit kennen. Aber okay, ich schweife schon ab."

Henry versucht, seine Gedanken zu ordnen und den richtigen Anfang zu finden. Und was könnte da besser helfen als ein kräftiger Zug an seiner alten Pfeife?

„Ich selbst kenne auch nicht die ganze Wahrheit, aber ich weiß eines mit einhundertprozentiger Sicherheit: Wir alle werden getäuscht. Ständig werden wir dazu ermutigt, an die Zukunft zu denken oder in vergangenen Erinnerungen zu schwelgen. Alles schön und gut. Aber der einzig wahre Punkt, an dem Raum und Zeit aufeinander treffen, ist das Hier und Jetzt. Alles andere sind entweder Annahmen über zukünftige Gegenwarten oder Rekonstruktionen vergangener Gegenwarten. Aber das ist nicht echt. Was wirklich passiert ist, dass du aus deiner gegenwärtigen Perspektive im Hier und Jetzt überlegst, was schon einmal passiert ist oder was noch passieren könnte. Wie oft werden wir in den Nachrichten an Terroranschläge oder Völkermorde eines vergangenen Jahrhunderts oder zumindest vergangener Jahrzehnte erinnert. Wenn doch in unserer Zeit ähnliche Probleme zu lösen sind. Der Zweck besteht darin, dich von der Gegenwart wegzuführen. Du sollst lieber dem Todestag eines beliebten Schauspielers oder dem hundertjährigen Jubiläum eines Massenmords gedenken."

Henry redet sich schon jetzt in Rage. Sonst wirkt er ja immer so gelassen. Er sieht mich nicht an, nur ein paar kurze Blicke treffen mich am Anfang einiger Sätze. Ich lasse ihn weiter reden.

„Und weil diese zeitliche Verschiebung nicht ausreicht, ziehen sie uns auch noch in eine andere räumliche Realität. Die modernen Medien berichten doch von jedem kleinsten Unfall auf der ganzen Welt. Aber die wohl größte Funktion in der Verschiebung unserer räumlichen Vorstellung dürften die beliebten Serien und Filme sein, die uns wegführen von dem Ort, an dem wir gerade sind. Dabei ist das Hier und Jetzt der einzige Zustand, der uns Kontrolle ermöglicht und in dem wir handlungsfähig sind. Und genau das sollen wir eben nicht sein. Vorstellungen von anderen Orten leiten unsere Gedanken von uns weg. Man lenkt uns ab von unserer Gegenwart, unseren Möglichkeiten. Bilder von fremden Frauen führen uns weg von der Frau, die wir wirklich haben könnten. Fiktive soziale Interaktionen lenken uns ab von den Freundschaften, die wir knüpfen könnten. Wir schauen anderen in ihren intimsten Momenten dabei zu, wie sie ihre Gefühle ausdrücken, während wir uns selbst für unsere eigenen schämen. Wir Simulieren also

Situationen aus anderen Zeiten, an anderen Orten, werden weggetragen von unserem Selbst, das nur im Jetzt leben kann. Wir lassen es allein, leblos. Es ist, als ob unser Geist den Körper verlässt, nur um woanders sein zu können."

Jetzt schaut er mal etwas länger zu mir rüber, wahrscheinlich auf eine Reaktion von mir wartend. Doch ich weiß nicht, was ich sagen soll, er redet so schnell. Seine Antwort auf meine fehlende Reaktion ist ein Wölkchen Rauch, das er in die Luft entlässt.

„Schlussendlich bändigen sie damit unsere innere Energie, indem sie dafür sorgen, dass wir sie projizieren in andere Zeiten und an andere Orte. Dieses Spiel geht aber noch weiter. Das mächtigste Objekt, was unsere Energie gefangen hält, ist das Symbol. Symbole können jede Art von Energie zähmen. Stell dir vor, wir wollen verhindern, dass Menschen den ganzen Verschwörungstheorien, die eventuell Ansätze der Wahrheit abbilden könnten, Glauben schenken. Dann binden wir sie einfach an ein Symbol. Sehr beliebt ist zum Beispiel eine Pyramide mit einem Auge. Es geht gar nicht um das Symbol an sich. Nur darum, womit es gefüllt wird und unter welchen Umständen es präsentiert wird. Mit diesem Symbol bieten wir den Verschwörern zunächst ein Ventil für ihre Theorien und Ideen. Also steht unser Pyramidensymbol zum Beispiel jetzt für Verschwörungstheorien. Dann präsentieren wir es in den Massenmedien, in Musikvideos, in Filmen und so weiter. Und wenn es auch nur unterschwellig zu sehen ist. Dann vermischt sich der Verschwörungsgehalt des Symbols mit Begeisterung und Bewunderung für die ganzen Schauspieler und Musiker. Sie strahlen so eine Dominanz aus. Im Vergleich dazu fühlt man sich eher klein. Dadurch verbindet sich das Symbol mit der Vorstellung von Unterwürfigkeit oder zumindest Neid. Jedenfalls geht der ursprüngliche Inhalt und Zweck des Symbols verloren, aber trotzdem gab es ein Ventil für Theorien. So bändigt man das Bedürfnis nach tieferer Wahrheit und die Energie der Verschwörung."

Ich kann es nicht glauben. Woher hat Henry solche Ideen? Das klingt aber auch sehr verschwörungstheoretisch. Aber gnadenlos redet er weiter.

„Und das geht mit allem. Wir sind diese Energie, die gezähmt wird. Ihre Symbole fesseln uns in einem Kreislauf und halten uns unter Kontrolle. Stell dir vor, du hattest ein wunderbares Erlebnis, ein Erlebnis, das dich völlig die Zeit vergessen ließ. Und am Sonntag siehst du wieder in den Kalender oder denkst an die nächste Woche. Plötzlich sind alle Gedanken an den Montag gekoppelt, ein Tag, der natürlich unausweichlich ist. Dann entsteht wieder das Gefühl von Routine. Und das Erlebnis, welches dir so schön erschien, verliert seine besondere Bedeutung oder wird als leider nur selten möglich abgestempelt."

„Na ja, richtig traurig wird es erst, wenn sie Lebewesen mit neuer Bedeutung füllen. Auf einmal wird jedes Rind zu einem Steak, jede Autoritätsperson wird furchterregend und jeder attraktive Promi zu einem Sexsymbol. So funktioniert das Spiel. Das passiert alles in deinem Kopf. Auf den ersten Blick sind wir dagegen machtlos."

Was will er mir jetzt damit sagen? So richtig will ich das noch nicht verstehen. Henry ist und bleibt ein Rätsel für mich.

Ich sage: „Entschuldige, dass ich das Thema unterbreche, aber was ist das für eine große Narbe auf deinem Bein?"

Henry scheint über den Themenwechsel wenig überrascht und zieht seinen Bademantel ein Stück zu Seite und zeigt mir die Narbe. „Das war nur ein notwendiges Übel. Ich habe es überlebt", sagt er.

Das ist eine wenig zufriedenstellende Antwort. Aber bevor ich genauer nachfragen kann, sagt er: „Ich habe vorhin erwähnt, dass ich dir einen Vorschlag machen kann. Dort oben ist er." Henry deutet mit der noch immer qualmenden Pfeife auf die Spitze des Berges.

„Wie meinst du das, dort oben ist er? Was ist dort oben?"

„Na, mein Vorschlag. Du wirst dort oben etwas finden, das einige Fragen sicherlich beantwortet, aber eine Menge neuer aufwirft. Es wird dich sicherlich erschrecken, aber es kann dir helfen. Ein Geheimnis ist am Gipfel in einer Höhle verborgen. Du kannst es aufdecken, falls du willst. Die Entscheidung liegt völlig bei dir, genauso, wie die Entscheidung, in unseren Bus zu steigen, bei dir lag. Also, ich habe es dir erzählt, mehr werde ich dir dazu nicht sagen!"

Unglaublich. Ich hätte nicht gedacht, dass unser Gespräch es schafft, tatsächlich noch rätselhafter zu werden.

„Aber lass uns doch mal über was Schönes reden." Henry legt die Pfeife beiseite und fährt fort: „Milly gefällt dir, nicht wahr?" Mit einem dicken Grinsen im Gesicht schaut er mich erwartungsvoll an.

Na endlich, etwas Greifbares, über das man reden kann.

„Ja, sie ist der Wahnsinn, und ich habe sie wirklich sehr gern. Sie hat einfach eine unfassbare Ausstrahlung."

Und Henry dreht sich wieder zum See und verliert sich in eigenen Erinnerungen: „Ah ja. Ich finde, die Ausstrahlung einer Frau ist wie die Atmosphäre einer Landschaft. Es hat damit zu tun, was das Auge sehen kann, und doch ist es mehr, als es zu sehen vermag."

Er kann manchmal wirklich so ein Möchtegernpoet sein. Henry füllt wieder seine Pfeife mit Tabak und raucht beinahe die ganze Zeit hindurch.

Kurz nach Mittag kommen Milly und Marvin zurück mit einem Korb voller Beeren. Was für eine Freude, sie haben also tatsächlich welche gefunden. Zusammen bereiten wir uns eine Joghurt-Beeren-Mahlzeit und genießen sie in der Dämmerung. Milly erzählt, was sie so alles gesehen haben. Marvin isst schweigend. Henry hört zu. Und ich blicke kauend auf den Gipfel des Berges. Was ist da oben?

Die blaue Höhle

Es ist schon wieder eine Nacht vergangen, und langsam erhebe ich mich aus dem Bett. Die Sonne scheint ziemlich stark durch das Fenster rein und lässt das Zimmer grell leuchten. Ich gehe runter und sofort nach draußen. Da sehe ich sie alle drei. Henry, Milly und Marvin.

„Na, du Langschläfer!", sagt Milly. „Du kannst doch nicht immer nur schlafen. Sie dir das hier draußen doch mal an. Da lohnt es sich doch beinahe gar nicht erst, ein Auge zuzumachen."

„Ja. Ich hätte nichts dagegen gehabt, wenn ihr mich geweckt hättet", sage ich und meine es auch wirklich so. Schlaf bringt mir nichts mehr, er quält mich nur. Henry sagt: „Komm. Iss erst mal was mit uns!"

Auch wenn es nach einem wundervollen Tag aussieht, fühle ich mich ganz und gar nicht so. Vielmehr macht sich in mir eine tiefe Unruhe breit. Ich kann einfach nicht verstehen, was mein Problem ist. Mir sollte es doch hier gut gehen. Das mit Milly könnte das Beste sein, was mir je passiert. Warum kann ich nicht zufrieden sein? Irgendetwas in mir lässt mich nicht und stört meinen Frieden. Das war schon immer so. Und in den letzten Tagen plagt mich mein Gemüt noch stärker. Ich spüre tobenden Hass auf das Schicksal, da es mir mein Glück nicht gönnt. Träume sollten doch Wünsche, Hoffnungen und Erwartungen an eine gestaltbare Zukunft sein. Nicht meine, meine machen mich lieber fertig.

Schweigend sitze ich da, mal wieder in meinem Kopf verloren. Und erneut wird mir bewusst, was sich alles in mir über einen so langen Zeitraum angestaut hat, was ich alles in mir vergraben habe, weil ich nicht weiß, wie ich es aus mir herausbekomme. Liebe, Angst und Trauer. Diese überfordernden, intensiven Gefühle sind viel zu viel für nur einen Kopf. Aus diesem Grund und wie zur Antwort ändert sich etwas. Zu meiner eigenen Überraschung projiziert sich der innere Konflikt auf einmal nach außen und lenkt meine Augen an eine ganz bestimmte Stelle in der Ferne. Der Gipfel. Es fühlt sich an, als ob er gerade nach mir gerufen hätte.

„Ich werde heute eine kleine Wanderung antreten", sage ich. „Und zwar allein."

„In Ordnung, niemand wird dich daran hindern", sagt Henry und klingt dabei nicht sehr überrascht von meinem Vorhaben.

Merkwürdigerweise überrascht es niemanden. Millys Gesichtsausdruck verrät, dass sie meine Idee gut findet, aber auch, dass sie besorgt ist. Doch warum besorgt? Vielleicht wegen meiner unausgeglichenen Verfassung? Von den Träumen habe ich ihr erzählt. Aber von meinen tiefen Ängsten und Verwirrungen nicht. Trotzdem scheint sie das irgendwie zu spüren oder zu vermuten oder mir anzusehen.

Als die Sonne ihren höchsten Punkt im Himmel gefunden hat, breche ich auf. Es fühlt sich fast wie ein Abschied an, komisch. Hinter mir sitzen die drei auf der Terrasse. Während ich am See vorbeilaufe, drehe ich mich noch einmal um und lächle ihnen entgegen. Der Moment mutet so dramatisch an, dass ich fast lachen muss. Fehlen nur noch Geigen und Trompeten, die die Sehnsucht nach der Ferne noch deutlicher werden lassen. Aber deutlicher, als es jetzt ist, geht es für mich kaum.

„Einen guten Aufstieg!", ruft Henry mir hinterher. Dann zieht er wieder an seiner Pfeife. Dankend hebe ich die Hand und drehe mich wieder in Richtung des Gipfels. Um die drei mache ich mir keine Sorgen. Die werden sicherlich einen schönen Tag am See verbringen. Doch ob ich den Weg zum Gipfel finde, dessen bin ich mir noch nicht ganz sicher.

Ich beginne meinen Weg am Fuß der Anhöhe, wo der kleine Pfad mich durch Gras und Bäumen nach oben führt. Von der Anhöhe aus werfe ich erneut einen letzten Blick auf den See, die Hütte und meine drei Urlaubsgefährten, wenn man das hier überhaupt einen Urlaub nennen will. Sie heben alle gleichzeitig die Hand und winken. Ich, der Fremde, den sie am Straßenrand aufgegabelt haben, steht jetzt im Mittelpunkt. Dieser Gedanke und ein Gefühl von Dankbarkeit durchfahren mich. Ich hebe auch kurz die Hand und wende mich wieder meinem bevorstehenden Aufstieg zu.

Ich folge der breiten Sandstraße, die mich in Kurven weiter nach oben geleitet, bis sie mich an den Trampelpfad bringt, den wir am zweiten Tag nach meiner Ankunft auch genommen hatten. In diesen biege ich jetzt ein. Ich muss besonders auf meine Schritte aufpassen, denn die Steine, Felsen und tiefen Risse in der Erde sorgen für eine ernsthafte Stolpergefahr. Teilweise schreite ich von Fels zu Fels und von Kante zu Kante über die Risse hinweg. Ich klettere die Felsstufen hinauf, ich erklimme steile Wiesenflächen. Teilweise ist es, als ob Henry vor mir ginge und mir den Weg weisen würde. Die Luft hier riecht so herrlich frisch, und die Gräser und Sträucher versprühen einen belebenden Duft.

Schon bald erreiche ich den Ort, an dem wir bei der ersten Wanderung gerastet hatten, auf einer kleinen Landzunge. Ich setze mich auf einen Felsen und blicke hinab auf das weite Tal tief unter mir. Eigentlich bietet dieser Fels ein geeignetes Sitzplätzchen für zwei Personen, denke ich mir. Ich krame aus dem Rucksack eine Flasche voll Wasser hervor und lösche damit meinen Durst. Die Sonne wärmt mich trotz des kühleren Windes, der hier oben herrscht.

Ich verstaue die Flasche im Rucksack, werfe diesen hinten auf meinen Rücken und gehe weiter. Der Aufstieg wird holpriger und schwieriger, und ich muss noch genauer auf meine Füße aufpassen. Mehrere Momente der Erschöpfung später stehe ich dort hoch oben an einer Felskante und blicke hinauf. Der majestätische Berg präsentiert seinen Gipfel genau in meinem Sichtfeld. Ich zögere nicht lange und wage den Weg weiter auf ihn zu.

Es wird spürbar, wie die Luft immer dünner wird und man selbst ein größeres Sauerstoffbedürfnis entwickelt. Als ich an eine Klippe gelange, die ziemlich schmal ist und wo links neben mir nichts weiter ist als ein unendlicher Abgrund, gehe ich langsam und besonders bedacht voran, aber nicht unsicher oder todesängstlich. Ich kämpfe mich um einige große Pfützen herum, die der

Regen wohl hier oben liegen gelassen hat und die fast schon die Größe von kleinen Tümpeln haben. Es muss wohl ein Regen gewesen sein, der unten bei uns nicht angekommen ist. Alles ist geräuschlos, bis auf den Wind, der mir ständig um die Ohren pfeift.

Sobald ich den höchsten Punkt weit und breit erreicht habe, lasse ich den Rucksack von mir abfallen und bestaune den Ausblick. Plötzlich fühle ich mich erhaben über die ganze Umgebung, als ich vom Gipfel aus die Landschaft unter mir sehe. Ich strecke meine Arme zur Seite aus und biete dem Wind meine ganze Körperfläche. Alles von mir flattert im Wind. Ohne an den Rückweg zu denken, trinke ich die ganze Flasche Wasser in einem Zug aus. Gleich darauf untersuche ich die gesamte Fläche des Gipfels.

Welches Geheimnis soll nun hier oben versteckt sein? Was meinte Henry damit? Sorgsam beschaue ich die Felsen und den Boden von allen Seiten, um nach Hinweisen zu suchen, aber ich kann einfach nichts finden. Verzweifelt beschließe ich noch genauer hinzusehen, es könnte sich um ein kleines Detail handeln, das mir etwas verrät. Henrys Worte spielen sich endlos in meinem Kopf ab, auch sie untersuche ich auf Hinweise. Bis mir schließlich ein leicht erhobenes Stück Gras ins Auge fällt. Es ist vielleicht einen Meter breit und befindet sich an einer Schwelle zum Abgrund. Als ich dort bin, bemerke ich, dass ich von dieser Kante aus einen Fuß auf einen weiter unten liegenden Felsen stellen kann. Wenn ich hier fallen würde, würde ich nicht in den tiefsten Abgrund fallen, aber lebensbedrohlich tief.

Ich lasse mein zitterndes Bein von der Kante hinunter auf die kurze Felsspitze und stelle auch meinen anderen Fuß dicht daneben. Meine Hände krallen sich oben in eine Lücke zwischen den Gesteinen, die wohl die Natur geformt hat. Sie erhalten mein Gleichgewicht. Die Erhebung hat nicht zu viel versprochen, denn was ich dann sehe, lässt mein Herz voller Aufregung schlagen: eine schmale Spalte, die ins Dunkel führt und durch die ich gerade so hindurchpasse. Soll ich oder soll ich nicht? Es könnte wirklich gefährlich sein und sich am Ende möglicherweise als nichtig herausstellen. Aber dafür bin ich doch hier. Deswegen bin ich hier hochgekommen und dem Ruf des Berges gefolgt. Das kurze Zweifeln hält nicht lange an und führt mich letztlich zu dem Entschluss, dort hineinzukrabbeln. Auf einmal macht mich irgendetwas sicher, dass es sich hierbei um das versprochene Geheimnis handelt.

Von innen lockt ein blauer Schimmer, der durch den Spalt dringt. Mit Mühe und etwas Quetschen zwänge ich mich hindurch, auch wenn ich dafür ein paar leichte Risse an meiner Kleidung in Kauf nehmen muss. In der Dunkelheit und trotz des Schimmers ist es mir unmöglich zu sehen, wo der Durchgang dieses Spaltes endet. Deshalb falle ich auf der anderen Seite überraschend zu Boden, nicht besonders elegant und auch nicht schmerzfrei, denn der Boden ist aus Stein. Ruckartig reagiere ich mit einem Hustenanfall, ich muss wohl Staub eingeatmet haben. Als ich wieder zu mir komme, erhebe ich mich langsam und versuche mich zu orientieren.

Wo ist der blaue Schimmer?

Mit den Händen taste ich in der Luft herum, während ich Schritt für Schritt auf die Dunkelheit zugehe. Die Augen taugen hier nichts, ich muss mich auf die anderen Sinne verlassen. Wenn ich genau hinhöre, ist ein leichter Windzug zu vernehmen, etwas weiter weg von mir. Meine Füße schreiten bedacht voran, immer gefasst, dass ich jeden Augenblick gegen eine Wand stoßen könnte. Ein staubiger, alter Geruch erreicht meine Nase. Ich folge weiter dem Geräusch des Windes, welches nun immer näher rückt. Und dann bleibe ich stehen, wie gelähmt. Ein heller Punkt zeigt sich in der Ferne. Mit aller Konzentration versuche ich, meine Augen darauf zu fokussieren. Aber es bleibt ein unerklärbarer, heller Punkt, der gleichzeitig Furcht und ungeheure Neugier in mir weckt.

Was erwartet mich dort?

Sobald ich näherkomme, stellt sich heraus, dass es sich um Tageslicht handelt, welches von oben durch ein Loch hereinfällt. Aber was mich vielmehr verblüfft ist das, was es erhellt, nämlich mehrere Fackeln, Brennöl und Zündhölzer. Also gehe ich dieser Aufforderung nach, die mir durch diesen Ort gestellt worden ist, und entzünde eine der Fackeln. Sie sieht aus, als könnte sie ewig brennen. Nun bin ich auf Tageslicht nicht mehr angewiesen, ich habe mein eigenes. Und so, wie ich durch die Finsternis wandle, bin nun ich der Lichtpunkt in der Ferne, der geheimnisvolle Rätsel aufgibt.

Durch das Feuer kann ich nun sehen, dass der Gang, durch den ich gelaufen bin, recht schmal ist und alle Wände aus Stein sind. Ich folge dem Gang wieder zurück, denn das scheint der einzige Weg. In der Nähe des Spaltes, durch den ich gekommen bin, tut sich zu meiner Linken ein neuer Gang auf. In diesen biege ich ein. Obwohl mir in diesem Augenblick unzählige Fragen durch den Kopf schießen, die diese Höhle hier betreffen, weiß ich nur, dass die Antwort irgendwo am Ende des Tunnels auf mich wartet. Erstaunlich, wie verschieden dieses Gestein von dem ist, was ich sonst kenne. Es sieht so unbeschreiblich alt aus und irgendwie hat es eine andere Struktur, aber das könnte ich mir auch bloß im Lichte der Fackel einbilden.

Dann sehe ich es wieder, und das bilde ich mir gewiss nicht ein: das blaue Licht am Horizont. Das hat den Schimmer erzeugt. Ich steuere geradewegs darauf zu, das ist der Weg, den ich gehen muss. Da lauert das Geheimnis und seine Antwort, das spüre ich. Und ich werde nicht einmal daran denken, wieder umzudrehen. Meine leichte Abwehrhaltung, mit der ich durchs Dunkle gegangen bin, hat sich aufgelöst. Stattdessen gehe ich schneller, denn ich will einfach nur noch wissen, was das blaue Licht für mich bereithält. Nur noch ein paar Schritte, dann bin ich dort. Gleich werde ich es sehen. Ich frage mich nicht, was das schon Besonderes sein soll. Ich werde davon angetrieben, und diese unheimliche Anziehungskraft, die von dort ausgeht, wird keiner Frage gerecht. Jetzt gilt es einfach nur, nicht zu zögern.

Die Quelle des blauen Schimmers ist ein riesiger Raum. Das Wort Raum trifft es aber nicht. Es ist vielmehr eine riesige Halle, ein unvorstellbarer Rundbau. Rechts und links führen Treppen an der Wand entlang im Kreis nach unten, perfekt symmetrisch. Sie führen tief in den Berg hinein. Die Wände sind es, die das blaue Licht scheinen lassen und damit den ganzen Ort erleuchten. Es geht so weit runter, dass man den Boden nicht genau sieht.

Ich gehe geradeaus weiter auf einer Art Brücke in den Raum hinein. In der Mitte befindet sich eine große, ebenfalls runde Plattform, von Wänden umgeben. Der Wandkreis ist nur an der Stelle offen, an der man die Plattform betreten kann, und das tue ich. Ich stehe jetzt genau in der Mitte von allem und beschaue das Gestein. Es hat wirklich eine andere Struktur und eine andere Farbe, irgendwie dunkler. Aber ehe ich mir darüber Gedanken machen kann, entpuppt sich das Geheimnis. Ein heller Schein taucht auf dem Boden auf, er ist auf mich gerichtet und umgibt mich. Die Farbe ist unmöglich in nur einem Wort zu beschreiben, und meine Gefühle sind es auch nicht. Fester umgreife ich die Fackel, um mich daran festzuhalten. Kurz darauf wandert der Schein von mir weg und in Richtung der Wand, an welcher er sich hochzieht und sich nun als weißblauer, heller Kreis vor mir abbildet. Fühlt sich an, als ob er mich anstarrt.

Irgendwie muss ich meiner Verwunderung Ausdruck verleihen, weshalb aus mir herausbricht: „Was soll das?"

Schlagartig bewegt sich der Kreis auf der Stelle, verändert mehrmals seine Form. Dabei gibt er auch Geräusche von sich, fast als würde er sprechen. Es ist aber eher ein Murmeln in Tausenden verschiedenen Sprachen gleichzeitig. Ich werde das schaurige Gefühl nicht los, dass er mit mir kommunizieren will. Voller Unruhe zittert er auf einer Stelle. Jetzt habe ich ein paar Worte gehört, die mir bekannt vorkommen, gleich darauf aber wieder Worte in mehreren anderen Sprachen. Zu meinem eigenen Erstaunen bin ich relativ gefasst und voll Mut, als ich diesem Schein gegenüberstehe, in dieser geheimnisvollen Halle, dieser versteckten Höhle. Vielleicht denke ich, dass ich nur wieder träume. Aber wie dem auch sein mag, diese Erfahrung sprengt nicht meinen eigenen Horizont. Es kommt mir sogar irgendwie warm und vertraut vor, aber auf eine neue Weise. Ich habe keine Angst, überraschenderweise fühle ich mich willkommen.

Umgehend durchfährt mich ein Schreck, als der Kreis plötzlich aufhört, seine Formen zu wandeln, völlig still und reglos bleibt. Auf einmal nimmt er ein Gesicht an, ein vollkommen emotionsloses.

Es spricht langsam und tief: „Was soll das?"

Jetzt hat es wohl die richtige Sprache gefunden.

„Wo bin ich und wer bist du?", frage ich.

Langsam spricht es: „Ich beantworte dir keine Fragen. Dafür bist du nicht hier."

„Weswegen bin ich dann hier?", frage ich, und im gleichen Moment wird mir bewusst, dass ich wieder eine Frage gestellt habe.

Das Gesicht spricht: „Das, was für dich hier offensichtlich ist und was dich verwundert, ist bedeutungslos. Damit kannst und sollst du nichts anfangen. Es würde auch zu lange dauern, es in deiner Sprache zu erklären. Du hörst zu, bis ich aufhöre zu sprechen, und dann wirst du umgehend zurückkehren."

Da ich nicht völlig wortlos bleiben will, sage ich: „Einverstanden."

Ich bilde mir ein leichtes Grinsen in dem Gesicht ein. Habe ich dem Geheimnis etwa ein Schmunzeln entlockt?

„Du wurdest hergeschickt von einer Person, die ebenfalls den Weg hierher fand. Wir haben durchaus Kontakt mit euch und wir haben in gewisser Hinsicht Interesse daran, euch zu helfen. Nur ausgewählte Menschen kommen hierher, und sie werden und sollen eine Minderheit bleiben. Denn gemäß den Mechanismen der menschlichen Gesellschaft wird einer Minderheit nicht geglaubt, falls sie versuchen würde, uns zu entlarven."

Das würde also heißen, Henry war auch hier und hat das mit angehört.

Das Gesicht spricht weiter: „Du bist anders als die breiten Massen der Menschheit, du bist bereits Teil einer Minderheit. Aber damit verrate ich dir nichts Neues. Ein Fehlschluss wäre es nur, dein Wesen mit dem der Mehrheit zu vergleichen und festzustellen, dass du fehlerhaft bist. Doch leider wird genau das eintreten. Sie werden dir sagen, dass etwas mit dir nicht stimmt, dass du krank bist und Hilfe benötigst. Dabei bist du ihre Hilfe. Aber sie können nichts dafür, so funktioniert es nun mal. Du bist aber auch nicht in irgendeiner Hinsicht besser als sie. Du hast nur eine spezielle Funktion, mit der du leben musst."

Kurzes Schweigen, was ich nutze, um alles zu verinnerlichen. Ich komme dennoch nicht drum herum, an Henry zu denken und daran, dass er mich in ähnlicher Weise belehrt hat.

„Ihr könntet die menschliche Spezies als einen Organismus betrachten. Eure Verschiedenheit lässt sich teilweise in Typen von Menschen einordnen. Sie sind die Organe dieses Organismus. Und jedes einzelne Mitglied ist eine Zelle, die sich fortpflanzen muss, damit dieses Organ weiter am Gesamtwerk und am Leben mitwirkt. Das Organ, dem du angehörst, hat keine ausführende Aufgabe, sondern eher eine beratende. Du bist der Typ Mensch, der für das zuständig ist, was ihr heute Visionen nennen würdet und Aufklärung. Aufgrund deiner Empfänglichkeit für Details und geistige Strömungen ist es für dich und deinen wirren Kopf schwieriger, diese Aufgabe zu verstehen und sie anzunehmen. Aber du stehst noch völlig am Anfang deines Schicksals. Ihr lebt nicht für euch allein! Soweit wir wissen, funktioniert jede Art nach diesem Prinzip."

Nachdem das gesagt wurde, entschwindet das Wesen wieder in den Boden. Soll es das etwa schon gewesen sein? Aber nein, gleich darauf taucht es hinter mir auf der Wand wieder auf.

„Wir kommen mit ins Spiel, um euch zu zeigen, dass es noch eine Minderheit unter euch gibt, die ihre wirkliche Rolle nicht erfüllt. Diese Menschen verwenden ihr Wissen dafür, ihre Macht zu erhöhen, um im Organismus bis an die Spitze aufzusteigen. Sie halten sich für das Gehirn, denken, sie könnten alles kontrollieren und nur Vorteile daraus schöpfen. Abgesehen davon, dass dem nicht so ist, schaden sie euch allen. Und gemäß deiner Funktion ist es eine deiner Aufgaben, dich damit zu beschäftigen und darauf aufmerksam zu machen oder Ansätze für eine Gegenströmung zu entwickeln. Stell dir nicht die qualvolle Frage nach dem Sinn oder nach Gott. Ich kann dir sagen, dass es mehrere Spezies gibt. Einige ähneln euch, andere nicht. Ihr seid nicht allein!"

Jetzt dreht sich das Gesicht auf der Wand im Bogen nach rechts und verweilt dort.

„Eines musst du noch wissen, egal ob es noch weitere Fragen aufwirft. Irgendwo zwischen der körperlichen Erregung in eurem

Gehirn und den Rückschlüssen, die ihr zieht, also worauf ihr eure Erregung zurückführt, liegt eine Energie. Diese Energie ist besonders, denn sie macht euch aus. Diese Energie ist ihr Ziel, darüber seid ihr manipulierbar. Wenn man eure Welt einmal so betrachtet, kann man sich gar nicht retten vor Bildern, die dazu gedacht sind, dass ihr eure Erregung ihnen zuschreibt. Ihr projiziert eure eigene Kraft auf diese Bilder. Bilder von Nahrungsmitteln, Spielzeugen und unnatürlichen Geschlechtspartnern."

„Überall ist der Mensch dieser Ablenkung ausgesetzt und investiert dafür sogar seine eigene Energie, sein Wesen. Es ist egal, ob die Ingenieure dieser Täuschung das mit Absicht machen oder nicht. Aber die Wirkung bleibt dieselbe: Ihr werdet regelrecht entkernt."

Die Ingenieure? Damit muss er die Minderheit meinen, die sich für das Gehirn hält.

„Wir wissen, dass dein Typ Mensch etwas mit diesen Informationen anfangen kann. Ihr müsst. Verbreite sie nicht leichtfertig, sonst wirst du für nicht vertrauenswürdig gehalten oder euer Gleichgewicht bricht in einer Panik auseinander. Gehe verantwortungsvoll mit deinen Mitteln um. Warum wir euch helfen, soll dich ebenfalls nicht weiter belasten. Wir planen nichts, das euch schadet. Aber dieser Anstoß ist notwendig, um das Gleichgewicht, das für eine gesunde Weiterentwicklung der Menschen erforderlich ist, zurückzuholen. Ihr werdet das schaffen, wie ihr es schon mehrmals geschafft habt. Wenn du denkst, jemand anderes sollte diese Botschaft hören, schick den Menschen her. Aber triff auch diese Entscheidung nicht leichtfertig, unsere Tore stehen nicht allen offen. Du bist wohlbehalten hergekommen, weil wir das so wollen."

Und mit diesen Worten wandelt sich das Gesicht wieder zu einer Lichtscheibe und wandert in den Boden zurück, wo das Licht verbleicht.

Ich bin sprachlos. Aber ich bin am Leben und fühle mich auch lebendig. Und sprechen muss ich im Augenblick auch gar nicht. Es ist erschreckend. Furchtbar und schön zugleich. Ich habe immer gewusst, dass es noch mehr gibt, dass da etwas ist. Ich wusste nie, was es ist. Aber ich konnte es spüren. Ohne es würde alles keinen Sinn machen. Es muss einfach so sein. Ich habe es immer gewusst, immer! Doch was tun mit diesem Wissen? Es löst sich nicht plötzlich alles in Wohlgefallen auf, nur aufgrund eines einzigen Besuchs in einer Höhle, nur aufgrund einer einzigen Erkenntnis. Ich kann ja nicht mal richtig beschreiben, was es eigentlich ist oder was es zu bedeuten hat.

Obwohl … und dann kam es mir wie ein Schauer den Rücken herunter. Eigentlich ist es genau das, wonach ich gesucht habe. Das hier ist der Anfang, die Quelle von allem. Die Erkenntnis. All das, was mich als Person ausmacht, hat mich hierher geführt. All diese Gedanken, Zweifel und Zwänge. Alle qualvollen Träume und die Angst davor, dass ich anders bin als die anderen und niemals so glücklich sein könnte wie sie. Das hat mich hierher gebracht, an diesen Ort des Ursprungs. Und das allein reicht aus. Jetzt kenne ich meine Aufgabe. Ich muss akzeptieren, was mich in dieser Welt gefangen hält. Ich muss damit umgehen und lernen, es zu benutzen. Das bin ich, und es wird niemals anders sein. Ich kann dieses Wesen nicht verändern, aber ich kann es steuern. Jetzt habe ich das Ziel klar vor Augen, und es ist ebenso brutal wie simpel.

Ich muss einfach ich selbst sein. So banal, wie es klingt, ist es aber nicht. Eine riesige Kette von Ereignissen und Hindernissen hat mich erst zu dieser Erfahrung bereit erklärt. Und diese Aufgabe hat mehr zu bedeuten, als es zuerst den Anschein hat. So fühlt es sich zumindest an. Und ich bin dankbar. Dankbar dafür, dass ich endlich eine Orientierung habe. Mehr brauchte ich nicht. Und ich werde beweisen, dass diese Zielstellung nicht annähernd so pseudophilosophisch und trivial ist, wie sie klingt.

Diese Höhle und diese Lichterscheinung wirken wie eine Fantasie, wie in einem schlechten oder guten Science-Fiction-Film. Aber wieso soll es deshalb nicht echt sein? Hat nicht jede Idee, jede Vorstellung, jeder Gedanke seinen Ursprung, seinen Kern Wahrheit, seine Daseinsberechtigung? Kraftlos sinke ich zu Boden und habe auf einmal das Gefühl, genauso darin zu verbleichen wie die weißblaue Lichtscheibe. Das helle Licht wird schwarz und ich …

Ich wache wieder auf, am Rand des Sees. Es ist Nacht und ich bin wieder zurück. Nur dass ich mich nicht erinnern kann, den ganzen Weg wieder zurückgekommen zu sein. Kaum kann ich überhaupt annähernd verarbeiten, was ich gerade erlebt habe, erscheint die wütige Gestalt, die damit ein Problem zu haben scheint. Der schwarze Mann steht direkt neben mir und zeigt seine tiefe Verachtung für mich, indem er ein teuflisches Heulen von sich gibt, direkt in mein Ohr.

Diesmal gibt es kein Entrinnen, er hat mich. Seine grässliche Stimme direkt in meinem Ohr zu hören, konfrontiert mich mit der tiefsten Angst, die ich je erlebt habe. Er ist der böse Einbrecher, vor dem ich mich als Kind gefürchtet habe, er ist der böse Wolf aus den Märchen und Kindergeschichten, und die alte Dame hinter ihm mit dem schrillen Lachen ist die Hexe. In Anwesenheit dieser beiden Todesgestalten, die den Innbegriff alles Bösen und Schrecklichen hinter mir erlebbar machen, befinde ich mich auf Knien und bis zur Hüfte im Wasser, wie gelähmt.

Der schwarze Mann lässt ein neues Heulen los und packt mich mit seinen scharfen Fingern am Nacken und drückt meinen Kopf mit überwältigendem Druck nach unten ins Wasser. Das Wasser ist schwarz, alles ist dunkel. Aber es schützt mich nicht davor, die alte Frau hinter mir trotzdem lachen zu hören. Das Lachen dringt durchs Wasser hindurch bis in meine Ohren, und es wird lauter, sobald die Hand mich wieder an die Oberfläche zieht, wo ich in Todesangst nach Luft schnappe. Der kräftige Arm reißt meinen Kopf zur Seite, sodass ich dem Schrecken persönlich ins Gesicht sehen muss. Aber da ist kein Gesicht, nur Verachtung und Hass.

Blitzartig wird mein Kopf erneut in die flüssige Finsternis getaucht. Ich versuche, mich zu wehren, aber ich bin völlig machtlos. Er hat mein Leben im wahrsten Sinne des Wortes in der Hand. Er zieht mich hoch, wenn ich nicht mehr kann, nur um mich erneut unterzutauchen. Dann habe ich lautes Heulen und Lachen zu ertragen, bevor ich wieder nicht atmen darf.

Aus Erfahrung weiß ich, dass mir wohl niemand zu Hilfe eilen wird, nicht Marvin, nicht Henry, nicht Milly. Doch zwischen dem Heulen und Lachen und dem dumpfen Brummen unter

Wasser höre ich eine Stimme. Ist das Milly? Ich neige meinen Kopf unter Wasser in Richtung der Hütte und sehe Licht. Die Stimme kommt näher, und ich halte es nicht mehr länger ohne Luft aus. Deshalb zieht mich die Hand wieder nach oben. Ich schnappe instinktiv so heftig nach Luft, dass ich in starkes Husten ausbreche.

Die Hand fühlt sich auf einmal nicht mehr so scharf und fest an, sie ist jetzt sanft und weich. Und sie ist tatsächlich da, um mich zu retten und drückt mich an den Körper, dem sie gehört. Es ist Milly, und sie hat mir das Leben gerettet. Sie bringt mich zurück an Land. Dort sacke ich zu Boden und sehe nur noch, wie sie mit Tränen in den Augen auf mich herabblickt und versucht, mich mit ihren Berührungen zu wärmen. Und sie sieht mich, wie ich ebenfalls mit Tränen in den Augen einschlafe.

CIMERIES

Piep, piep. Die Maschine versucht immer noch, Kopps Sohn am Leben zu erhalten. Jedoch verlassen ihn die Kräfte, und er kann dieses Spiel nicht mehr länger fortfahren, weshalb Kopp so schnell wie möglich hierher gerufen wurde.

Der Arzt sagt: „Ich stehe draußen vor der Tür, wenn Sie mich brauchen sollten."

Kopp antwortet mit einem zögernden Kopfnicken, woraufhin der Arzt den Raum verlässt. Er setzt sich an den Rand des Bettes und sieht seinem Sohn ins Gesicht. Der Überlebenswille scheint seinen Körper bereits verlassen zu haben, denn es besteht keine Hoffnung mehr darauf, zu leben. Stattdessen bereitet der Körper ihn auf einen langen Schlaf vor, indem er immer ruhiger wird und schrittweise immer langsamer arbeitet.

Kopp nimmt ein letztes Mal seine Hand und versucht sich darauf einzustellen, dass er akzeptieren muss, wie es ein Ende nimmt. Doch so sehr er sich auch anstrengt, akzeptieren kann er es nicht. Es ist einfach nicht fassbar, dass er nie wieder mit ihm sprechen und mit ihm etwas zusammen unternehmen wird. Er wird nie die Frau seines Sohnes kennenlernen, nie sehen, wie sie vor dem Altar verbunden werden, und er wird nie Großvater sein und das unbeschreibliche Glücksgefühl erleben, dass der Mensch, den man in die Welt gesetzt hat, auch einen Menschen in die Welt setzt.

Unweigerlich muss er auch an seine Frau denken und daran, was sie wohl jetzt sagen oder wie ihr Gesicht aussehen würde. Auch sie kann ihn nicht trösten, niemand kann das. Beide lassen ihn allein zurück. Ist es etwa egoistisch, so zu denken?

Ins Leere spricht er: „Ich weiß nicht, wie ich mich richtig verabschieden soll, dafür habe ich keine Worte. Deine Mutter hätte sie bestimmt, sie hatte immer und für alles eine passende Formulierung."

Nichts, was er jetzt sagen könnte, würde Joel hören. Und nichts davon würde ihn selbst befriedigen. Es gibt nichts, was er jetzt tun kann, dass ihm irgendwie helfen würde. Hilflos und hoffnungslos sitzt er auf der Kante und betrachtet den beinahe leblosen Körper. Schließlich entscheidet er sich für einen Abschied, indem er den Oberkörper seines Sohnes aufrichtet und fest an sich drückt.

Die letzten Worte, die er an ihn richtet, sind: „Ich hoffe, wir sehen uns bald wieder!"

Daraufhin legt er dessen Oberkörper wieder sanft auf das Bett zurück. Er steht auf und geht aus dem Zimmer, wobei er noch einmal einen letzten Blick auf den anderen Patienten schweifen lässt, der wieder einfach nur so da liegt und schläft. Der kleine Junge mit der organisch bedingten Psychose.

Der Arzt drückt ihm sein aufrichtiges Beileid aus. Kopp antwortet wieder mit einem Kopfnicken und verlässt das Krankenhaus. Mit seinem Auto begibt er sich wieder auf die Landstraße. Die Fenster sind ein Stück geöffnet, um frische Luft nach drinnen zu ziehen. Das Radio ist ausgeschaltet. Nur der Windzug ist zu hören.

In seinem Geiste tauchen noch immer die Bilder auf. Bilder von Joels Mutter, seiner Geburt, Einschulung und von den besten Momenten, die sie zu dritt miteinander geteilt hatten. Joel ist nicht einfach weg, viel schlimmer, sein Verlust wird immer durch den Raum schweben und Kopp verfolgen. Die endgültige und überdauernde Abwesenheit dieses geliebten Menschen ist das, was von ihm übrig geblieben ist. Jedweder Gedanke an Joel wird von nun an mit Schmerz verbunden sein und ihn daran erinnern, dass das Leben dieser Person für immer in der Vergangenheit liegen wird. Das sind zumindest die Empfindungen, die momentan auf seinem Gemüt lasten.

Aber ruckartig, so, als würde man im Fernsehen den Kanal wechseln, projiziert Kopp seine Gefühle darauf, dass er noch immer eine Mission zu erfüllen hat und dass Smirrel und alles, was dahinter steht, dafür bezahlen wird. Und wenn es anfangs noch Bedenken darüber gab, dass diese Galerie viel zu einfach zu finden war und die Informationen darüber für diese Form der Verschwörung viel zu ungeschützt waren, so sind diese nun verschwunden. Jetzt ist kein Platz mehr für Bedenken, dafür ist es zu spät. Das Handeln muss nun in den Vordergrund rücken.

Und Kopp weiß, dass er noch zu einem Schlag ausholen muss, wenn er die ungeteilte Aufmerksamkeit des Vaters der Graubrüder für sich gewinnen will. Und wie macht man solche Menschen auf sich aufmerksam? Nicht nur, indem man ihnen die 3 Hauptmitglieder nimmt. Man muss ihnen etwas entziehen, dass für sie wirklich wichtig ist, Geld. Und wie das Schicksal so spielt, hat Kopp durch seinen Kontakt die perfekte Gelegenheit dazu. Heute soll ein Geldtransport stattfinden. Cimeries selbst, der letzte Bruder im Bunde des Bösen, soll wohl einen Geldtransport organisieren. Je mehr Bares versteckt werden kann, desto weniger auffällig sind die hohen Zahlen auf den Konten. Und Kopp hat nun Informationen, wo der Transporter abgeholt werden soll.

An den ersten Angriff auf Marduk will er sich schon gar nicht mehr erinnern, und das blutdurchtränkte Bauarbeiterkostüm vom zweiten Angriff hat er bereits verbrannt. Durch diesen letzten Angriff kann er sie voll und ganz aus der Reserve locken. Kopp hat die nötige Entschlossenheit und Wut, um mit der Gnadenlosigkeit vorzugehen, die dafür notwendig ist und ihnen die Boshaftigkeit entgegenzubringen, die auch sie der Welt entgegenbringen.

Also 22:00 Uhr ist der Treffzeitpunkt. Kopp ist um 21:00 Uhr bereits auf dem Dach des Parkhauses. Irgendwo unter ihm verbirgt sich der Geldtransporter. Es muss sich laut Angaben des Kontaktes um einen unauffälligen, silbrigen Van handeln. Eine halbe Stunde ist geplant für die Auffindung des Fahrzeugs und die entsprechende Sabotage. Es ist schon dunkel draußen und die Straßen sind ruhig. Genauso ist es auch gewollt, und Kopp kommt das genau so zugute.

Es könnte sein, dass diejenigen, die den Transporter bewachen, durch die Kameras blicken, um rechtzeitig vor Auffälligkeiten gewarnt zu sein und die Abholer identifizieren zu können. Deshalb kann Kopp nicht einfach den Eingang des Gebäudes passieren. Über eine Feuerleiter in einem Hinterhof gelangt er auf das Dach. Und von hier führt eine Tür direkt ins Parkhaus. Es handelt sich um den Notausgang, der deshalb auch immer offen ist. Und es ist eher unwahrscheinlich, dass die Wächter da drinnen systematisch mit einer Sabotage rechnen. Die Vermutung liegt nahe, dass sie sich eher langweilen und irgendwie die Zeit möglichst schnell rumkriegen wollen.

Also nimmt er diese Tür und steht kurz darauf auf der obersten Parkebene des Hauses. Drinnen brennen nur wenige Lichter. Ist das Parkhaus Eigentum der Graubrüder, oder warum findet die Übergabe hier statt? Die Antwort ist im Moment unwichtig. Sie haben die Kontrolle über alle Videoaufzeichnungen der Kameras. Und sie warten nur darauf, die Abholer zu empfangen.

Kopp schleicht sich, so dunkel bekleidet wie nur möglich, geschickt an den Sichtfeldern der Kameras vorbei. Und sobald er unter der ersten Kamera steht, lässt er sie mit einem gezielten, schallgedämpften Schuss seiner Waffe erblinden. Anschließend schreitet er vorsichtig und lautlos eine Etage tiefer. Auf dem Weg dahin schaltet er aus der Ferne zwei weitere elektronische Späher aus. Auch diese Etage scheint ruhig zu sein. Aus der Ecke einer Wand hervorlugend, kann er ein kleines Häuschen mit großem Glasfenster auf der nächsten Etage erkennen. Drinnen brennt Licht, während die Umgebung im Halbdunkel bleibt. Zwei Personen sitzen dort, miteinander im Gespräch.

Das müssen die beiden sein, die hier für den Empfang zuständig sind. Moment, da kommt noch einer hinzu. Der hat wohl gerade eine Runde gedreht. Er ist es, das letzte Ziel: Cimeries. Also sind es drei. Cimeries hat die Tür noch nicht richtig hinter sich zugemacht, als er schon die anderen beiden vollquatscht. Das ist die Chance. Kopp entzündet einen kleinen Knallkörper und wirft ihn über die Sicherheitsbegrenzung, sodass dieser eine Etage tiefer aufkommt. Der hörbare Knall hallt im ganzen Parkhaus wider. Es hört sich aber nicht nach einem Knallkörper an, sondern eher nach jemandem, der eine Etage drunter etwas hat fallen lassen oder irgendwo gegen gerannt ist, also eine weniger erfolgreiche Variante eines Einbruchversuchs.

Alle drei horchen nun aufmerksam in das Parkhaus hinein, dann schauen sie misstrauisch auf ihre Armbanduhren. Cimeries nimmt einen der anderen beiden mit nach draußen, und sie gehen langsam und mit gezückter Waffe die Rampe entlang nach unten. Als sie auf der unteren Etage angekommen sind, eilt Kopp so lautlos wie möglich an die Seite des Wachhäuschens, an der kein Fenster ist. Von hier aus sieht er auch plötzlich den Van, er steht genau gegenüber, im Sichtfeld des Fensters. Der Zurückgebliebene muss auf jeden Fall den Schlüssel haben, sie wären ja blöd, wenn einer der anderen beiden, die sich gerade in Gefahr begeben, ihn hätte. So schnell, wie ihm möglich, kriecht Kopp unter dem Fenster entlang, um unsichtbar zu bleiben. Er selbst kann es kaum glauben, dass er jetzt bereits vor der Tür steht und dass niemand ihn bisher bemerkt hat. Aber keine Zeit für Selbstschmeichelei.

Von den anderen beiden keine Spur, die suchen wohl noch immer die Gegend gründlich ab. Von drinnen hört man durch die Tür: „Was zum Geier …?"

Okay, entweder hat er Kopp gehört, oder er hat soeben bemerkt, dass einige ihrer Kameras ausgefallen sind. Beides kommt ihm nicht wirklich zugute. Und um zu verhindern, dass er sich zu viele Gedanken macht, unterbricht Kopp seine Verwunderung mit einer neuen und klopft dreimal leise, aber hörbar gegen die Tür.

Mit zitternder Stimme sagt die allein gelassene Wache: „Hey Ron, seid ihr das?"

Kopp bildet sich ein, dass anhand eines Flüsterns die individuelle Stimme einer Person nicht so gut erkennbar ist und flüstert: „Ja. Komm her, wir haben da jemanden gesehen und brauchen dich."

„Wieso kommt ihr nicht rein?"

Doch Kopp antwortet nicht mehr.

Man kann die Angst des Zurückgebliebenen förmlich spüren. Er schleift sich mit den Füßen am Boden bis zur Tür. Unten an der Türschwelle sieht man seinen Schatten auftauchen. Und sobald er die Klinke nach unten drückt, wirft Kopp sich mit der

Schulter gegen die offene Tür und stößt sie ihm heftig gegen den Kopf. Sofort fängt seine Nase zu bluten an, und er schreit auf vor Schmerz und Überraschung. Mit der Faust auf seine Schläfe gibt Kopp ihm den Gnadenstoß, der ihn verstummen lässt. Gleich darauf macht Kopp die Tür hinter sich zu. In wenigen Sekunden müssten die anderen beiden hier sein. Doch während er das noch denkt, sieht er, wie sich unten an der Tür deren Schatten schon vor ihm aufbauen. Sie sagen nichts, sie lauern nur auf der anderen Seite.

Instinktiv greift er nach irgendetwas neben sich im Regal, irgendeine bedeutungslose Broschüre mit der Aufschrift „Last Minute Urlaub am Strand", und lässt es mit Schwung den Boden entlang gleiten, wie eine Frisbeescheibe, nur am Boden statt in der Luft. Die Köderbroschüre pfeift unten durch den Türschlitz hindurch und bleibt irgendwo in der Parkebene liegen. Genau dieser eine Moment der Verwirrung reicht aus. Blitzschnell tritt Kopp die Tür auf, richtet seine Waffe unmittelbar auf die erste Gestalt, die er erblickt, und drückt ab. Die Kugel trifft den, den sie wohl Ron nennen, in den Bauch, wodurch dieser auf den Rücken fällt und sich vor Schmerzen am Boden windet. Der macht keinen Ärger mehr. Doch Kopps eigentliches Ziel hat sich wohl in Deckung retten können.

Es ist still. Jeder erwartet den Schachzug seines Gegners, als würde keiner wissen, wer eigentlich an der Reihe ist. Man könnte sich fast einbilden, dass man beide durchatmen hört. Aber Kopps entfachter Geist leitet ihn an. Ohne darüber nachzudenken, entwendet er dem Bewusstlosen neben ihm im Wachhäuschen den Schlüssel für den Van und dessen Schusswaffe. Die Waffe schleudert er durch die offene Tür ins Dunkle des Parkhauses hinein. Ein kurzes Gepolter schallt durch die Luft. In der Hoffnung, Cimeries würde zumindest kurz darüber nachdenken, dies als einen Waffenstillstand zu deuten, rennt Kopp mit aller Kraft durch die Tür und geht hinter dem Van in Deckung.

Einige Pistolenschüsse verraten den Aufenthaltsort seines Gegners. Dieser befindet sich an der rechten Wand des Wachhäuschens. Mit dem Schlüssel gelangt Kopp durch die Beifahrertür in den Van hinein, startet den Motor und fährt rückwärts bis an die offene Tür des Wachhäuschens, sodass dieses Versteck versperrt ist. Dadurch sind die Möglichkeiten des nächsten gegnerischen Schachzuges immens eingeschränkt. Unter ihm liegt zwischen den Rädern der bereits leblose Ron.

Cimeries muss sich jetzt irgendwo links hinter Kopp befinden. Also zieht Kopp seine Waffe und lässt langsam das linke Fenster nach unten gehen. Sofort ertönen die Schüsse und knallen gegen die Scheibe. Also stimmt die Position immer noch. Cimeries wird sogar mutiger und lässt sich nun ganz blicken, immer weiter auf die Scheibe einfeuernd. Obwohl die Scheibe jeden Augenblick zerspringt, ist sie nur so weit heruntergelassen, dass sie noch optimalen Schutz bietet. Kopp richtet seine Waffe mit erhobenem Arm durch den offenen Fensterspalt auf Cimeries und gibt drei todbringende Schüsse von sich. Es ist vollbracht, das ist das Ende der Graubrüder. Und diesmal ist er nicht einmal dazu gekommen, Cimeries etwas zu seinen Schandtaten zu sagen. Aber das ist auch gar nicht nötig.

Kopp steckt seine Waffe wieder ein und schaut auf seine Armbanduhr. Sie zeigt „21:32 Uhr". Nur noch 28 Minuten bis zum Eintreffen der Abholer. Jetzt muss es schnell gehen, denn sie könnten genauso gut jeden Augenblick zu früh hier aufkreuzen. Mit dem Schlüssel schließt er den Kofferraum des silbernen Vans auf. Eine unvorstellbare Menge Bargeld springt ihm ins Auge. Doch anstatt in Habsucht zu verfallen, zündet er sie alle ausnahmslos an. Auf dem toten Körper des letzten Bruders hinterlässt er eine vorbereitete Notiz, genau zwischen den beiden tätowierten Ziegenhörnern. Jetzt bleibt nur noch eine Sache zu tun. Er begibt sich noch ein letztes Mal in das Wachhäuschen und entwendet die Videoaufzeichnungen der Kameras. Man sollte ja nicht mehr Spuren hinterlassen, als zweckdienlich sind.

Plötzlich sind Motorengeräusche zu hören, Scheinwerfer leuchten irgendwo unten im Parkhaus. Da sind sie, also doch zu früh! Nun gilt es, diesen Ort sicher zu verlassen. Kopp setzt sich so schnell er kann in Bewegung, um wieder auf das Dach zu gelangen. Die Feuerleiter bringt ihn auf den Hinterhof, in dessen Nähe sein Auto steht. Und wenige Momente später ist er anonym auf einer gut befahrenen Straße und bald darauf wieder angekommen im Hotelzimmer.

Draußen auf dem Balkon, mit einem alkoholischen Getränk in der einen, einer qualmenden Zigarette in der anderen Hand, lässt er seine Gedanken schweifen. Immer wieder kommt in ihm die Frage auf, ob sein brutales Vorgehen tatsächlich angebracht ist und warum verdammt noch mal er kein schlechtes Gewissen dabei hat. So kennt er sich selbst nicht. Es ist, als würde irgendetwas ihn dazu anleiten und ihm die Zweifel darüber entziehen. Es ist erstaunlich genug, dass alles bisher so wunderbar funktioniert hat und dass er immer unbeschadet davongekommen ist. Was danach sein wird, zum Beispiel, ob er sich der Polizei anvertrauen oder irgendwo untertauchen wird, ist nicht von Belang. Es geht ihm momentan nur darum, zu Ende zu bringen, was er so grandios begonnen hat.

Er zieht an seiner Zigarette und entlässt kurz darauf eine Rauchwolke in die Nacht. Sein Kopf ist vollkommen leer. Kein Mitleid, keine Fragen. Nur Entschlossenheit und Mut. Nur die Gewissheit, dass es bald zu Ende sein wird. Kopp nimmt einen Schluck aus seinem Glas. Er hat jetzt nur noch das eine Ziel vor Augen. Vor seinem geistigen Auge taucht dieses Ziel inmitten des Rauches auf und nimmt die Form einer Person an, die im Kerzenlicht erscheint: Smirrel.

Dann versucht er sich vorzustellen, wie der Gesichtsausdruck derer wohl ausgesehen haben mag, die einen Van voller Kohle vorgefunden haben, die auch wirklich nach Kohle riecht und auch wirklich Kohle ist, verbrannte Kohle. Die hinterlassene Notiz wird wohl die perfekte Provokation für ihren ungeheuren Hass sein.

Auf der Notiz steht:

Ich weiß, ihr hattet in letzter Zeit große Verluste zu beklagen. Wichtige Personen und treue Mitglieder sind einfach tot. Und nun müsst ihr zurückkehren und den anderen auch noch erklären, dass der Geldtransport fehlgeschlagen ist und jemand eure Pläne durchkreuzt hat. Bedauerlich, aber es blieb mir leider keine andere Wahl. Habe ich nun eure Aufmerksam-

keit? Ich möchte euch nämlich ein Geschäft vorschlagen, und meine Taten waren so etwas wie eine Bewerbung dafür. Ihr könnt euch auf meine Fähigkeiten verlassen. Also begraben wir doch das Kriegsbeil. Wenn ihr an einem Deal interessiert seid, trefft mich am Donnerstag, 22:00 Uhr. Kommt zur unten aufgeführten Adresse. Ihr werdet sicherlich nicht liebevoll empfangen werden, also verschafft euch auf eure Art und Weise Zutritt zum Gebäude. Ich erwarte euch dort.

In Liebe, der Störenfried

Jemand hat eine Entscheidung getroffen

Als ich langsam meine Augen öffne, formt sich die verschwommene Umgebung allmählich zu einem Schlafzimmer, dem Schlafzimmer, das mittlerweile mir und Milly zugedacht ist. Vor mir tut sich die Silhouette von Henry auf.

Die Silhouette spricht: „Er ist wach." Auf diese Worte hin eilt eine andere Gestalt herbei. Es ist Milly.

Ich entgegne mit zorniger Stimme: „Du ... du hast mich dahin geschickt ... direkt in seine Arme. Du hast es gewusst!" Während ich mich aufrichte und Henry fordernd ansehe, meldet sich Milly zu Wort: „Was? Wer hat was gewusst?"

Henry hält stand. Obwohl unsere Blicke sich gerade duellieren, bleibt er gefasst.

Er sagt: „Niemand hat irgendwen willentlich irgendeiner Gefahr ausgesetzt. *Jemand* hat nur eine Entscheidung getroffen." Sein Gesicht bleibt entschlossen und steht völlig hinter seinem verbalen Schachzug.

„Eine Entscheidung? Was für eine Entscheidung?", fragt Milly. Sie klingt wütend und besorgt zugleich.

„Ich lass euch mal allein", antwortet Henry, und in meine Richtung sagt er: „Du solltest dich ausruhen."

Sobald Henry das Zimmer verlassen hat, setzt Milly sich zu mir aufs Bett und sagt: „Diese Erklärungen haben Zeit, wie geht es dir?"

„Ich bin erschöpft. Wie lange habe ich denn geschlafen?"

„Na ja, ich weiß nicht, ob man es wirklich schlafen nennen soll, wir glauben eher, du warst fast die ganze Nacht bewusstlos. Du warst jedenfalls nicht erweckbar."

„Also eine Nacht. Ich versteh das alles nicht, ich erinnere mich überhaupt nicht, den Berg wieder hinuntergekommen zu sein. Ich war plötzlich im Wasser. Und dann hast du mich gerettet."

Dankbar küsse ich sie auf die Stirn und lehne mich dann wieder zurück.

„Hör zu, wir müssen darüber reden, was gestern los war! Du wirktest wie besessen, irgendetwas stimmte nicht mit dir. Aber willst du dich erst mal auskurieren?"

„Nein, ich kann auch jetzt darüber reden. Ich kann es mir auch nicht erklären, aber da ist etwas, das ich dir noch nicht erzählt habe. Es gibt da diesen … diese Schattenkreatur, die ich seit einiger Zeit immer wieder sehe. Er ist der Teufel höchstselbst. Er taucht einfach irgendwo auf, verfolgt mich und will mich töten. Und diese alte Hexenfrau steht neben ihm, mustert mich genau und amüsiert sich dabei prächtig. Sie schreibt immer irgendwas in ihr kleines Notizbuch."

Milly sieht mich ungläubig an. Wie soll ich ihr das auch verübeln? Sie kann es nicht verstehen, weil nicht einmal ich weiß, was verdammt noch mal das zu bedeuten hat. Aber ich fürchte mich vor der Antwort, und damit bin ich scheinbar nicht allein.

„Du machst mir allmählich Angst. Was du sagst, macht keinen Sinn." Sie schaut mir in die Augen, dabei sieht sie so traurig aus.

Dann redet sie weiter: „Kris, du wärest da draußen fast ertrunken, wenn ich nichts gehört hätte und dazu gekommen wäre. Kannst du dir auch nur annähernd vorstellen, wie das für mich ausgesehen hat? Du bist immer wieder in das Wasser getaucht und hast dich so lange unten gehalten, bis du nicht mehr konntest. Du hast am ganzen Körper gezittert und versucht, dich vor dir selbst zu wehren."

„Nein, ich war nicht allein. Wie gesagt, da war …"

„Hör auf damit! Ich sehe nicht, was du gesehen hast. Ich weiß nur, dass du kurz vor dem Ertrinken warst. Kris, da steckt mehr dahinter als nur Albträume. Irgendetwas stimmt mit dir nicht, dir geht es doch nicht gut."

Und blitzartig kommen Erinnerungen wieder: „*Sie werden dir sagen, dass etwas mit dir nicht stimmt, dass du krank bist und Hilfe benötigst.*"

Das waren die Worte des Gesichtes im Berg. Es hat mir genau das prophezeit. Und damit kommt in mir der Drang auf, mich zu wehren.

„Mit mir stimmt alles. Ich bin nicht krank, ich bin nur anders. Aber das kannst du leider nicht verstehen!"

Verwundert über diese Antwort sagt sie: „Was? Ich will dir doch nur helfen, du *brauchst* Hilfe!"

„Nein, ich brauche keine Hilfe, und du kannst sie mir nicht geben!"

Jetzt bin ich wie in Rage, es bricht einfach aus mir heraus. Fühlt sich gut an, mal alles rauszulassen. Viel zu lange habe ich alles in mich aufgestaut. Auch wenn ich weiß, dass es die Falsche trifft, kann ich nichts dagegen machen.

„Du weißt nicht, worum es hierbei geht! Ich habe gestern einiges über mich herausgefunden. Mir ist ein Geist erschienen, der mich aufgeklärt hat, darüber, wie ich bin und darüber, was meine Aufgabe ist. Hör auf, mich als krank abzustempeln. Er hat mich vor solchen Kommentaren gewarnt!"

Milly sieht mich immer verdutzter an. Dabei nimmt ihr Gesicht einen Ausdruck von tiefer Trauer an. Sie wirkt so, als würde sie gerade fühlen, wie ich ihr entschwinde, mich immer mehr entferne, ihr meine Hand entziehe.

„Und meine Eltern haben mich immer vor Realitätsverlust gewarnt."

Nachdem sie diesen Satz beendet hat, steht sie auf und verlässt das Schlafzimmer. Erschöpft und enttäuscht über meine eigenen Worte, lasse ich mich nach hinten fallen. Was mache ich hier eigentlich? Es war eine tolle Zeit, aber ich lasse mich fast jeden Tag von einem fremden alten Mann belehren. Das brauche ich nicht. Vielleicht hat Milly ja recht und ich brauche wirklich Hilfe. Aber was ich mit Gewissheit brauche, ist Abstand von all dem. Ich muss irgendwie erst mal wieder zu mir kommen.

Nur einen kurzen Augenblick später stehe ich auf und suche meine Sachen zusammen. Alles, was mir gehört, schmeiße ich auf einen Haufen, um es dann in meine Tasche zu stopfen. Während ich so meine Sachen nicht besonders sorgfältig verstaue, erscheinen mir im Kopf sämtliche Klischees von übereilten und unüberlegten Abreisen aus dem Affekt eines Streites heraus. Obwohl ich mir dessen bewusst bin, halte ich es für richtig. Und sobald jegliche Kleidung in der großen Tasche verschlossen ist, packe ich meinen Rucksack und gehe vollkommen abreisebereit nach unten.

Als Henry mich so sieht, wirkt er nicht besonders überrascht. Aber das tut er ja nie. Mittlerweile glaube ich, dass er sich einfach nie etwas anmerken lassen will und immer das weise Oberhaupt raushängen lässt, das immer auf alles gefasst ist.

„Hey, hör zu, du musst das nicht tun!", sagt er.

„Doch, ich muss! Ich weiß, dass ich es muss. Ich kann noch nicht genau sagen, was ich dort oben gesehen habe und was es für mich zu bedeuten hat, aber ich werde es herausfinden, und zwar allein. Ich bin euch sehr dankbar für eure Gastfreundschaft und dafür, dass ihr mich mitgenommen habt, aber ich werde euch leider verlassen. Es tut mir leid."

„Und was willst du Milly sagen?"

Bei dieser Frage bleibt mir jeder Ansatz einer Antwort im Halse stecken. Am liebsten würde ich gar nichts sagen. Henry bemerkt mein Zögern und deutet mit dem Kopf zum See.

„Dort ist sie", sagt er.

Ich stelle meine Sachen auf der Terrasse ab und winde mich an Henry vorbei. In dem Moment, wo ich auf sie zugehe, sehe ich ihr an, dass sie bemerkt haben muss, dass ich meine Sachen packe und vorhabe, sie zu verlassen.

Als ich genau hinter ihr stehe, am Rand des kleinen Sandstrandes, wo wir oft gesessen haben, spricht sie in Richtung des Sees: „Es gibt keine Entschuldigung für das, was du gleich tun wirst. Ich meine …" Sie lässt ein enttäuschtes Stöhnen von sich, das mir zeigt, für wie dumm und unlogisch sie meine Handlung hält.

„Was willst du allein herausfinden, wobei dir keiner helfen kann? Klar, jeder braucht Abstand und Zeit für sich selbst. Aber niemand sollte in seinem ungeduldigen Wahn eine echte Verbindung zwischen zwei Menschen durchtrennen oder daran zweifeln lassen, ob diese Verbindung überhaupt wirklich bestand!"

Sie würdigt mich noch immer keines Blickes. Sehnsüchtig schaut sie auf das Wasser, das die Sonne spiegelt, als würde sie jetzt schon widerwillig etwas vermissen.

„Als ich Marvin erzählt habe, dass du die Gruppe verlässt, ist er in den Wald gerannt, in seine Fantasie zurückgeflüchtet. Er musste auch schon viele Abschiede einfach so hinnehmen. Weißt du, dass er dich echt gern hat? Jetzt lässt er seine Wut an den Monstern aus, die diesen Wald heimsuchen."

„Ich weiß, dass es keine Entschuldigung dafür gibt, und es tut mir auch unaussprechlich leid. Aber das, was momentan in meinem Kopf passiert, überfordert mich zutiefst. Ich habe das Gefühl, verrückt zu werden, wenn ich nicht bald dahinterkomme. Ich fürchte, dass es keine Entscheidung ist, denn ich glaube ehrlich gesagt, dass ich keine Wahl habe. Das geht nur allein. Das, was wir hatten, war wunderschön, und das wird es auch immer bleiben. Ich wünschte auch, mir ginge es besser und ich könnte dir alles sagen, was ich dir sagen will. Aber das kann ich nicht."

Jetzt dreht sie ihren Kopf zu mir. Ich stelle mich neben sie und versuche Worte zu finden, die ich nicht habe. „Falls es mir bald besser geht und falls es so sein soll, werde ich dich wiedersehen, und dann gäbe es kein Zögern für mich, alles wiedergutzumachen."

Milly sieht mich immer noch ungläubig an. Natürlich reichen ihr ungewisse Versprechungen rein gar nicht, den Schmerz des Verlustes zu ertragen. Alles, was sie jetzt versucht, ist, durch ein gezwungenes Lächeln mir zu verstehen zu geben, dass auch sie diese Möglichkeit in Betracht zieht. Aber die sich sammelnden Tränen in ihren Augen verraten, dass sie das nur für mich und meinen Glauben macht. Sie umarmt mich, weil auch sie sich eine letzte Abschiedsberührung nicht entgehen lassen will. Zum Abschluss sieht sie mir noch einmal tief in die Augen. Dann trennt sie den Kontakt und spaziert mit gesenktem Kopf und verschränkten Armen am See vorbei. Das war wahrscheinlich das letzte Mal, dass ich sie gesehen habe.

Ich reibe mir die Augen. Darauf drehe ich mich um und rüste mich wieder mit meinem Gepäck auf der Terrasse aus.

Henry sagt: „Deinen Verlust bedauere ich zutiefst. Es schmerzt mich ebenso, dass es so kommen musste."

Ich glaube ihm zwar, aber ich will ihm nicht glauben.

Er fügt hinzu: „Wenn du den Weg gehst, den wir durch den Wald gekommen sind, erreichst du irgendwann die Landstraße. Zu deiner Rechten kommst du schon bald in ein Dorf. Von dort fährt ein Bus in die nächstgelegene Stadt."

„Danke", ist das Einzige, was ich rausbringe. Ich habe den Klang seiner Stimme irgendwie satt. Ich weiß nicht warum genau, aber seine ewigen Predigten widern mich langsam an. Ich werde ihm nichts davon sagen. Diesen Triumph, wenn es denn einer für ihn wäre, gönne ich ihm nicht.

Er sagt: „In der Stadt gibt es eine Buchhandlung direkt am Markt, die etwas sehr Besonderes in sich birgt. Halte Ausschau nach einem Buch mit dem Titel *Galerie der Schöpfung*. Es wird einige deiner Fragen beantworten."

Auch Henry will ich eine letzte Umarmung zum Dank nicht verweigern, dann habe ich auch diese Pflicht erfüllt. Abschließend sage ich: „Leb wohl!" Daraufhin nehme ich meine Reisetasche in die Hand und gehe zuerst an Henry und dann an dem gelben Bus vorbei, der uns hierher gebracht hat.

Dahinter folge ich dem Weg, auf dem wir hierhergekommen waren, durch den Wald. Er bringt mich zur Landstraße, in die ich am Straßenrand nach rechts abbiege und die mich bis in das von Henry versprochene Dorf hineinführt. Zwischendrin werfe ich einen Blick auf mein Handy, es zeigt sechs verpasste Anrufe von Erik. Damit kann ich mich jetzt nicht auch noch auseinandersetzen. Erst mal will ich diese Stadt erreichen, von dort komme ich schon irgendwie nach Hause. Sobald ich aus der Ferne das Dorf erblicke, wundere ich mich, wie schnell ich diese Strecke zurückgelegt haben mag. Es kommt mir jedenfalls nicht lang vor. Vielleicht hat sich aber auch meine Wahrnehmung in dieser Hinsicht verändert, durch das ganze Bergauf- und Bergabwandern.

Im Dorfzentrum sehe ich auch schon die Bushaltestelle. Bei einigen Bewohnern, die ich gerade im Vorbeigehen treffe, erkundige ich mich nach der Linie, welche mich in die Stadt bringen soll. All das läuft reibungslos und völlig nach Plan. Komisch, ich muss noch nicht einmal an Milly denken und an unseren Abschied. Möglicherweise liegt das daran, dass die Entscheidung erst wirklich gefallen ist, wenn ich den Bus betrete. Womöglich ist das Schicksal noch misstrauisch gegenüber meiner Wahl und glaubt mir erst dann.

Etwa eine Dreiviertelstunde warte ich zusammen mit ein paar anderen neben mir, die so aussehen, als wären sie sehr froh darüber, diesen Ort hier zu verlassen. Mir hingegen fällt das sehr schwer, denn ich weiß, dass mich in nächster Zeit die Bilder einer möglichen Zukunft verfolgen werden, die ich auf diese Weise niemals haben werde.

Der Bus kommt an, und ich kaufe mir einen Fahrschein in die Stadt. Gut, dass ich überhaupt an Bargeld gedacht habe. Ich suche mir ein ruhiges Plätzchen am Fenster, was deshalb nicht so schwierig ist, weil wir nur sieben Leute sind, die mitfahren wollen.

Sofort, als der Bus losfährt, fangen vor mir zwei Damen mittleren Alters fast zeitgleich mit dem Lauterwerden des Motors zu tratschen an. Sie lassen sich ausgiebig darüber aus, dass ein männlicher Freund oder Verwandter von ihnen sich nur von den Frauen an der Nase herumführen ließe. Er würde alles für sie tun, in seinem ohrenbetäubenden Schrei nach Aufmerksamkeit des weiblichen Geschlechtes.

Jetzt werden auch in meinem Kopf die Stimmen laut. Ich kann mir nur zu gut vorstellen, was andere jetzt sagen würden, wenn sie das hören würden, was ich höre. Sie würden sich ebenso aufregen, nämlich über das ständige Gemecker von unzufriedenen Menschen mittleren Alters, vermutlich würden sie sogar so weit gehen, zu behaupten, dies sei eine schreckliche Angewohnheit des ganzen Landes. Aber eines würden sie dabei außer Acht lassen, nämlich, dass sie an Nörglern herumnörgeln. Die Gefangenschaft in dieser Paradoxie und die damit verbundene Absurdität ihrer Verbesserungsversuche würde ihnen nicht bewusst werden.

Mir ist das egal. Ich schaue lieber aus dem Fenster, um die Landschaft zu bewundern. Allerdings wird mir das leider vergönnt, denn die Sonne möchte ein irrwitziges Spiel mit mir treiben. Sie lässt mich durch die Scheibe nur mein Spiegelbild sehen, sodass ich mich selbst sehe und nicht die weiten Felder, die ich gern sehen würde. Ich versperre mir irgendwie selbst die

Sicht. Irgendein Philosoph aus einer vergangenen Epoche oder der Gegenwart hätte sicherlich etwas dazu zu sagen.

Nach einiger Zeit gehen den beiden Damen, die vor mir sitzen, die Worte aus und sie schweigen. Sie waren die Einzigen, die hier drinnen überhaupt einen Ton von sich gegeben haben. Jetzt erfüllt ihr Schweigen diesen Bus. Als plötzlich die Sonne den Blick wieder freigibt, schaue ich endlich aus dem Fenster. Doch irgendwie ist auch das nicht so befriedigend. Mit dem Kopf an die Scheibe gelehnt, sehe ich die ganze Welt an mir vorbeiziehen. Dabei rückt die Vergänglichkeit auf einmal ins Zentrum meiner Gedanken, insbesondere die Vergänglichkeit von allem Guten.

Etwa eine halbe Stunde später erreichen wir mit dem Bus die Stadt. Ich lasse mich noch ein paar Stationen weiterfahren, bis der Innenstadtcharakter zum Vorschein kommt. Hier stehen die Chancen gut, eine Unterkunft zu finden. Ich steige aus und laufe die Straßen entlang, auf der Suche nach einer Pension, in der ich die Nacht verbringen kann. Nicht, dass ich müde wäre, aber es fängt bereits an, dunkel zu werden, und ich habe nicht vor, nachts einen Schlafplatz zu suchen.

Ich komme am Marktplatz entlang und sehe den Kern der Stadt. Hier ist noch richtig was los. Viele Leute drängen sich durch die Geschäfte, besonders der Supermarkt ist noch erstaunlich voll. Und dann wird mir wieder bewusst, dass heute Freitag ist, letzte Chance für einen Stadtbummel und den Wochenendeinkauf. Auch so ein Thema, zu dem viele Nörgler den Mund aufmachen und es am liebsten als typische Verhaltensweise einer ganzen Nation abstempeln würden. Mir gefällt es, weil es so einfach und logisch ist und weil es einem das Gefühl gibt, dass man sich über das Wochenende versorgt, wie über einen harten Winter.

Und dann springt mir etwas ins Auge, über das ich mich eigentlich gern gefreut hätte, aber nun macht es mir Sorgen: die Buchhandlung, von der Henry gesprochen hat. Es ist die Einzige hier am Markt, also muss es die richtige sein.

Ich betrete das Geschäft und sehe mich um, zumindest möchte ich einmal sehen, ob es das besagte Buch überhaupt gibt. Ich weiß gar nicht, in welcher Kategorie man nach einem Buch schaut, das mit „Galerie der Schöpfung" betitelt ist. Ich schaue bei „Philosophie" – nichts. Ich schaue bei „Soziologie" – nichts. Ich schaue bei „Esoterik" – Treffer!

Das gibt es doch nicht, Henry hat also recht. Und als wenn es noch nicht genug wäre, dass das Buch neben Verschwörungstheorien und geheimem Wissen zu finden ist, ist es noch nicht einmal zum Verkauf bestimmt. Es gehört zu den wenigen Werken, die hier als Bestandsexemplar gedacht sind und nur im Laden gelesen werden dürfen. Scheinbar ist es eine komische Mischung aus Bibliothek und Buchhandlung. Zudem ist es etwas abgenutzt, denn die bedruckte Vorder- und Rückseite sind nur sehr schwer lesbar, und jeden Augenblick muss man damit rechnen, dass Seiten lose herausfallen. Als ich den Namen des Autors lese, stockt mir beinahe das Blut in den Adern. Der Vorname ist Henry, der Nachname ist bei bestem Willen nicht mehr lesbar. Aber ich weiß ja, um welchen Henry es sich handelt.

Und wenn meine Neugier am Anfang nur aus leichtem Interesse bestand, jetzt brennt sie heiß. Ich denke gar nicht darüber nach. Ich versuche einfach, das Buch mitzunehmen. Hinter der Kasse befindet sich allerdings eine Laserschranke. Ich muss also ein bisschen zaubern.

Gerade hat jemand eine Zeitschrift gekauft und will den Laden verlassen. Instinktiv greife ich nach einem dünnen Heft neben mir im Regal, irgendein bedeutungsloses mit der Aufschrift „In zehn Schritten zur richtigen Figur für den Strandurlaub" und lasse es mit Schwung den Boden entlanggleiten, wie eine Frisbeescheibe, nur am Boden statt in der Luft. Genau in dem Moment, in welchem der Kunde die Schranke passiert, pfeift das dünne Heft vorbei und löst den Alarm aus. Solange der Alarm ertönt, verlasse ich unbemerkt mit dem Buch im Rucksack das Geschäft, es wird kein weiterer Alarm ausgelöst. Der Kunde wird der reinen Vorsicht halber zurückgebeten und darf kurz darauf ebenfalls zur Tür hinaus. Das Köderheft scheint keiner bemerkt zu haben, es bleibt einfach auf der Straße liegen.

Stolz über meinen Erfolg und mit der Beute in der Tasche nehme ich mir ein paar Straßen weiter ein Zimmer in einer Pension.

Ich stelle meine Taschen mitten im Zimmer ab, werfe mich aufs Bett und schlage das Buch auf. Alsbald wird mir bewusst, dass ich dafür gerade überhaupt keine Nerven aufbringen kann. Was auch immer mir Henry zu sagen hat, kann er mir auch später sagen, also lege ich das Buch weg. In meinem Kopf spielt sich sowieso genug ab.

Doch sobald sich die Ruhe in diesem Zimmer ausdehnt, kündigt sich eine Panikattacke an. Ich kann nicht hier bleiben, ich muss hier raus, sofort. Dieses Zimmer beengt mich, und schlafen kann ich jetzt sowieso nicht. Also kehre ich der Unterkunft erst noch einmal den Rücken und setze meinen Fuß in das nächste Lokal, das an eine Bar erinnert. Das Lokal trägt den Namen „Synapsenkollaps – Kommen Sie herein!" Sehr vielversprechend.

Ich dränge mich an unruhigen Leuten vorbei und stoße drinnen auf laute Musik. Hab ich fast vergessen, ist ja Freitag, eine gute Gelegenheit, die Sau rauszulassen. Auf einem Hocker an der Theke bestelle ich einen Longdrink, was sich durch die alles übertönende Musik sehr schwierig gestaltet. Ich möchte an nichts denken, gar nichts, nicht einmal an Milly, Marvin oder Henry. Wenigstens diese Nacht muss ich überstehen, dann ist wenigstens erst mal ein Tag vergangen. Ich weiß, dass ich nicht zurück kann und dass ich nichts vergessen kann, das würde ich auch unter keinen Umständen wollen. Aber genau das schmerzt.

Wenn ich mich so umsehe, erblicke ich nur junge Menschen, die vergessen wollen. Worum auch immer es geht, sie wollen nicht dran denken. Und die grellen Lichter sowie die sich immer wiederholenden Beats der Musik lassen alle Anwesenden in einen tranceartigen Zustand verfallen, als ob etwas in der Musik ihren Verstand blitzartig ausschalten würde. Und plötzlich bewegen sie sich wie Untote und schauen dabei einander zu.

Der Bass dröhnt so stark, dass selbst das eigene Herz nicht mehr weiß, in welchem Rhythmus es schlagen soll, es wäre einfacher, wenn es sich am Rhythmus des dumpfen Basses orientieren würde. Die elektronischen Harmonien steigen in ihrer Spannung an, finden ihren Höhepunkt, und dann … Was ist das? Plötzlich erklingt keine Musik mehr, weder Melodie noch Rhythmus, das Herz hört auf zu schlagen. Aber keiner der Beteiligten wirkt überrascht, alles ist so gewollt. Wie aus heiterem Himmel erklingt eine tiefe Stimme, als ob der Teufel persönlich einen Befehl in einer unverständlichen Sprache an all diese Seelen sendet. Und ruckartig setzt die Musik wieder ein, aber diesmal mit einem rhythmischen Druck, der alle dazu zwingt, wie wild draufloszutanzen, auf Kommando des Teufels.

Ich nehme mehrere große Schlucke aus meinem Getränk und stelle den Rest wieder hin. In meinem Kopf entstehen wieder Bilder. Ich denke daran, wie ich Milly einmal von meinen Albträumen erzählte. Ist ja nicht so lange her, und ich weiß noch genau, wie ich es auszudrücken versuchte: „In meinem Kopf spukt es."

Milly musste sofort lachen … Dieses Lachen, ich werde es unbeschreiblich vermissen. Aber nein, ich wollte eine Nacht Abstand von allem. Ich muss mich zwingen, zunächst einmal jeden Gedanken daran zu ersticken.

Ein zweites Getränk derselben Sorte. Später habe ich es nicht mehr dort drinnen ausgehalten und bin in meine Unterkunft zurückgeflüchtet. Ich habe mich sofort ins Bett gelegt und auf die rechte Seite gedreht. Jetzt werde ich darüber schlafen, und morgen werde ich weitersehen.

Durch meine rechte Schläfe spüre ich ein leises Pochen. Ein gnadenloses, unaufhörliches Pochen. Ich höre, wie es regelmäßig den Inhalt des Kopfkissens zum Schwingen bringt. Meine Augen sind fest geschlossen, und in meiner Vorstellung ist dieser Ton, der durch die Resonanz des Kissens erzeugt wird, das Geräusch einer Person, die auf Kieselsteinen geht. Sie geht auf einem unendlichen Weg aus knisternden Kieselsteinen entlang, Schritt für Schritt, Pochen für Pochen, bis ich einschlafe.

Du bist an allem Schuld!

Ich träume:

Ich finde mich wieder in einem Umfeld, das aus nichts weiter besteht als einer endlosen Steppenwüste. Bis zum Horizont erstreckt sich die mit Gras bedeckte Ebene. Ich scheine mich auf der einzigen Erhebung weit und breit zu befinden, denn um mich herum ist alles flach. Ein leichter Wind fegt über das Gras und zwingt jeden Halm dazu, sich vor ihm zu verbeugen. Das Geräusch von starken Ästen, die sich dem Wind entgegenstellen, macht mich auf einen Baum aufmerksam, der hinter mir steht. Er trägt keine Blätter und sieht auch nicht besonders lebendig aus. Er ist der Präsident der Bäume, denn er vertritt standhaft seine Art, auch, wenn er niemanden mehr zu vertreten hat.

Die Tageszeit lässt sich nicht genau bestimmen, es könnte Nacht sein, aber ebenso auch mitten am Tag. Eine alles durchdringende Düsternis macht es unmöglich zu sagen, ob es dunkel ist oder hell. In diesem zwielichtigen Schauder stehe ich auf der einzigen Erhebung an der Seite des einzigen Baumes weit und breit. Und ich weiß, dass ich träume. Eine solch finstere Gegend kann nur aus meinem Kopf entstammen. Bleibt nur die Frage, auf welche Weise ich mich diesmal quälen will. Was hat sich mein Unterbewusstsein wieder für mich ausgedacht?

Daraufhin fällt mir auf, dass neben dem Baum ein Haus steht. Ich kann nicht sagen, ob es eben erst entstanden ist oder ob ich es vorher nur übersehen habe. Es steht dort wie eine Aufforderung, wie ein Paket, in dessen Inhalt sich die Antwort auf meine Frage versteckt. Mir ist völlig klar, dass meine Aufgabe darin besteht, dieses Haus zu betreten, doch genieße ich noch mein Zögern und die damit verbundene Ruhe, die mir noch bleibt.

Obwohl es mich graut, weiß ich, dass es nur dann endet, wenn ich den Horror zulasse. Wie magnetisch zieht es mich zu diesem Haus. Mit aller Gewalt verlangt es nach mir, ruft mich mit seiner gespenstischen Verlockung zu sich. Und ich gebe mich schließlich der Versuchung hin, weil ich weiß, dass ich muss. Noch nie habe ich in einem Traum so viel Kontrolle über mein Handeln wahrgenommen. Aber womöglich ist diese Kontrolle bloß eine Illusion.

Ich stehe nun vor der Tür und öffne sie langsam. Drinnen herrscht die gleiche unüberwindbare Düsternis. Furchterregend, wie dieses Haus nichts mit der Menschlichkeit oder Bewohnbarkeit eines echten Hauses zu tun hat. Es ist nur bewohnbar für den schaurigen Schrecken, der in ihm lebt.

Diese Leere, diese unheimliche Leere, die mich im Eingangsbereich willkommen heißt, ist einfach nicht auszuhalten. Unerträglich, wie sehr sie dem Tod ähnelt. Und als würde mein Unterbewusstsein darauf antworten, schlägt mit einem Mal die Eingangstür von selbst zu.

Vor mir öffnet sich eine kleine Kammer und zieht mich hinein. Meine Füße schleifen am Boden entlang, als würde die Schwerkraft plötzlich von diesem Raum her wirken. Ich kann nichts dagegen machen. Und sobald ich die Türschwelle zur Kammer passiert habe, fällt auch diese Tür zu. Hier drinnen ist es stockfinster, nichts zu sehen. Es riecht staubig und alt.

Auf einmal spricht von der anderen Seite her eine Stimme zu mir, die mich an meine Mutter erinnert: „Vergiss nicht, in Zeiten wie diesen ein Licht leuchten zu lassen!"

Damit entzündet sich ein Streichholz und erhellt ein wenig die Umgebung. Der Geruch erinnert mich an den Geruch von brennenden Kerzen, die immer zu meinem Geburtstag für mich geleuchtet hatten. Doch das, was das Holz erhellt, verspricht den Tod. Die Wände des engen Kämmerchens sind mit Brennöl übergossen, und auch von der Decke tropft es herunter. Überall sind die Wände durch große Spinnenweben miteinander verbunden. Und das abgebrannte Streichholz fällt zu Boden. Die Hand, die eben das Feuer entzündete, lässt ein weiteres Zündholz erbrennen.

Und die Stimme spricht: „Furchtbare Finsternis. Lasst uns noch viel mehr Hölzer entzünden, möge das Licht über die Dunkelheit herrschen!"

„Nein!", rufe ich ihr entgegen. „Tu das nicht, du bringst uns damit um!"

„Nun schrei doch nicht so! Wir werden gleich viel klarer sehen."

Und sobald die Flamme das Zentrum des Spinnennetzes in der Mitte berührt, öffnet sich hinter mir die Tür, und ich werde wieder hi-

naus auf den Flur gezogen. Die Kammer verschließt sich, und ein grausamer Schrei erklingt von drinnen und verblasst gleich darauf. Ich versuche noch, die Kammer wieder zu öffnen, doch sie ist fest verschlossen. Aber keine Sorge, es ist nicht real!

Nachdem der erste Schrei verklungen ist, kommt ein neuer von irgendwoher. Aber dieser ist anders, es ist eher ein Weinen. Ich folge dem Schall in den nächsten Raum. Sowie ich näher komme, bemerke ich, dass es das Weinen eines Säuglings ist, und ich werde den dummen Gedanken nicht los, dass ich dieser Säugling sein soll.

Der Raum, in dem ich mich jetzt befinde, ist die Küche des Hauses. Am Küchentisch, auf einen Stuhl gefesselt, wartet ein entsetzlicher Anblick auf mich: Ich selbst bin es, den ich dort sehe, festgebunden und unfähig, mich zu bewegen. Sieht aus, als wäre mein Abbild von etwas benommen, wie nach mehreren Tagen Schlafentzug oder wie auf Droge. Es sieht mich nicht an, sondern richtet seine Augen ins Leere.

Aus einer Tür links hinter ihm erscheinen plötzlich zwei Damen. Sie bewegen sich wie Dirnen auf meinen gebundenen Körper zu, mit verführerischem Blick und schwingenden Hüften. Eine hat blondes, die andere schwarzes Haar, und sie haben mir mein Lächeln gestohlen. Denn dort, wo mein Gesicht nur Verwirrung kennt, ist ihnen kunstvoll die Freude ins Antlitz gemalt.

Mit ihren rot bemalten Lippen und dem glänzend glatten Haar versprühen sie einen nebligen, erotischen Dunst. Sie umgarnen meinen Körper mit ihren, sie wiegen ihn in einen Zustand der Trance, indem er ihnen alles glaubt. Mit ihrem Bezirzen und Gestöhne scheinen sie mich noch stärker an den Stuhl zu binden. Erschüttert sehe ich mich selbst in einen Sklaven verwandelt, meine Gedanken und mein Wille eingesperrt im Kerker ihres Schoßes.

Keiner von ihnen beachtet mich. Also schrei ich mich selbst an: „Brich aus! Stoß sie von dir, diese Huren!"

Daraufhin lässt die dunkelhaarige Dirne ihre Zunge über die Wangen meines gefesselten Ichs wandern. Im selben Moment wachsen der Blondine große Zähne, fast wie bei einem Vampir, und sie stößt sie mir in den Hals. Das Entsetzliche dabei ist, dass der hoffnungslose Idiot dort auf dem Stuhl dabei Lust empfindet. Je schmerzlicher und brutaler, desto besser.

Ich schreie wieder: „Lasst mich in Ruhe!"

Die Antwort ist ein lauter gewordenes Säuglingsgejammer. Oder vielleicht hatte ich es nur ausgeblendet, und jetzt höre ich es wieder. In jedem Fall kann ich nichts mehr für diesen festgebundenen Narren tun, und das muss ich auch gar nicht. Nichts davon ist echt, also trete ich an den Freudenmädchen vorbei und durch die Tür, aus der sie gekommen sind. Ich schließe die Tür hinter mir, um endlich das furchtbare Stöhnen zu unterbrechen.

Zu meiner linken befindet sich eine Treppe. Das Geheule des Babys scheint von dort oben zu kommen. Doch als ich meinen Fuß gerade auf die erste Stufe setzen will, ziehe ich ihn so schnell ich kann wieder zurück und weiche von der Treppe. Wie ein Stromschlag durchfährt der Schrecken meinen Körper, und ich spüre überall die Gänsehaut. Eine riesige Spinne in der Größe meines Oberkörpers hängt an der Decke. Sie ist haarig wie eine Vogelspinne und giftig schwarz. Die Bedrohlichkeit, die sie ausstrahlt, betäubt meine Glieder und lässt mich für einen Moment erstarren.

Gegen die überwältigende Furcht, die sie in mir auslöst, bin ich normalerweise machtlos. Aber nicht hier, nicht in dem Irrsinn, in dem ich mich zu Hause fühle. Auch sie ist nicht echt! Also renn ich unter ihr hindurch und die Treppe hinauf. Bei einem kurzen Blick zurück sehe ich, wie sie sich auf die Stufen herabseilt und mir entgegenkrabbelt. Plötzlich greifen zwei Arme aus den Wänden von beiden Seiten nach mir, um mich festzuhalten. Doch schnell kann ich mich ihnen entreißen und renne weiter. Auch Beine stellen sich mir aus den Wänden in den Weg, doch ich kann über sie hinwegspringen.

Oben angekommen, öffne ich eine Tür, die die Treppe vom oberen Flur trennt. Und gerade als ich sie schließen will und mich dabei noch einmal umdrehe, sehe ich unzählige Hände rechts und links im Treppenaufgang, die Pfeil und Bogen auf mich richten. Ich höre noch das Geräusch, wie sie den Bogen spannen, da springt die Spinne mit ihren tropfenden Zähnen zwischen ihnen hindurch und direkt auf mich zu. Doch ich werfe ihr rasch die Tür vor der Nase zu. Gott sei Dank für die zahlreichen Türen in diesem Haus.

Für einen Augenblick atme ich tief durch und versuche mich erst einmal wieder zu sammeln. Dann, statt des unentwegten Säuglingsgejammers, höre ich auf einmal ein grauenhaftes Zischen. Kurz noch dachte ich daran, dass es sich dabei um die verärgerte Spinne handeln müsse, bis mich das Zischen immer mehr an Schlangen erinnert.

Und damit hat sich die Beschaffenheit des Traums endgültig entlarvt. Welch traurige Enthüllung: Der Traum quält mich mit meinen eigenen Ängsten, er zwingt mich, meine unerträglichsten Ängste zu durchleben. Sobald das furchtsame Bild in meinem Kopf entsteht, projiziert mein Unterbewusstsein die Vorstellungen in dieses Haus hinein und lässt sie dort entstehen, wo ich mich gerade aufhalte. Ich darf also einfach keine Angst haben, was unter diesen Umständen so gut wie unmöglich ist.

Während ich noch dabei bin, die Horrorvision zu verstehen, öffnet sich über mir die Luke zum Dachboden und lässt ein Dutzend zischender Schlangen auf mich niederregnen. Mit aller Kraft schüttele ich sie so schnell wie möglich von mir ab und ziehe mich vor ihnen zurück. Eines der Reptilien kriecht mir hinterher und streckt mir in regelmäßigen Abständen seine Zunge entgegen. Eine weitere Tür, die ich für meinen Ausweg gehalten habe, erweist sich als verschlossen. Jetzt gibt es keine Rettung mehr. Ich bin hier eingesperrt mit diesen Monstern.

Doch als mich die Schlange fast erreicht, bleibt sie auf einmal stehen und rührt sich nicht. Trotzdem scheint sie mich direkt anzusehen, als ob sie mir etwas mitteilen möchte, als ob sie endlich mit allen Vorurteilen gegen Schlangen aufräumen und mir ihre freundschaftliche Gesinnung beweisen will. Dann dreht sie ihren Hals in Richtung der anderen Reptilien, die daraufhin den Platz unter der Luke freimachen und sich in einer merkwürdigen Formation davor aufbäumen.

Die Schlange dreht nun auch ihren Unterkörper und kriecht zu den anderen, um Teil der Formation zu werden. Es erinnert an ein Ritual oder eine Beschwörung. Nichts, was mir je im Traum erschien, kam mir so fremd vor wie das, was meine Augen jetzt sehen. Sie scheinen zu wollen, dass ich in den Kreis trete, den sie geformt haben. Da ich erstaunlicherweise keine Angst mehr verspüre, betrete ich die Mitte und warte auf eine Reaktion. Die Schlange, die mich zu sich gerufen hat, umfasst nun mit ihrem Körper einen Hebel an der Wand und zieht ihn nach unten, woraufhin eine Leiter über mir aus der Luke ragt.

Ich klettere die Leiter hinauf auf den Dachboden. Sobald ich oben ankomme und nach unten blicke, füllt sich der Raum unten mit Rauch und lässt den Geruch von brennendem Holz aufkommen. Das Feuer aus der Kammer im Eingangsbereich muss sich bereits über die untere Etage und bis hierhin ausgebreitet haben.

Dann bemerke ich, wie die Schlangen ihre Formation unterbrechen, als die Tür neben ihnen einstürzt und eine brennende Riesenspinne hereinspringt. Umgehend erreicht sie die Leiter und krabbelt hinauf. Die Schlange, die mir das Freundschaftsangebot gemacht hat, sieht zu mir rauf, als würde sie mich dazu auffordern, die Luke zu schließen. Ein paar der anderen Schlangen umschlingen die unteren Beine der flammenden Spinne. Ich lasse dieses grauenhafte Schauspiel enden, indem ich die Luke schließe und der Spinne erneut den Weg versperre.

Mit einem Mal ist alles ruhiger, kein Zischen, kein Säuglingsgejammer. Nur eine langsame Klaviermelodie ist zu hören, mit tiefen, schweren Akkorden. Eine Geräuschkulisse wie auf einer Beerdigung. Ich befinde mich jetzt auf dem Dachboden des Hauses. Sogleich wende ich mich um und erblicke einen alten Mann in einem Schaukelstuhl, der mir gegenüber sitzt und hin und her wippt.

„Hallo!", sage ich, um die Stille zu durchbrechen.

Und mit dem Geräusch meiner Stimme hört der alte Mann plötzlich zu wippen auf. Er sieht überrascht zu mir rüber und fängt gleich darauf vor Wut zu kochen an.

„Du ... Du!" Seine Augen werden größer und sein Blick ernster. „Du bist an allem Schuld. Du hast mich hier hängen lassen!"

„Was?", traue ich mich zu fragen. Ein Teil seiner Stimme kommt mir auf gewisse Weise bekannt vor.

„Du hast dich einen Dreck um mich gekümmert, hast mich hier im Staub verrotten lassen. Es ist dir egal gewesen, dass ich leide, dass ich Schmerzen habe, dass ich hier oben eingesperrt bin und bei lebendigem Leib verschimmle!"

Und dann wird mir schlagartig klar, woher diese Vertrautheit stammt. Der alte Mann, das bin auch ich. Das ist mein altes Ich am Ende seines Lebens. Bei dieser Erkenntnis stockt mir das Blut in den Adern.

Er richtet seine zitternde Hand auf mich und sagt: „Du hast mir mein Leben verdorben!" Seine Stimme hat jetzt auch etwas Weinerliches.

„Es tut mir leid, ich wusste nicht, dass ..."

Energisch unterbricht er mich, und sein Kopf fängt dabei nun auch zu zittern an: „Oh, du hast es gewusst. Du hast es nur nicht sehen wollen. Und jetzt sieh mich an! Sieh dir an, was du angerichtet hast! Los, sieh mich an!"

Mir bleibt jedes Wort im Halse stecken. Er sagt: „Verschwinde, geh mir sofort aus den Augen! Ich will dich nie wieder sehen!"

Er versucht sich mit dem Stuhl zur anderen Seite zu drehen, um meinen Anblick nicht mehr ertragen zu müssen. Doch es gelingt ihm nicht, ich stehe immer noch in seinem Sichtfeld.

Doch zumindest diesen Wunsch möchte ich ihm erfüllen und drehe mich von ihm weg, um nach einem Ausgang zu suchen. Direkt vor mir ist ein schräges Fenster in das Dach eingelassen. Ich mache es auf und klettere nach draußen. Ein starker Windzug weht mir ins Gesicht. Die endlose Wiese mit ihren hohen Gräsern und Sträuchern schmückt die Aussicht. Immer noch ist die ganze Ebene von einem Zwielicht durchzogen.

Ein Blick nach drinnen verrät mir, dass das Feuer jetzt auch hier oben angekommen ist. Der alte Mann schließt seine Augen und lässt die Erlösung ihn einholen. In diesem Moment entgleitet mir völlig die Kontrolle über meinen Körper und ich stürze rückwärts hinab in die Düsternis der Ebene. Während ich falle, bemerke ich die Krönung der ganzen Sache. Oben auf dem Dach des Hauses ist ein Schild angebracht, wo mit rostiger Schrift steht: Galerie der Schöpfung.

Und ich höre nur noch den Wind pfeifen und lasse den Boden immer näher kommen, bis mich sein Schatten erreicht.

Der Sturm

Nach all dem, was ich im Traum gesehen habe, kommt mit dem Erwachen erst die schlimmste aller Ängste: Habe ich den größten Fehler meines Lebens begangen? Milly hat mir helfen wollen, und ich habe sie nicht gelassen. Dabei hatte sie vermutlich recht damit, dass ich das nicht allein durchstehen kann. Ich habe ihr nicht einmal die Chance gegeben, mit mir gemeinsam eine Möglichkeit zu besprechen. Stattdessen habe ich es vorgezogen, sie schnellstmöglich zu verlassen. Warum habe ich das getan?

Die Zeit mit Milly war die glücklichste, die ich je hatte. Könnte es sein, dass sie die Antwort auf all die Fragen war, die in meinem Kopf herumschwirren und die Henry mir aufgegeben hat? Vielleicht habe ich es nur nicht sehen können?

Aber eines weiß ich ganz sicher: Das, was momentan mit mir passiert, kann nicht so weitergehen. Die Bilder, die ungeheuren Vorstellungen, das alles hat längst Rekordmaß für mich erreicht. Ab hier kann es kaum schlimmer werden. Und vielleicht wäre sie die Erlösung gewesen. Doch in mir brodelt es, und das hat es auch, als ich mit ihr zusammen war. Ein Stück des Weges muss ich wohl allein gehen. Und so paranoid diese Gedankengänge auch sind, wenn ich den richtigen Weg gefunden habe, wird er mich vielleicht am Ende doch wieder zu ihr zurückführen.

Irgendetwas in mir hat sich dafür entschieden, die Gruppe zu verlassen, und dafür wird es einen Grund geben. Möglicherweise hätte es auch gar nicht anders kommen können und ich folge nur meinem Schicksal. Erik würde mich sicherlich jetzt wieder einen Deterministen nennen, nur um anschließend über seine eigene Klugscheißerei zu lachen.

Was für eine Kreatur war dieses sprechende Gesicht in der Höhle, in die Henry mich geschickt hat? Es sprach von den Ingenieuren, die sich für das Gehirn der menschlichen Spezies halten und von einer Minderheit mit besonderer Aufgabe, der ich angehören soll. Diesen Wesenszug muss ich annehmen und benutzen. Mir ist nur noch nicht so richtig klar wofür und ob ich das alles überhaupt glauben soll. Aber ich spüre eine neue Art von Wahrheit. Vielleicht haben alle vorherigen Wahrheiten nur noch nie so richtig den Kern getroffen, weshalb mir das Gefühl jetzt so fremd vorkommt.

Ich greife in meinen Rucksack und ziehe wieder das Buch hervor, das ich gestern aus dem Laden mitgenommen habe. *Galerie der Schöpfung.*

Was heißt das? Von welcher Schöpfung wird hier gesprochen? Ich habe fest vor, dieses Buch zu lesen, aber momentan habe ich nicht die nötige geistige Standfestigkeit und Kraft. Obwohl es genau das enthalten könnte, wonach ich suche, muss es noch ein wenig auf mich warten. Ich muss meinen Kopf klar kriegen oder zumindest die innere Unruhe dämpfen, die in mir so eine Verwirrung verursacht.

Den ganzen Tag verbringe ich in der Stadt zwischen fremden Menschen, ich gehe durch die Straßen oder sitze in einem Café. Irgendwie ist es beruhigend, die Menschen zu beobachten, zu sehen, wie sie miteinander umgehen, in Familie, in der Partnerschaft, in der Freundschaft oder im Konflikt. Ihre Geräusche, die sie von sich geben, im Gewimmel der Massen, diese natürlichen, menschlichen Geräusche erheitern mich irgendwie. Es macht mir Spaß, hier der Beobachter zu sein.

Am Nachmittag sitze ich im Park an einem großen Teich in einer späten Sonne. Die grüne Umgebung und das Wasser erinnern mich ungehindert an den See und die Hütte, an Henry und Milly. In meiner Vorstellung sitzt Milly oben an dem Ort, an dem wir beim ersten Aufstieg gerastet hatten und an dem ich bei meiner Wanderung auch gesessen hatte. Vom Felsen aus blickt sie immer noch sehnsüchtig in das tiefe Tal hinab, enttäuscht, fassungslos. Es ist, als fiele ihr Blick durch das Tal hindurch und vorbei an allen Bergen genau auf mich, als würde sie mich in diesem Moment gerade ansehen. Und ich kann ihre erschütterte Einsicht darin spüren, dass die Dinge manchmal eine unerwartete

Wendung nehmen, die nicht zu verstehen ist. Irgendetwas gibt mir das Gefühl, dass ich mit meiner Vorstellung sehr richtig liege.

Doch die Natur kann noch so viel Erholung und Entspannung bieten, für mich gilt dieses Versprechen nicht, zumindest jetzt nicht. Es ist, als ob ich jeden elektrischen Impuls spüren kann, der in meinem Kopf von einer Seite zur anderen springt. Sie rasen alle aufeinander zu und stoßen sich doch wieder gegenseitig ab. Eine tiefe Ungeduld legt sich über meinen Verstand, und ich bin nicht mehr imstande, die Bilder in meinem Kopf zu unterdrücken. Fühlt sich an wie eine zweite Welt, die in mir lebt. Und die Gedanken sind nicht etwa von mir produziert, sondern sie existieren einfach, und ich kann sie sehen und lesen, so wie ich die Bäume und Vögel in der materiellen Welt sehen kann, obwohl ich sie nicht erschaffen habe.

Irgendetwas wird heute passieren, irgendetwas muss passieren! Ich kann diese Ungeduld nicht mehr länger ertragen. Also stehe ich auf und mache mich auf die Suche nach dem Ereignis oder nach der Erkenntnis. Dabei kommt mir sofort das Buch wieder in den Sinn. Ich sollte es lesen. Meine Füße hat die Ungeduld nun auch erreicht und sie tragen mich schneller vorwärts in Richtung meines gemieteten Zimmers. So beklemmend und einsam dieser Ort auch sein mag, er könnte das fehlende Puzzleteil verbergen.

Doch plötzlich zieht es meinen Blick nach oben, der Himmel verdichtet sich. Die Wolken bewegen sich so schnell aufeinander zu, dass sie an der Stelle, wo sie kollidieren, mehrere Wirbel entstehen lassen. Keine Spur mehr von der Sonne. Die Finsternis bricht herein in einem blutroten Schimmer. Auf den Straßen ist kein Mensch mehr zu sehen. Ich bin nicht sicher, ob das gerade eben auch so gewesen ist, ich habe auf niemanden mehr geachtet. Jedenfalls kann ich jetzt mit Sicherheit sagen, dass ich allein bin. Es kommt mir vor wie in einem meiner Träume, aber das ist nicht möglich. Und wenn, dann habe ich keine Chance! Mich packt die Angst, dass ich wieder in meiner Vorstellung gefangen sein könnte, wie in der Nacht, in der Milly mich hat retten müssen.

Ein schmerzvolles Zucken durchfährt meinen ganzen Körper, als ich mit der Faust gegen eine der Häuserwände schlage und mir das Blut die Handknöchel heruntertropft. Das muss real sein! Ich renne los und halte Ausschau nach anderen Menschen. Rechts und links sind die Straßen leer, nicht ein einziges Fahrzeug ist irgendwo zu sehen auf den sonst so befahrenen Kreuzungen. Das darf nicht wahr sein, es kommt mir allzu bekannt vor! Diese Farben und diese Stille, das ist die Handschrift meiner grauenhaften Traumwelt. Ich bin also tatsächlich wieder in meinem Kopf gefangen. Die Grenzen lösen sich auf.

Was soll ich tun? Dagegen bin ich machtlos. Ich kann doch nicht vor dem weglaufen, was ich mir selbst damit sagen will. Irgendetwas hat auch diese Zwischenwelt zu bedeuten, irgendwas will sie mich lehren. Und dann erinnere ich mich meiner Erwartung eines besonderen Ereignisses, einer Antwort. Vielleicht liegt hier die Erkenntnis, verschwommen im Nebel meiner Verwirrung.

Der rote Dunst beugt sich dem Willen eines tiefschwarzen Schleiers, der sich jetzt durch die Straßen zieht. Es ist nicht dunkel, es ist schwarz.

Ich höre zu rennen auf, denn die Erfahrung hat mir gezeigt, dass ich hier das Geschehen bin, also kommt das Ereignis zu mir, und ich brauche bloß darauf zu warten. Meine Hand blutet noch, aber das Blut scheint sich auf einmal zu weigern, nach unten zu tropfen. Es kriecht an meiner Hand entlang und sammelt sich an meinem kleinen Finger. Von dort entschwindet es in die Luft, als würde die Schwerkraft plötzlich wieder von der Seite her wirken und nicht von unten. Aber das tut sie nicht, ich kann ganz normal laufen. Mehrere Tropfen Blut fliegen jetzt die Straße entlang, und ich folge ihnen. Das Ereignis ruft mich doch noch zu sich.

An der nächsten Kreuzung warte ich, bis sich genug Blut gesammelt hat, das mir den Weg weisen kann. Es tropft nach rechts, also biege ich hier ab. Die Wolken am Himmel sind mittlerweile aufeinandergestoßen und lassen ein unheilvolles Gewitter erwarten. Der Wind peitscht die Häuserwände, und aus der Ferne ertönt ein Schrei. Bin ich doch nicht allein hier?

Ich komme dem Geräusch immer näher, und immer mehr kommt es mir bekannt vor. Bis ich ihn vor mir sehe. Ein paar Häuser weiter steht er unter einer Straßenlaterne: der Schattenmann. Es ist ein ungewolltes Wiedersehen, aber es ist ein Wiedersehen, also rufe ich ihm sarkastisch entgegen: „Schön, dich wiederzusehen!" Doch er antwortet nicht.

Komisch eigentlich, dass er nicht in meinem Traum von letzter Nacht enthalten war. Aber vielleicht habe ich ihn nur nicht gesehen. Vielleicht war er das Feuer, die Dirnen, die Spinne und der alte Mann.

Mehrere Tropfen Blut werden wie magnetisch von meiner Hand in seine Richtung entzogen. Er ist die Quelle des Schmerzes. Ich gehe auf ihn zu, denn ich weiß, dass ich meine Angst überwinden kann. Er steht weiterhin einfach nur da, unter dem schwachen Licht der Laterne. Als ich so nah bin, dass ich sein Gesicht sehen kann, will ich am liebsten wieder umdrehen. Sein Gesicht ist gezeichnet von Trauer und Enttäuschung. Der Rest von ihm ist weniger eine klar erkennbare Gestalt als eher ein beklemmendes Gefühl von allergrößter Angst. Er scheint mich ebenfalls direkt anzusehen, wenn man das so nennen kann.

Doch irgendwann kann er meinen Anblick nicht mehr ertragen und setzt wieder zu seinem Schrei an. Diesmal klingt es aber eher nach ein um Erlösung flehendes Geheule. Aber dieses Geräusch, dieser Anblick macht mir eine unerträgliche Gänsehaut. Ich kann dem nicht weiter standhalten, also drehe ich mich um und setzte mich schnell in Bewegung. In meinem Sprint kämpfe ich gegen den Wind an, der mittlerweile so stark ist, dass ich fast das Gefühl habe, auf der Stelle zu rennen.

Als ich ab und zu zurückblicke, um die Gefahr zu überprüfen, ist der Schatten manchmal einfach weg und im nächsten Augenblick wieder da, aber niemals an derselben Stelle. Er kommt jedes Mal ein Stück näher. Dennoch scheint er sich nicht zu bewegen, denn immer wenn ich mich umdrehe, steht er nur still da. Starr wie das giftigste Tier macht er eine Furcht einflößende Pose, jederzeit kurz davor, eine blitzschnelle, überraschende Attacke auszuführen, die in wenigen Sekunden tödlich enden würde.

Auf der Flucht fließen die letzten paar Tropfen Blut von meiner Hand in seine Richtung, bis die Wunde zu bluten aufhört. Ich weiß genau, dass ich ihm nicht entfliehen kann, das konnte ich noch nie. Aber ich kann auch nicht aufhören zu rennen.

In wenigen Augenblicken gelange ich auf den Marktplatz, eine große, leere Fläche im Licht weniger Laternen. Ich begebe mich genau in die Mitte und bleibe stehen, weil mich die Kraft verlassen hat. Dann erlebe ich das nächste Wiedersehen: Die alte Dame sitzt am Rande des Platzes auf einer Bank. Sie hat ihr Notizbuch und den roten und den grünen Stift in der Hand. Als sie mich ansieht und ihr Büchlein aufschlägt, platzt aus ihr ein furchtbares Gelächter heraus. Doch als sich der Schattenmann mir gegenüber positioniert, schweigt sie vor Ehrfurcht. Sie schraubt ihre beiden Stifte auf und schaut gespannt, was passiert.

Alle Winde in der Umgebung vereinigen sich zu einem Sturm. Der Himmel ist immer noch von dem schwarz-roten Schleier durchzogen, und es fängt heftig zu regnen an. Der Schatten steht mir gegenüber und weint laut, er raubt mir den letzten Atem.

Plötzlich zischt seine Gestalt zur Seite und ist nicht mehr zu sehen. Gleich darauf zieht er wieder an mir vorbei. Seine schwarze Silhouette verschwimmt mit seinem Tempo und er umkreist mich. Und dann türmen sich die Naturgewalten: der Regen wird immer stärker, Blitz und Donner fallen aus dem Himmel, und der Sturm verbindet sich mit dem Vorbeizischen dieser schwarzen Gestalt zu einem tödlichen Wirbel, der mich umgibt. Die Wirbel sehen aus wie messerscharfe Kanten. Ich kann nicht entkommen! Sie rücken immer näher und umzingeln mich mit dieser unüberwindbaren Teufelei. Langsam zieht sich die Schlinge zu.

Die alte Frau schaut zu und schreibt in ihr Notizbuch. Als sie sieht, wie hilflos ich gefangen bin und in einem Anfall aus Verzweiflung fast zusammenbreche, fängt sie wieder zu lachen an. Sie wirft den grünen Stift in den Sturm und schreibt nur noch mit dem roten weiter. Seite für Seite schreibt sie schnell beinahe ihr ganzes Büchlein voll, als ob sie gar nicht hinterherkäme mit dem, was ihr das Geschehnis diktiert. Bei jedem Blitzschlag erhellen sich die Umrisse dieser alten Hexe und ich bemerke, wie sie in einen Lachanfall verfällt.

Ich bin pitschnass von dem Regen, und immer wieder ist das Weinen des schwarzen Mannes zu hören. Sonst ist von ihm nichts mehr übrig, er ist voll und ganz mit dem Sturm verschmolzen. Es ist nun so weit, dass ich mich nicht mehr bewegen kann, jeder Schritt nach vorn würde mich zerschneiden. Von allen Seiten um mich herum zieht es mich, sodass ich letztendlich am Fleck gehalten werde.

In mir tut sich ebenfalls ein Sturm auf, Emotionen, die mich weiter ins Verderben führen wollen: Angst, Trauer, Wut, Einsamkeit. Seine Illusion umgibt mich und verhüllt mich in betäubendem Dunst. In totaler Blockade hält er mich und durchtrennt jeden Keimling, jede Wurzel, jede Verbindung zum Leben. Meine Welt droht zu ersticken, sie wendet sich nun gegen mich und ersetzt jede Hoffnung mit Aberglaube.

In diesem Moment muss ich an Henry denken. In meiner Vorstellung sitzt er auf der Terrasse mitten im Regen mit seiner Pfeife im Mund. Aus dem dichten, finsteren Gewölk am Himmel schießt ein Blitz genau in das Herz des Sees, von wo er sich nach allen Seiten hin ausbreitet. Dieser Anblick zaubert ein Lächeln auf Henrys Gesicht. Und irgendetwas gibt mir das Gefühl, dass ich mit meiner Vorstellung ziemlich richtig liege.

Und dann durchfährt es mich, als wäre ich der See und als hätte mich dieser Blitz getroffen. Vor mir baut er sich auf in seiner schrecklichsten Gestalt, und ich erkenne seine zerstörerische Kraft. Doch ich weiß, dass er zu mir gehört. In meiner Welt repräsentiert seine Gestalt jeden meiner Impulse, die sich aggressiv auf mich selbst richten. Meine eigene Kraft wendet sich feindselig auf mich zurück, weil ich ihr nicht Herr geworden bin, bis jetzt. Das ist die Erkenntnis!

Ich weiß es jetzt, dieser schreckliche Schatten wird immer da sein, er ist ein Teil von mir. Er kann mich nicht töten, seine Existenz hängt von meiner ab und meine von seiner. Wir sind auf ewig aneinander gebunden. Ich erkenne jetzt meine Aufgabe, so schwierig sie doch zu identifizieren war. Er lebt von meiner Kraft, daraus ist er gebaut. Ich projiziere ihn. Wenn ich seine Illusion durchschauen kann, kann ich mir meine Kraft zurückholen und die Energie auf eine Projektion umleiten, die mir die Wahrheit zeigt, die ihr Gegenteil überwunden hat und neue Wurzeln schlägt.

Doch die Erkenntnis allein ist wertlos ohne Handlung. Der Sturm reißt mir fast die Haut vom Leib. Aber die Zeit ist reif, die Maske nun abzulegen. Ich bin nicht falsch, er ist es! Ich muss nichts verändern, ich muss nur mehr ich selbst sein. Er hat seine Funktion in meiner Welt erfüllt, mich zu täuschen und vor Täuschung zu warnen, mich zu motivieren, ihn loszuwerden und hinter die Fassade zu blicken. Und dennoch begegne ich diesem armen Wesen, das sich nur von meinem Schmerz ernähren konnte, mit Güte, angesichts der Tatsache, dass er nun verhungern wird.

Unbeirrt mache ich einen Schritt in den Nebel und lasse einen zweiten gleich folgen. Ich trete in sein Reich, hinter seinen Vorhang und stelle seine Lüge bloß. Der Wirbel kann mir nichts anhaben, denn mich anzugreifen würde bedeuten, sich selbst anzugreifen. Er kann mich nur in die Irre führen, in ein tiefes, betrügerisches Labyrinth, aus dem ich nicht mehr herausfinde und das kein Tageslicht kennt.

Er leidet Qualen, da er weiß, dass seine Zeit endet. Die Wahrhaftigkeit ist sein Untergang. Mein Mut, meine Entschlossenheit zerfetzt ihn. Die Handlung ist sein Tod. Und mit ihm stirbt auch die Projektion, die nie aufgehört hat, mein Verhalten zu bewerten und über mich zu lachen: die alte Frau. Ihr grausiges Gelächter verstummt genauso wie das Weinen des Schattens. Beide waren sie ein Hilferuf meines Selbst. Sie hatten mich zwar hinters Licht geführt, doch jetzt habe ich zurückgefunden.

Aber sie haben sich keineswegs einfach in Luft aufgelöst. Mir gegenüber in Kampfhaltung hätten sie irgendwann gewinnen können, aber an meiner Seite werden sie mit aller Sicherheit gewinnen, und ich mit ihnen.

Allmählich verwandelt sich die Umgebung wieder in einen Marktplatz zurück, mit Ständen, die Obst und Gemüse verkaufen, mit Menschenmassen, die an ihnen vorbeigehen und mit einer normalen, menschlichen Geräuschkulisse. Der grässliche Schleier weicht einer warmen Mittagssonne. Keine Spur von Hexe oder Schatten. Kein Tropfen Regen mehr und auch kein Wind. Ich bin der Einzige, der dennoch pitschnass ist, mit einer blutigen Hand. Alle auf dem Marktplatz sehen mich verdutzt an, als ob ich aus einer anderen Welt komme. Und vor aller Augen breche ich zusammen.

Schachmatt

Die letzten paar Tage hat Kopp so gut wie gar nicht geschlafen. Nichts lässt ihm Ruhe. Wenn er gerade versucht, einen klaren Gedanken zu fassen, kommen die Bilder seines verstorbenen Sohnes oder seiner Frau dazwischen. Und wenn er versucht, diese beiseite zu drängen, so machen sie nur Platz für die Bilder seiner Opfer. Aber er empfindet keine Reue oder Trauer deswegen. Er weiß, er sollte so empfinden, möglicherweise versucht er es sogar, aber etwas in ihm ist blockiert. Ebenso könnte er sich vor dem heutigen Tag fürchten oder zumindest vor der Ungewissheit darüber, wie dieser ausgehen mag. Aber er hat ebenso wenig Furcht davor, wie er sich auch nicht den Kopf zerbricht, ob der Plan aufgehen wird.

Angetrieben von einem Instinkt hat er endlich die nötige Zündung für den Funken, den er verspürt, seitdem er von dem Schreckensgespenst weiß, dem Schreckensgespenst und seinem Geisterschloss. Heute ist der Tag der Entscheidung. Und nicht einmal der Schlafmangel wird Kopp davon abhalten, an diesem Abend etwas Großes zu vollbringen.

Die letzten Vorkehrungen sind getroffen. Die Zeit ist gekommen. Kopp legt seine Ausrüstung an, er ist so schlecht sichtbar und leichtfüßig, wie nur möglich, obwohl es heute nicht um Unsichtbarkeit geht. Es geht um Ergebnisse. Die Polizei wird ebenfalls gegen 22 Uhr durch einen computergenerierten, automatischen Anruf hinzugerufen. Ob die nun mit drin hängen oder nicht, heute Abend wird so richtig aufgeräumt. In welcher Hinsicht auch immer, es wird zu einem Kampf kommen, und zwar hinter den Linien des Feindes.

In voller Montur sitzt er im Auto und steuert schon auf die Parknische zu, in der er damals angehalten und sich als Tourist auf der Suche nach einer Unterkunft ausgegeben hatte. Hier hatte es begonnen, und hier wird es enden. Da ist es auch sehr passend, dass derselbe kräftige Mann wieder vor der Tür steht, mit der Wollmütze. Er hat den Schlag wohl gut überstanden. Braver Wachhund.

Es ist 21:45 Uhr. Kopp fährt bis an die Bordsteinkante ein paar Meter weiter links vom Eingang und hält dort den Wagen an. Er steigt aus und wirft dem Wachhund einen abfälligen Blick zu. Der hat ihn auch bereits wiedererkannt und bricht in wahnvoller Wut aus.

Er rennt auf Kopp zu und sagt: „Jetzt habe ich dich. Du wirst hart dafür bezahlen!"

Sobald er nahe genug ist, verpasst Kopp ihm aus heiterem Himmel einen schallgedämpften Schuss in den Fuß. Daraufhin geht er zu Boden. Kopp versetzt ihm den Gnadenstoß mit einem gezielten Schuss in den Kopf. Den Körper schleift er in die Dunkelheit, dorthin, wo er nicht zu sehen ist. Dann geht er die paar Stufen hoch bis vor die Eingangstür. Mit der flachen Hand drückt er einmal fest gegen die Türfläche und hinterlässt damit eine weitere Notiz für die Gäste, die jeden Augenblick eintreffen müssten.

Auf der Notiz steht:

Der Deal ist geplatzt. Ihr seid mir genau in die Falle getappt. Wenn ihr das lest, werdet ihr sicher bereits von unseren Leuten anvisiert. Lasst die Waffen fallen und ergebt euch! Ab hier übernehmen wir eure Geschäfte. Ihr solltet bereits mitbekommen haben, dass sie bei uns in besseren Händen sind.
In Liebe, der Ruhestörer

Ein letzter Blick auf die Straße verrät ihm, dass alles ruhig ist. Der Wachhund liegt im Schatten des Wagens und ist von der Straße aus nicht sichtbar. Erstaunlicherweise macht es den Anschein, als würde sich drinnen auch nicht viel regen. Nur ein paar Leute kommen aus einer Tür und gehen vollkommen zielgebunden in eine andere, sie beachten ihn gar nicht.

Schnellen Schrittes begibt er sich den mit Werbeplakaten überfüllten Gang zu seiner Rechten entlang, bis er die Treppe erreicht.

Es ist die Treppe, die er auch beim letzten Mal genommen hatte. In diesem Augenblick taucht in seinen Augenwinkeln jemand auf. Es ist eine Person mit einem Laborkittel.

„Was machen Sie hier?", fragt er verwundert und halb in Alarmbereitschaft.

„Ich würde gern eine Großbestellung anmelden", sagt Kopp. „Ich *liebe* einfach Softdrinks!"

Und mit diesen Worten rammt er dem Laborfritzen die unteren Knochen seiner Handfläche mit aller Wucht gegen die Stirn, woraufhin dieser bewusstlos nach hinten kippt. Kopp begibt sich die Treppe hoch, während er mit seiner Waffe auf die Punkte zielt, an denen mit erhöhter Wahrscheinlichkeit jemand plötzlich auftauchen kann. Er verlässt die Treppe und biegt in den Gang ein, in den er auch beim letzten Mal eingebogen war.

Stimmen dringen aus dem Raum, wo beim letzten Mal jemand verhört worden war. Sonst ist niemand zu sehen. Kopp huscht an den Türen vorbei und sucht weiter nach einem Archiv oder einem zentralen Computer, der all die Geheimnisse enthält, die hier drinnen unternommen werden. Irgendwo muss es doch hier so etwas geben.

Auf einmal kündigt das Geräusch eines arbeitenden Rechners und eines kühlenden Lüfters einen Computerraum oder etwas Ähnliches an. Die Tür steht offen, und Kopp schleicht hinein, sucht zuerst den ganzen Raum nach Gefahren ab und schließt dann die Tür. Einer der Rechner, die hier in Betrieb sind, hat sogar eine für Kopp verständliche Tastatur und einen Monitor, der einem handelsüblichen Computerbildschirm gleicht. Mit der Tastatur versucht er sich durch das Menü zu schlagen, auf der Suche nach Informationen.

Komm schon, hier muss doch was sein! Irgendwo müsst ihr doch noch mehr eurer perversen Machenschaften hinterlegen und dokumentieren. Oder vielleicht habt ihr interessante Kontakte.

Kopp gelangt durch das Menü in ein E-Mail-Postfach. Aber hier ist nichts Auffälliges. Nur ein paar Rezepte für Getränkemischungen, Terminplanungen und Geschäftsideen. Neben ihm erklingt plötzlich eine undeutliche Stimme.

„Du wirst hier nichts finden."

Kopp dreht sich um. Da steht jemand in der Tür und scheint nicht besonders überrascht über seinen Besuch. Kopp rennt auf den Provokateur zu, verabreicht ihm einen heftigen Tritt in den Magen, zwängt sich an ihm vorbei und rennt mit gezogener Waffe weiter. Und wieder will jemand ihn von der Lächerlichkeit seines Eindringens in Kenntnis setzen.

„Es hat doch keinen Zweck", sagt jemand hinter ihm in genervtem Tonfall. Doch diesmal klingt die Stimme nicht völlig fremd.

Kopp bleibt schlagartig stehen und wendet sich der Stimme zu.

„So sehen wir uns also wieder", sagt Smirrel.

Sprachlos richtet Kopp die Waffe auf ihn und seine Gefolgsleute. Doch just in diesem Moment entzieht jemand von hinten ihm seine Waffe, holt mit derselben Hand zum Schlag aus und versetzt Kopp in einen vorübergehenden Schlafzustand. Die Umgebung verschwimmt allmählich, und von irgendwoher kommt ein verwaschener Befehl: „Bringt ihn nach unten!"

Wie die Umgebung langsam verblasst ist, so nimmt sie nun allmählich wieder eine feste Form an. Als er wieder zu sich kommt, ist Kopp an einen harten, schlichten Holzstuhl gefesselt. Er ist noch zu kraftlos, um sich viel zu bewegen oder zu wehren. Gegenüber von ihm sitzt Smirrel auf einem bequemeren Stuhl an einem Tisch.

Smirrel spricht: „Oh man, in Ihrer Haut will ich echt nicht stecken! Tut mir wirklich, wirklich leid. Aber Sie sind eines der Opfer, die ich nun mal bringen muss. Und ich muss noch viele Opfer bringen."

Erschreckenderweise sieht er Kopp tatsächlich mitleidig an. Dieser mustert in seinem eingeschränkten Sichtradius die Umgebung. Es ist ein riesiges Labor. Menschen sind an Liegestühle gefesselt, schlafend oder im Koma. Unzählige Monitore, technische Geräte und Chemikalien schmücken die Atmosphäre.

„Ich wollte, dass Sie das hier sehen. Falls Sie sich fragen, wo Sie hier sind, das ist sozusagen mein Arbeitsplatz. Herrlich, nicht wahr? Ich nenne es die *Galerie der Schöpfung*."

Dann kommt jemand dazu und stellt einen Teller auf den Tisch, ein anderer stellt ein Glas Rotwein daneben und reicht das Besteck dazu. Mit „Gracias" bedankt sich Smirrel bei seinem Personal. Diese ganze Masche widert Kopp einfach nur an. Dieses Schauspiel und der ganze künstliche Schnickschnack. Smirrel nimmt das Besteck in die Hand und macht mit der Gabel eine bittende Geste in Richtung Kopp.

„Nun, Sie haben doch nichts dagegen, oder? Ich hatte heute den ganzen Tag noch nichts Warmes." Er schneidet sich ein Stück Fleisch mundgerecht, spießt es auf die Gabel und tunkt es in Soße.

Mit einem breiten Grinsen und in erwartungsvoller Freude des Geschmackes sagt er: „Ich liebe einfach Schweinebraten in Malzbiersoße." Dann schiebt er es sich in den Mund. Kopp ist noch zu schwach, um etwas zu sagen.

Nach einem Moment des genussvollen Kauens und Schluckens nippt er an dem Glas Wein und behält es weiter in der Hand, um damit auf selbstherrliche Art und Weise zu gestikulieren.

„Also, klären wir das Offensichtliche vorab. Ich weiß, wer Sie sind." Dabei deutet er mit dem Glas auf Kopp.

„Und ich weiß, dass Sie hinter mir her sind." Dabei führt er das Glas an seine Brust.

„Nun werden Sie sich fragen, woher ich das weiß. Na ja, ich habe Sie gewissermaßen ausgewählt. Ich habe Sie auserkoren, nach mir zu suchen, indem ich mich um Ihre Familie gekümmert habe."

Kopp findet nun allmählich wieder zu seiner Kraft und sieht ihn fragend und gleichzeitig wutentbrannt an.

„Ganz recht, ich habe den Reisebus in die Luft gejagt und damit Ihre Frau und Ihren Sohn ermordet. Eine lange Kette von Ereignissen hat dann dazu geführt, dass Sie jetzt hier sitzen. Jetzt müssen Sie genau zuhören, denn jetzt wird es ein wenig komplizierter." Smirrel sucht in der Luft nach den richtigen Worten, bevor er weiterspricht. „Haben Sie sich schon einmal um die tiefere Bedeutung eines Symbols Gedanken gemacht?"

Mit zusammengebissenen Zähnen sagt Kopp: „Verschonen Sie mich mit Ihrem Pseudogetue! Sie haben mir meine Familie genommen! Sie haben meines und unzählige andere Leben zerstört! Doch heute wird es Ihr Leben sein, das auf dem Spiel stehen wird, das verspreche ich Ihnen."

„Temperament haben Sie, das muss ich Ihnen lassen. Also, ein Symbol verpackt den größtmöglichen Informationsgehalt in einem Zeichen oder einem Beispiel. Und wenn man damit konfrontiert wird, entfalten sich die Informationen wie von selber und erreichen ihren Empfänger. Na ja, wie dem auch sei, ich will Sie wirklich nicht länger quälen, als es sein muss. Jedenfalls sollen Sie nun ein Symbol werden. Ein Symbol für die Ausweglosigkeit."

Kopp sagt immer mehr erschrocken: „Was? Was zum Teufel reden Sie da für einen Unsinn?"

„Na, hören Sie mal. Verkaufen Sie mich doch nicht für blöd. Sie sind in einer unserer Wohnungen auf geheimnisvolle Dateien gestoßen, die Sie sich nicht erklären konnten. Und nun wollen Sie eine mysteriöse Verschwörung aufdecken und damit die Welt retten. Sie wollen uns stoppen, denn wir experimentieren mit Menschen und wollen den Geist der Massen für unsere Zwecke manipulieren. Trifft das den Kern Ihrer Sichtweise?"

Kopp schweigt, denn dazu gibt es nichts weiter zu sagen.

„Tja, alle werden nun erfahren, dass Sie erfolglos waren. Offensichtlich waren Sie das ja auch. Sie haben nichts aufgedeckt. Im Polizeibericht werden Sie für psychisch krank erklärt, und Ende der Geschichte. Das war es dann. Sie werden das Paradebeispiel dafür abgeben, was es heißt, mit dem Feuer zu spielen und bei lebendigem Leibe zu verbrennen. Wenn Sie in wenigen Augenblicken von der Bildfläche verschwinden werden, wird Ihr Kopf nicht mehr derselbe sein. Sie werden sich nur noch an komische, verwirrende Dinge erinnern und Ihre eigene Unzurechnungsfähigkeit eingestehen. Wenn ich will, werden Sie nicht einmal mehr alleine aufs Klo gehen können. Jemand wird Ihre Geschichte der Presse mitteilen und Sie werden sich in lebenslange psychische Behandlung begeben. Das ist Ihre Zukunft. Ende und aus!"

„Ich fürchte, da täuschen Sie sich gewaltig. So wird es nicht enden." Jetzt hat Kopp einen Nerv getroffen.

Smirrel stellt sein Glas ab und begibt sich dann neben Kopp. In ihm beginnt es zu brodeln, aber noch spricht er ruhig: „Wissen

Sie, was ich glaube? Ich glaube, dass Sie denken, das Übel der Welt wäre direkt vor Ihnen zum Greifen nahe. Das hier aber ist etwas viel Größeres! Es ist zu groß für Sie, zu groß für jede menschliche Kapazität. Niemand kann das wirklich verstehen. Nicht einmal ich. Also machen Sie sich keine Vorwürfe. Ich weiß es nur zu nutzen, am Laufen zu halten. Das ist meine Aufgabe."

Kopp reagiert: „Es zu verstehen ist gar nicht notwendig, um es einstürzen zu lassen."

„Einstürzen lassen? Haben Sie es denn immer noch nicht begriffen? Sie Narr! Hören Sie doch endlich auf, an etwas festzuhalten, das unsichtbar für Sie ist. Wir sind unsichtbar, und doch leben wir in euch. Und ihr lebt für uns. Es geht doch nicht nur um die Unterhaltungsindustrie oder um Werbekampagnen oder um ein Gebäude. Wir sind alles, wir sind die Welt, wir sind Gott! Wir erschaffen Meinungen, wir schreiben Geschichte, wir entwerfen Religionen. Alles, was ihr zu sein glaubt, seid ihr durch uns! Jedwedes Verhalten, das wir beim Menschen nicht sehen wollen, wird zu einer psychischen Störung oder einer Straftat erklärt!"

Smirrel atmet durch und beruhigt sich wieder etwas. Doch dann spricht er weiter: „Tut das gut, zu Ihnen gnadenlos ehrlich sein zu können. Man mag es nicht glauben, aber auch mich plagt manchmal das schlechte Gewissen."

Kopp fragt: „Sie haben mich also die ganze Zeit über im Blick gehabt und ständig überwacht?"

„Nein, das war gar nicht nötig. Ich habe gewusst, dass Sie zu uns kommen würden. Ich kenne Ihresgleichen. Es war für mich eine glasklare Sache."

Kopp versucht sich seine Erleichterung darüber nicht anmerken zu lassen. Dann weiß er auch nichts von dem Sturm, der hier gleich losbrechen wird. Aber Smirrel bemerkt in seiner Miene etwas Erhabenes, und das lässt den Hass auf seine Naivität wieder blitzartig aufkochen. Und diesmal lässt er sich voll und ganz von seinem Zorn leiten. Smirrel kehrt zu seinem Tisch zurück, genehmigt sich einen letzten Schluck Wein und schmettert wie aus dem Nichts das Glas gegen die Wand. Mit einem Messer in der Hand kommt er zu Kopp zurück.

„Sie werden gleich erleben, was Ihnen Ihre Naivität kostet."
Und damit rammt er ihm das Messer von oben in den rechten
Schenkel.

Kopp schreit schmerzentbrannt auf und wird immer lauter
dabei, weil der brennende Schmerz nicht aufhören will. Smirrel
spürt Anzeichen von Befriedigung.

Mit boshafter Inbrunst sagt er: „Ich möchte, dass alle erfahren, dass *wir* die einzige Lösung sind. Ich möchte, dass jede
kleingeistige Marionette da draußen mitbekommt, dass es keinen
Sinn hat, sich so wie Sie zu verhalten. Jeder soll ganz und gar
verinnerlichen, dass unser kleiner Held hier eine mysteriöse,
bösartige Verschwörung aufdecken wollte und dabei ins Leere
gefallen ist. Sie haben nur nach einem Sinn in Ihrem mickrigen
Leben gesucht. Aber leider an der falschen Stelle. *Wir* sind euer
Sinn, wir helfen euch bei der Suche. Es wird niemals ohne uns
gehen. Das soll endlich jeder Mensch verstehen! Wir sind nicht
etwas, gegen das man sich wehren kann. Wir sind kein Feind-
bild. Und nichts, gar nichts wird jemals daran etwas ändern.
Denn keiner wird das je sehen. Alle werden darüber lachen,
als wäre es nur ein schreckliches Missverständnis in einer herz-
haften Komödie."

Nach einer kurzen Pause: „Was für ein guter Einfall, vielleicht
lasse ich einen Film über Sie drehen. Eine lachhafte Komödie,
und schon wird alles vergessen sein. So funktioniert es. So erschaffen wir die Realität. Wir sind die *Schöpfer.* Und Sie sind unser
Antivirenprogramm. Durch Sie konnten wir weitere Lücken in
unserem System aufdecken, Fehler ausmerzen. Sie sind bloß eine
Schachfigur, geführt von einem unsichtbaren Wirken: uns!"

Und weil Smirrel noch immer nicht befriedigt ist, lässt er
Kopps Fesseln lösen.

„Nun gut, stellen wir doch mal die Macht der Gegenwehr auf
die Probe. Stehen Sie auf, entkommen Sie und bringen Sie Ihr
Wissen unter die Leute. Ich bin so gespannt darauf, auf welche
Weise Ihr trostloses Vorhaben zugrunde gehen wird."

Plötzlich sind Poltergeräusche zu hören. Und alle schauen
sich verdutzt an. Gleich darauf erklingt irgendwo ein unter-

brochener Schusswechsel. Und der Einzige in diesem Labor, der den genauen Grund dafür kennt, ist Kopp. Und das Einzige, was er sagt, ist: „Schachmatt!"

In diesem Moment bricht die Tür auf, und wie ein Wespenschwarm flattern unzählige Kugeln herein. Sie richten ihr Ziel auf alles, das sich bewegt und hinterlassen nur mit Blut besprenkelte Wände und Mitarbeiter, die den zum Scheitern verurteilten Versuch wagen, dem Feuer zu entkommen. Perfektes Timing!

Das Labor ist in mehrere Abschnitte unterteilt und so aufgebaut, dass die Eindringlinge nicht sofort in Kopps und Smirrels unmittelbarer Nähe sind, aber den Hauptausgang versperren. Abgesehen von einer Notfalltreppe, gibt es hier kein Entrinnen.

Smirrel ruft: „Was zum Teufel ist hier los?"

Kopp denkt sich: Das ist der Zorn eines Vaters über den Verlust seiner Söhne, ein Zorn, den er nur allzu gut nachfühlen kann.

Da niemand ihm eine konkrete Antwort geben kann, befiehlt er den restlichen Wachleuten, nachzusehen und den Ausgang wieder freizumachen. Kopp hingegen nimmt all seine letzten Kräfte zusammen und steht auf. Er wirft die Fesseln zur Seite und zieht in einem mutigen Ruck das Messer aus seinem Bein, das Blut strömt sofort aus seinem Körper. Doch das ist im Augenblick unwichtig.

Mit dem Messer in der Hand wirft er Smirrel den Blick zu, dem man nur seinem allerärgsten Feind entgegenwerfen kann. Jetzt sind die beiden hier allein. Und als wäre das noch nicht genug, gießen auf einmal unzählbar viele, schnelle Tropfen Wasser auf sie herab, und ein schrilles Alarmsignal ertönt in regelmäßigen Abständen. Irgendwo im Gebäude muss es wohl brennen.

In dem Augenblick, in dem Smirrel sich abwendet, um hinter sich nach einer Waffe zu greifen, setzt Kopp all seinen Willen in Bewegung und rennt auf den Schweinehund zu. Smirrel will sich gerade mit einer Schusswaffe in der Hand zu Kopp umdrehen, da rast ihm das Messer in den Kopf und schickt ihn in den Tod. Kopp hat es die letzten paar Meter geworfen und sein Ziel getroffen. Einige rote Tropfen mischen sich dem Regen bei, und der Schandtäter findet ein rasches Ende.

Jetzt muss es schnell gehen, die Kerle von den Graubrüdern werden jeden Augenblick auch hier aufschlagen. Neben ihm an der Wand öffnet er den Medizinschrank, entnimmt das nötige Verbandszeug und stoppt so schnell er kann provisorisch die Blutung. Dies gestaltet sich äußerst schwer, vor allem, weil das immer noch fließende Wasser alles aufweicht und verhindert, dass der Verband richtig fest wird. Gleich darauf hebt er einen der halbtoten Männer, der nicht an seine Liege gefesselt ist, weil er sowieso nicht den Anschein macht, als könnte er sich noch bewegen, herunter und legt sich selbst darauf. Nun schließt er die Augen, seine eigene halbtote Verfassung braucht er gar nicht vorzutäuschen.

Sobald die Angreifer dieses Laborabteil erreichen, finden sie nichts als eine Leiche und einige mehr zukünftige Leichen auf ihren Liegen vor. Ihr Ziel hat sich in ihren Augen hier schon von allein erfüllt. Deshalb besteht kein Grund für sie, hier länger zu verweilen, und sie kehren um.

In dem Moment, in dem niemand mehr zu sehen ist, richtet Kopp sich auf und macht sich unverzüglich auf die Suche nach dem Notfallausgang. Seine Kleidung ist völlig durchnässt und schwer. Das Alarmsignal ertönt immer noch in schrillem Ton. In dieses Haus der zerstörerischen Ordnung ist das reinigende Chaos hereingebrochen. Wenige Sekunden später entdeckt er die Tür. Eine Treppe führt ihn zum Hinterhof des Gebäudes, und von dort schleicht er am Zaun entlang wieder in Richtung der Straße.

Am Haupteingang ist keiner zu sehen, und sein Auto steht auch noch da. Aber da ist zu viel Licht, es wäre einfach zu riskant. Direkt hinter der Eingangstür könnte jemand stehen und ihn erwischen. Also zieht er es vor, von Dunkelheit umhüllt und am Rand des Weges weiter zur Straße zu gehen. Eines der vorbeifahrenden Autos hält für ihn an und fährt ihn sicher und zügig ins Krankenhaus.

Damit hat es ein Ende, Kopp hat seinen Auftrag erfüllt. Dass er sogar noch am Leben bleiben würde, damit hatte er nicht gerechnet.

DIE WELT WARTET NICHT AUF DICH!

Ich erwache nicht schweißdurchtränkt in meinem Bett wie sonst. Diesmal bin ich auf einer Krankenstation. Das Sonnenlicht wird vom Fenster durch die Jalousien hindurch gebrochen und weckt mich. Das Kopfkissen ist ganz warm von der stetigen Bestrahlung durch die Sonne. Als ich zu mir komme, sitzt mir jemand gegenüber, den ich am allerwenigsten erwartet habe. Er sitzt an einem kleinen Holztisch neben dem Fernseher, es ist Erik.

Wir bleiben beide zunächst sprachlos, denn es gibt keine Worte, die uns in dieser Situation angemessen erscheinen oder die wir in diesem Augenblick dem Schweigen vorziehen würden. Und obwohl Erik mich fragend ansieht, um mir seine Enttäuschung darüber zu vermitteln, dass ich mich nicht gemeldet habe, müssen wir beide kurz danach grinsen. Er merkt, dass ich diese Auszeit gebraucht habe und dass ich vermutlich meine Gründe hatte, mich nicht zu melden – was unsere Freundschaft nicht im Geringsten berühren sollte.

Ich werde auch das Gefühl nicht los, dass er mehr von dem weiß, was in mir vorgeht, als ich immer für möglich gehalten hatte. All meine Visionen, Träume und wirren Gedanken sowie meine große innere Unzufriedenheit damit hatte ich stets vor ihm verborgen gehalten, weil ich selbst nicht damit umzugehen wusste. Aber vielleicht geht es ihm ja sogar ähnlich.

„Die Ärzte haben mich von deinem Handy aus kontaktiert, da bin ich sofort hergefahren. Sie sagten, du wärest die ganze Zeit über nicht ansprechbar gewesen, und außer der kleinen Verletzung an deiner Hand fehle dir nichts. Und sie gaben mir zu verstehen, ich könne dich wieder mitnehmen. Was meinst du, fahren wir nach Hause?"

„Du kannst dir gar nicht vorstellen, wie froh ich bin, dich zu sehen. Ich muss dringend wieder nach Hause. Lass uns fahren!"

So ist Erik, fragt nicht nach, was passiert ist, solange er weiß, dass ich es ihm sowieso jeden Augenblick erzählen werde. Stattdessen kümmert er sich darum, dass wir so schnell wie möglich los können.

Nachdem ich mich angezogen habe, verlassen wir das Krankenhaus und fahren zu der Pension, wo ich das Zimmer gemietet habe. Ich gehe schnell allein hoch und sammle meine Sachen zusammen und bin kurz darauf wieder unten am Auto. Als ich die Taschen im Kofferraum verstaue, lugt eine Ecke des Buches aus meinem Rucksack hervor. Und als würde es sich um eine geheime Staatsakte handeln, drücke ich sie wieder unbemerkt in die Tasche zurück, stelle den Rucksack in die hinterste Ecke und steige ein.

Inmitten unserer Fahrt setzen wir das Gespräch fort. „Wow, bis auf deine merkwürdigen Visionen klingt das eigentlich nach einem echt schönen Urlaub", sagt Erik, nachdem ich ihm alles erzählt habe. Na ja, fast alles. Das mit der Höhle und dem Gesicht werde ich erst einmal für mich behalten, ebenso wie das Buch.

„Okay, also was heißt das jetzt ..." Erik sieht zu mir rüber. „Dass du deine Traumfrau verlassen hast?"

Ich bleibe stumm auf diese Frage.

„Dann musst du sie dir zurückholen, Mann! Komm, wir fahren da jetzt hin! Wo ist diese Hütte?"

Ich kann ihm gar nicht mit voller Fassung zuhören, zu aufwühlend waren meine Erlebnisse. „Entschuldige noch mal, dass ich mich nicht gemeldet habe", bringe ich heraus.

„Hey, kannst du bitte mal damit aufhören, ja? Komm doch mal wenigstens für einen Augenblick aus deiner Innenwelt raus! Ich habe dich etwas gefragt, und du träumst wieder nur rum. Mir geht es gut, und ich bin nicht böse auf dich. Alles klar? So, also wo ist diese Hütte nun?"

„Ich weiß deinen Versuch sehr zu schätzen, aber wir sollten da wirklich nicht hinfahren. Ich bin mir sicher, dass ich dort im Moment nicht gerade willkommen bin. Also, wenn ich Milly wiedersehen soll, dann liegt diese Entscheidung nicht bei mir."

„Moment mal. Willst du mich gerade verarschen? Du erwartest, dass das Mädchen, das du allein gelassen hast, von selbst zu dir zurückkommt?" Er tickt mir mit dem Zeigefinger gegen den Kopf. „Hallo! Wach auf! Die Welt wartet nicht auf dich! Und schon gar nicht deine Traumfrau. Das ist sie doch, oder?"

„Das ist sie. Oder zumindest wäre sie es gewesen, wenn mein Verstand verdammt noch mal nicht vom Wahnsinn zerfressen worden wäre."

„Meine Güte. Hör doch endlich auf, dich selbst zu bemitleiden, das ist ja kaum auszuhalten! Also, du bist der Boss. Fahren wir zu deiner Urlaubsgesellschaft und zu dem Mädchen, oder fahren wir wieder nach Hause?"

Mit Lichtgeschwindigkeit rasen Gedankenfetzen durch meinen Kopf, Bilder von allem, was sein könnte, wenn wir jetzt dort hinfahren würden. Es sind Bilder einer viel versprechenden Zukunft. Dennoch habe ich gerade erst etwas entdeckt, das momentan meine ganze Aufmerksamkeit erfordert: mich selbst. Dafür bin ich dankbar.

Und ich sage: „Wir fahren nach Hause."

Danach ist es still im Auto. Erik ist beinahe dieselbe Enttäuschung ins Gesicht gezeichnet, wie sie es bei Milly war, aber er sagt nichts. Und so dankbar ich auch bin, überkommt mich trotzdem ein Gefühl von Einsamkeit. Ich habe mich selbst neu entdeckt, aber soll nur ich diese Entdeckung genießen? Und dann ist es, als würde eine Stimme zu mir sprechen: *Akzeptiere deine Existenz und lerne deine Eigenarten zu nutzen! Handle nach deinem Wesen! Dann ist es wie eine Kontaktanzeige, jemand wird sie lesen und jemand wird dir antworten.* Die Stimme erinnert mich an Henry und an das Gesicht im Berg.

Ich bin noch immer ganz erschöpft von allem, aber schlafen kann ich jetzt auch nicht. Stattdessen schaue ich lieber aus dem Fenster. Die Sicht reicht weit über den Horizont hinaus. Wenn mir niemand erzählt hätte, dass die Erde eine Kugel ist, hätte ich schwören können, uns dort am Horizont fahren zu sehen. Aber wenn wir uns am Horizont sehen würden, welche Form hätte die Erde dann?

Jetzt meldet Erik sich wieder zu Wort, als hätte er die ganze Zeit immer noch über meine Entscheidung nachgedacht: „Bist du nicht so jemand, der an vorherbestimmte Begegnungen glaubt? Schicksal? Willst du sie wirklich einfach so hinter dir lassen?"

„Ich weiß es auch nicht. Aber ich glaube, dass ich auf dem richtigen Weg bin." Plötzlich fühle ich mich wieder so, wie ich mich fühlte, als ich hinter Milly im Van saß und wir in das Unbekannte aufbrachen. Sie drehte sich zu mir um und sah mich mit ihren großen Augen an. Ihre Augen zogen meine magisch an und ließen sie seitdem nicht wieder los. Diese Gefühle sind zu stark, als dass ich für immer mit ihnen abschließen könnte.

Ich füge hinzu: „Ich weiß nur, dass ich oft am Rande des Stadtparks sitzen werde. Und wenn dort ein gelber Kleinbus um die Ecke fährt, werde ich dort sein und ich werde ihn erwarten. Der Bus wird mich sehen und vor meinen Füßen halten. Dann wird sich die Antwort auf diese Frage offenbaren. Wenn er das nicht tut, dann hat sie das bereits, und ich werde es dann wissen."

Erik schaut mich nur verständnislos an und atmet laut.

Nach einiger Zeit kommen wir wieder zu Hause an. Es ist ein komisches, aber vertrautes Gefühl. Erik, der mich nach wie vor unzufrieden ansieht, als würde er mich immer noch zur Vernunft bringen wollen, setzt mich vor meiner Wohnung ab. Ich steige aus und nehme meine Tasche aus dem Kofferraum.

Erik sagt durch das heruntergelassene Fenster der Beifahrertür: „Ich hoffe, du hast die Kraft und Lust, übermorgen noch dein Versprechen zu halten."

Versprechen? Was war das noch mal für ein Versprechen?

Sobald er mitbekommt, dass ich versuche, unbemerkt zu grübeln, gibt er selbst die Antwort: „Die Informationsveranstaltung in der philosophischen Fakultät. Weißt du noch? Mein Studium beginnt."

Sein Studium beginnt. Willkommen zurück im Alltag!

„Natürlich werde ich kommen. Aber jetzt muss ich schlafen." Gleich darauf lässt Erik den Motor an und fährt weiter. Nachdem ich wieder in meiner Wohnung angekommen bin, lasse ich alles von mir abfallen und lege mich sofort ins Bett. Dieser irre

Kampf hat mich all meine Kraft gekostet, nun muss ich ruhen. Die ganze Nacht hindurch und bis zum nächsten Abend schlafe ich. Ich erinnere keinen Traum, nur ein warmes Gefühl von Frieden, lang ersehnten Frieden.

Am nächsten Tag sitze ich wieder auf einer Bank am Rande des Stadtparks, in unmittelbarer Nähe zu der Stelle, wo Milly mich aufgefordert hatte, einzusteigen und die Zwänge des Gefängnisses, das wir Alltag nennen, zu vergessen, etwas Unerwartetes zu tun.

Ich halte das Buch in der Hand. *Galerie der Schöpfung.* Was soll das bedeuten? Welche Galerie? Welche Schöpfung?

Ich lese ein paar Seiten, bis ich von einer herannahenden Gestalt unterbrochen werde. Langsam macht sich ihre Präsenz an den Grenzen meines Sichtfeldes bemerkbar. Dann steht jemand vor mir. Ich erhebe meinen Blick. Es ist Erik. Er holt mich hier ab, damit wir gemeinsam zum Institut für Philosophie gehen können. Für Erik wird wohl bald eine aufregende Zeit beginnen. Ich verstaue das Buch in meinem Rucksack, und wir machen uns auf.

Irgendwie fühlt sich jetzt alles so anders an. Habe ich mich so sehr verändert, in den wenigen Tagen, die ich weg war? Oder ist Erik anders? Keine paranoiden Hypothesen, keine verrückten Sprüche. Irgendwie fehlt was.

Erik sagt: „Ich habe noch einmal darüber nachgedacht, was du gestern auf der Heimfahrt gesagt hast. Du meintest doch, dass du und Milly euch wiedersehen werdet, wenn es so sein soll."

„Ja."

„Mir ist Folgendes dabei aufgefallen."

„Was denn?" Er sieht mich mit einem Blick an, der verrät, dass er die Qualität meiner Aussage höchstens mit einem „ausreichend" bewerten würde.

„Ganz ehrlich? Ich will dir nicht den Glauben nehmen. Aber ich habe schon Cheeseburger gegessen, die besser belegt waren als deine aberwitzigen Theorien."

Da ist er wieder.

Das Privileg der Wahrheit

Kopp wurde auf die Unfallstation gebracht und sofort behandelt. Es gab keine weiteren Komplikationen, aber er würde die Narbe den Rest seines Lebens mit sich tragen. Zum Hergang der Verletzung sagte er, dass er von einem Fremden auf dem Bürgersteig im Vorbeigehen angestochen worden war. Umgehend hatte ihn einer der nächsten Fahrer auf der Straße mitgenommen. Als er nach der Operation aufwachte, wusste er selbst einen Moment lang nicht, wie es dazu gekommen war. Bis ihm die Geschichte wieder einfiel.

Die ganzen toten Menschen, die er zu verantworten hat, blitzten in seinem Kopf auf. Und er konnte nicht glauben, dass er das alles gewesen sein soll, aber er wusste es. Er konnte sich noch daran erinnern, dass sich alles so unwirklich angefühlt hatte, dass ihm die Realität irgendwie entglitten war, nicht aber die Kontrolle. Nur deshalb war er so effizient gewesen. Diese ganzen Unternehmungen hatten ihm so viel Kraft gekostet. Und er spürte, wie die schmerzlichen Verluste, die er hingenommen hatte, sich wieder bemerkbar machten.

Jetzt liegt Kopp hier auf der Station und fühlt sich nur noch ausgelaugt und müde. Die Wunde verursacht noch immer schreckliche Schmerzen. Aber seine Emotionen kehren zurück. Es ist, als ob die ganze Zeit der Gnadenlosigkeit ihn in ein tiefes Ungleichgewicht gebracht hatte. Und nun will sich durch die Schwankung in das Gegenextrem wieder ein Gleichgewicht einstellen. Wenn er die letzten Wochen nur Zorn und Notwendigkeiten gesehen hatte, fühlt er jetzt Mitleid und Trauer. Am liebsten würde er sich bei irgendwem entschuldigen. Aber wem soll er sich schon anvertrauen?

Kurz denkt er sogar daran, sich der Polizei zu stellen, um das Gewissen zu beruhigen. Aber dann würde er aller Handlungsfähigkeit beraubt untätig hinter Gittern sitzen, für immer. Das kann nicht die Konsequenz sein. Eine viel erwartungsvollere Konsequenz sieht er in der Vorstellung, der Menschheit etwas Gutes zu tun. Mit ernst gemeintem Wohltun könnte er doch seine üblen Taten ausgleichen. Nicht wie in einer simplen mathematischen Rechnung, aber nach einem Prinzip, das irgendwie biblisch anmutet.

Doch womit kann er der Gesellschaft dienen? Was hat er, was andere nicht haben? Und schlagartig kommt es ihm in den Sinn, das eine Wort, das von nun an seine Aufgabe bedeuten könnte: Wahrheit. Schlussendlich hatte sein Sohn sich unwillentlich geopfert, um Kopp das Privileg der Wahrheit zu schenken. Im Gegensatz zu den meisten Menschen hatte Kopp etwas gesehen, es sogar erfahren. Er hatte hinter die Kulissen einer Täuschung blicken dürfen und war mit dem Leben davongekommen. Wenn das keine Aufforderung ist, das Wissen weiterzutragen, dann wäre alles umsonst.

Was genau wird jetzt passieren? Smirrel ist tot, einige wichtige Dateien und Akten einer bösartigen Organisation sind vermutlich zerstört oder verbrannt, und ein Gebäude ist im Chaos untergegangen. Das kann lediglich der Anstoß gewesen sein, der symbolische Akt. Nun muss diesem Symbol nur noch eine Bedeutung verliehen werden.

Wie Smirrel gesagt hatte, steckt dahinter etwas Größeres, das jede menschliche Kapazität sprengt. Niemand versteht das vollkommene Ausmaß. Bis jetzt ist also kein nennenswerter Schaden entstanden, der das globale Netzwerk in die Knie zwingen oder ihnen die Kontrolle entreißen würde. Ein zusammengebrochenes Gebäude lässt sich schnell woanders wieder aufbauen. Aber eines wird von diesem Sieg immer erhalten bleiben: die Idee. Das Wirksamste ist es, die Idee zu schüren. Vielleicht sollte er ein Buch über die Offenbarung schreiben. Es gilt, den Menschen aufzuzeigen, dass sie nicht gefangen sind und dass nicht alles sinnlos ist und sie nicht einfach nur irgendwie über den Tag kommen müssen. Das Gedankengut, das sie an ihre Freiheit erinnert und daran, wofür wir Menschen stehen wollen, was wir ausrichten wollen, das wird wieder in ihren Köpfen aufleuchten und ihnen den Weg weisen.

Und Kopp nimmt sich vor, seine eigene Freiheit und sein wohlwollendes Empfinden dafür zu nutzen. Auf einmal kommt ihm eine Person in den Sinn, die ebenfalls dieser Freiheit dringend bedarf. Eine junge Person mit einer organischen Psychose.

Das ist es, darauf wird er sein Leben jetzt ausrichten, sobald er wieder bei Kräften ist. Eine Aufgabe, auf die er sich freut, weil sie nach all dem Schmerz und Leid mit Sensibilität und Liebe verbunden ist. Seine Tätigkeit als Rechtsanwalt dagegen wird er abbrechen. Stattdessen wird er auf anderer Ebene zum Recht der Menschen beitragen.

Sein Gedankenfluss wird vom Geräusch der Tür unterbrochen. Ein junger Arzt, wohl noch in der Ausbildung oder neu hier, kommt herein, um nach ihm zu sehen. Er überzeugt sich davon, dass bei ihm alles in Ordnung ist, und geht daraufhin wieder zur Tür hinaus. Als er wieder durch die Tür hinaustritt, entgleitet ihm eine Notiz aus seinem Kittel und flattert ins Zimmer herein.

Kopp ruft: „Hey, Sie haben da etwas fallen lassen!" Doch keine Reaktion.

Er klettert aus dem Bett, um das Blatt aufzuheben, und legt sich damit wieder auf die Matratze.

Auf dem Zettel steht:

Herr Kopp, da ich weiß, wie sehr Sie auf das Hinterlassen von Notizen stehen, habe ich Ihnen eine zukommen lassen. Ich habe gesehen, was Sie gemacht haben, Ihr Werk. Bewundernswert! Sie haben einen flüchtigen Blick auf die eine Seite der Medaille geworfen und versuchen nun, die bruchstückhaften Erinnerungsfetzen zusammenzufügen. Sie sind nicht allein! Solange es das eine gibt, wird es auch immer das andere geben. Glauben Sie nicht, dass wir nicht auch können, was die können. Wir haben nur unsere eigenen Mittel. Ich hoffe, Sie bald zu sehen. Es gibt etwas, dass ich Ihnen unbedingt zeigen muss. Ich denke, dass Sie jetzt dafür bereit sind. Ich melde mich wieder bei Ihnen. Gute Besserung!
In Liebe, das Licht am Ende des Tunnels

Und zu allem Überfluss ist der Brief auch noch mit einem Smiley versehen. Der Typ muss Humor haben. Kopp ist beeindruckt und positiv überrascht. Mit so etwas hätte er sicher nie gerechnet. Er ist wie wild gespannt darauf, wohin ihn das noch führen wird. Und irgendwie fühlt er auch eine Erleichterung, dadurch, dass jemand seine Taten, so grausam sie auch gewesen sein mögen, für gut befindet.

Wieder kommt jemand zur Tür herein.

„Herr Kopp, ein Polizeibeamter möchte Ihnen gern ein paar Fragen zu Ihrem Unfall stellen. Fühlen Sie sich fit?"

„Ja, natürlich. Schicken Sie ihn rein!", sagt Kopp.

Einen kleinen Moment später sitzt ein Polizist neben ihm auf einem Stuhl und lässt sich den Tathergang noch einmal beschreiben.

Der Beamte sagt: „In Ordnung. Ich habe das so festgehalten. Mit Ihrer Beschreibung des Täters werden wir selbstverständlich eine Anzeige stellen. Nun müssen wir nur noch ein paar Einzelheiten zu Ihrer Person hier oben eintragen. Aber ich erledige das schnell für Sie. Sagen Sie mir bitte noch einmal Ihren Namen?"

„Kopp."

„Alles klar. Und der Vorname?"

Schweigen, gedankenverlorenes Schweigen.

Aber dann noch einmal mit mehr Nachdruck: „Ihr Vorname, ich brauche Ihren Vornamen!"

„Henry."

Der Autor

Markus Naumann, geboren 1991, lebt in Berlin. Bereits mit vier Jahren wurde er von seinen Eltern bei der Musikschule angemeldet, was zur erfolgreichen Teilnahme an Wettbewerben und dem Musizieren in Bands während der Schulzeit führte. Während seines Psychologiestudiums offenbarte sich dann der zunehmende Drang, seinem ausgeprägten Ideen- und Fantasieüberschuss durch das Schreiben von Geschichten Ausdruck zu verleihen. „Galerie der Schöpfung" ist das erste Buch des vielversprechenden Autors.

In seiner Freizeit interessiert er sich neben dem Schreiben insbesondere für Musik und befasst sich damit, ein tieferes Weltverständnis zu erlangen.

Der Verlag

> *Wer aufhört*
> *besser zu werden,*
> *hat aufgehört*
> *gut zu sein!*

Basierend auf diesem Motto ist es dem novum Verlag
ein Anliegen neue Manuskripte aufzuspüren, zu ver-
öffentlichen und deren Autoren langfristig zu fördern.
Mittlerweile gilt der 1997 gegründete und mehrfach
prämierte Verlag als Spezialist für Neuautoren in
Deutschland, Österreich und der Schweiz.

**Für jedes neue Manuskript wird innerhalb
weniger Wochen eine kostenfreie, unverbind-
liche Lektorats-Prüfung erstellt.**

Weitere Informationen zum Verlag und
seinen Büchern finden Sie im Internet unter:

www.novumverlag.com